U0493587

左耳猫

齐德林 著

陕西新华出版传媒集团
太白文艺出版社

图书在版编目（CIP）数据

左耳猫 / 齐德林著． -- 西安：太白文艺出版社，2023.1
ISBN 978-7-5513-2294-2

Ⅰ．①左… Ⅱ．①齐… Ⅲ．①长篇小说－中国－当代 Ⅳ．① I247.5

中国版本图书馆 CIP 数据核字（2022）第 232829 号

左耳猫
ZUOER MAO

作　　者	齐德林
责任编辑	白　静　王　迪
整体设计	百悦兰棠
出版发行	陕西新华出版传媒集团
	太 白 文 艺 出 版 社
经　　销	新华书店
印　　刷	朗翔印刷（天津）有限公司
开　　本	787mm×1092mm 1/16
字　　数	242 千字
印　　张	15.25
版　　次	2023 年 1 月第 1 版
印　　次	2023 年 1 月第 1 次印刷
书　　号	ISBN 978-7-5513-2294-2
定　　价	68.00 元

版权所有　翻印必究
如有印装质量问题，可寄出版社印制部调换
联系电话：022-69211638
出版社地址：西安市曲江新区登高路 1388 号（邮编：710061）
营销中心电话：029-87277748　029-87217872

人性与社会的隐喻
——读长篇小说《左耳猫》

任珏方

长篇小说《左耳猫》讲述的是一个曲折离奇、耐人寻味的故事：年轻女性瑶瑶诞下一名男婴后遭夫家抛弃，偶然得到一只同样遭人抛弃的猫。这只斯芬克斯猫全身无毛、相貌古怪，有只奇特的左耳，且会讲人类语言。从此它融入了赵秀英、瑶瑶母女的生活，在人类社会与猫族世界间游走。人类社会中的死亡、欺骗、背叛，与猫族世界中的权力、爱情、欺凌，在小说中交替上演。这只猫与赵秀英、瑶瑶母女一起，经历了挣扎、焦虑、彷徨和选择。《左耳猫》是作家齐德林继《地国之旅》后又一部以人与动物为题材的长篇小说，故事给人以意想不到的感受，人类社会与猫族世界的情节相互交错、相互影响，带给读者强烈的冲击感。然而，它真正的动人之处不在于故事的情节与结构，不在于运用双重世界讲述角色的命运与遭遇，而在于这只猫和这对母女在寻找自我、实现自我价值时的呼喊。命若尘埃，这呼喊声微弱无力，但能打动读者的心。

作家齐德林在《左耳猫》中，选择了充满悬疑、具有张力的故事讲述形式。从整体看，这部小说是创伤叙事风格。美国人卡鲁斯将文学范畴的创伤定义为"对意想不到或难以承受的暴力事件所作的响应，这些暴力事件在发生当时无法完全掌握，但后来以重复的倒叙、梦魇和其他重复的现象返回"。这部作品的整体架构遵循了创伤叙事的特点，并以"回溯"与"闯入"这种双重隐形结构为辅助，来进行"内心的真相"的刻画。即使有一只会说人话的猫，让小说披上了"童话"的外壳，但《左耳猫》的故事核心仍是现实主义，甚至可以说是传统现实主义。现实主义文学侧重如实地反映现实生活，冷静地观察现实生活，按照生活的本来样式精确细腻地加以描写，力求真实地再现典型环境中的典型人物。《左耳猫》用许多生动的细节写出了细腻的生活质感，小说最打动人的地方是它所揭示的社会众生相。作品通过扑朔迷离的故事，将读者带进幽暗复杂的人性世界。小说中的人物是活生生的，他们的内心世界具有丰富性和多面性。无论是苦苦寻找归宿的中年妇女赵秀英，还是功利的王律师，以及不甘心被利用的斯芬克斯猫，都是现实生活中的经典符号。因此，美与丑、善与恶、真与伪，在小说各章节中相互冲突，荡起层层涟漪。

《左耳猫》开篇，一地鸡毛的场景为读者呈现出荒诞的色彩，为全书奠定了基调，但作者又用迷乱冰冷的故事来告诉大家这部小说是现实主义，整个故事的走向严格遵循现实生活的逻辑。作为动物的斯芬克斯猫与作为人的赵秀英、瑶瑶母女，从互相鄙视到互相理解，再到同病相怜，甚至互相帮助，不放弃追求，最终在精神与情感上融合到一起。作品讲述了猫与人如何尝试从困境中走出，寻找安放肉体的空间和寄托精神的场所的故事，他们共同经历了从自救到失败的心路历程，也共同经历了生命里的黑暗和美好。因此，《左耳猫》无疑具有魔幻现实主义色彩，以神奇和魔幻的手法反映现实生活，将神奇和怪诞的人物、情节及各种超自然的现象插入反映现实的叙述和描写当中，从而创造出一种魔幻与现实融为一体的独特风格。魔幻现实主义本质上要表现的还是现实，并不是魔幻。作为魔幻现实主义文学的代表，哥伦比亚作家加西亚·马尔克斯的《百年孤独》中，有乌苏拉的一个姑母与布恩迪亚的一个叔叔（两人是表兄妹）联姻，婚后生下一个长猪尾巴的孩子的情节；中国作家莫言的《蛙》中，蛙即娃的构思，让故事具有了魔幻的意味；在《左耳猫》中，一只能讲人话、能占卜的奇猫，沦落到差点成为一道菜的境地，本身就带着强烈的魔幻色彩。《左耳猫》立足现实，洞悉社会，用魔幻现实主义的写作手法，来折射社会现实，因而魔幻不失真，不仅将现实揭露得淋漓尽致，而且构建出一个矛盾、尴尬、痛苦的精神世界。

猫在文学作品中是一个常见的文学符号。英国作家艾琳·亨特的《猫武士》讲述了一只宠物猫回归自然，凭借勇气、智慧、正直的品格最终成为族群领袖的励志传奇故事，把猫的众生相刻画得栩栩如生；在美国作家劳埃德·亚历山大的作品《想变成人的猫》中，小猫莱奥尼一直有一个梦想，就是有一天可以变成人类，走出森林去看看被主人讨厌同时又令它神往的人类世界；日本作家夏目漱石在《我是猫》中，以一位穷教师家的猫为主人公，这只被赋予人格的猫善于思索、有见识、富有正义感又具有文人气质，但至死也没学会捕捉老鼠……这些文学作品中的猫，无疑都有自身独特的折射社会的标签。《左耳猫》中的这只斯芬克斯猫，无疑也有属于自己的文学标签。要理解这只奇特的猫，必须理解作家在这只猫身上设计的隐喻。与赵秀英、瑶瑶母女一样，这只猫同样在寻找安放肉体的空间和寄托精神的场所，但猫遵从本能，对恶势力绝不低头，对真爱奋不顾身，对名利不屑一顾。赵秀英、瑶瑶母女就无法做到这些，她们一直在困境中委曲求全，缺乏挣脱出来的勇气和力量。作为换取荣华富贵的筹码，这只猫被人丢弃，意味着社会上一些人在丢失宝贵的东西。这只猫是作者在精神层面设计的一个隐喻。在小说中，它出现在瑶瑶失去儿子之后，她要把这只被人丢弃的猫当儿子一样养。作者在这里已经点明，猫诞生于瑶瑶的创伤，属于精神领域。

这部小说的可贵之处在于它没有被奇猫的魔幻束缚，而是用扎实的人物刻画、场景描写、情节驱动来拓展主题，为反映复杂多变的社会现实提供了另一种视角。

（任珏方，丹阳市作家协会主席）

左耳猫 目录

第一章：圣婴之母 / 1
第二章：斯芬克斯猫 / 18
第三章：钱家的猫 / 33
第四章：母亲的故事 / 43
第五章：风波 / 53

第六章：礼拜三新娘 / 74
第七章：众生相 / 92
第八章：律师事务所 / 107
第九章：红花寺里的猫 / 122
第十章：寻找 / 144

第十一章：大闹天宫 / 165
第十二章：舞蹈的猫 / 189
第十三章：猫战 / 208
第十四章：最后一战 / 223

第一章：圣婴之母

随着一声啼哭，一个男婴在西津渡医院出生了。

接到电话，匆匆忙忙赶来的赵秀英，不顾丈夫在身后阻拦，便要推开产房的门，想知道几个月没有任何消息的女儿为何会在这家医院的产房里生孩子。

"你是亲家吗？瑶瑶生了！"一个脸色黝黑、皮肤粗糙的农村妇女从产房的休息区畏畏缩缩地走过来和她打招呼。

站在妇女身后的几个人，除了一个穿着时髦长相古怪的小青年，其他人都是头发乱糟糟，双手脏兮兮的，穿着邋遢，开口说话时口臭又重又浓。当他们听到护士从窗口报告说母子平安时，僵硬的脸上这才露出了一丝欣慰的笑容。

赵秀英没有说话，望着这群人，头皮发麻，后背瞬间起了一层鸡皮疙瘩，一股无处宣泄的怒气在身体里到处乱窜——平白无故冒出个亲家，谁都会哭笑不得，她甚至怀疑自己来错了地方，听错了话。

"你们是谁？"她硬着头皮问了句。

"我是瑶瑶的婆婆。"

"啊！婆婆，婆婆！"赵秀英头脑一片空白，似乎麻木了。

"亲家，瑶瑶就是有本事，头胎就生了个男娃娃！"一位看上去很害羞的男人走上前说。

"亲家？谁是你们的亲家？"她算是听明白了，咬牙切齿地质问对方，"孩子是你生的？这么得意！"赵秀英怒气冲冲地盯着对方，恨不得上去给他一耳光。

"亲家母说错了，我哪能生孩子！"男人说话时喉结鼓起，像刚长羽毛的鸭子吃了一根长长的蚯蚓，伸伸缩缩，声音带着模糊和沙哑，不但如此，此人两肩好像不在一条水平线上，左高右低，身体一直歪着。

赵秀英一步蹿到对方面前，飞快地抓住男人的衣领，骂道："骗子，畜生！你们拐骗我女儿，我去派出所告你们！"

"你们是哪里人，干什么的？竟然做出如此荒谬的事，让我们李家的脸往哪里放？！让我们在左邻右舍面前怎么抬起头？！怎么跟亲朋好友交代？！"赵秀英的丈夫李公然愤怒地揪住对方的一条胳膊，举手就要揍他。

"老哥啊，儿大不由娘，孩子们的事，我们也做不了主，事已至此，孩子都生下来了，还说什么呢？吵、闹、打也解决不了问题啊！"对方自知理亏，握住李公然的手，低声下气地劝说他冷静下来。

一位工作人员走过来厉声警告他们不要大声喧哗，有事到外面去解决，否则，他会叫安保人员前来制止。产房门开了，助产士走了出来，见他们两家像仇敌似的对峙着一言不发，疑惑地看了他们一眼便走了。

产后的瑶瑶被护士推了出来，准备去后院B楼住院部。一个个子矮小、头发油亮、身着西装、脚穿棕色皮鞋的年轻男子边安慰医用推床上的人，边叫自己的母亲过来看看。

"妈，瑶瑶给你们生了个孙子，带红包了吗？快给红包，快点，带多少钱来了？"男子的声音很高，不停催促着慌乱的母亲。

"瑶瑶，怎么回事，你生孩子了？"赵秀英同老公跟在后面，慌慌张张地问。

"你们是谁？女子生孩子有什么好奇怪的？真是好笑！"男子像马戏团里的猴子一样蹦跳着走路，滑稽的动作和气人的话让赵秀英惊呆了。这个男子是谁？长得矮小不说，脸上还有不少雀斑，小眼睛乱转，鼻尖通红，染了一头金黄色的头发，活像《封神演义》里的土行孙！

躺在医用推床上的女子悄悄掀开盖在头上的被子，看了一眼焦急的父母，闭上眼，没有说话，随后连同那个男子进了病人专用电梯，留下面面相觑的一群人。

"怎么办啊？"众人冷淡鄙视的目光让李公然憋了一肚子火。

"回家，别管她！"赵秀英像是被人当众抽了一耳光，红着脸说。

"你们不去看看孩子？好可爱哟！"男方家里的一位女亲戚过来问。

"不看了！"李公然没给这个多嘴的女人面子。

"我们也不晓得他们住在一起，还有了娃娃，对不起，亲家。"男孩子的母亲说。

第一章：圣婴之母

这不是在推卸责任吗？赵秀英拉着老公的手，没有搭理对方，径直来到外面的花坛前，坐在凳子上，捂着脸哭泣。

"瑶瑶胆子太大了，什么时候跟这个'土行孙'住在一起的？孩子万一随了男方的相貌怎么办？这一家子肯定没本事，而且没文化，不然不会都在工地上干活，这样的人家有素质吗？"一同来的儿媳妇在一旁埋怨道。

"这不明摆着看不起我们吗！这么大的事，事前一声不吭，不行，我得找他们问个明白！"李公然怒不可遏，对女儿深感失望，发誓永不认她，"权当她死了，李家祖宗的脸都被她丢尽了！"

"再傻，也不能找这样的人家，你看那小子，还没有我们乔爱长得高，将来领回家，让人笑话死了，出去有面子吗？"儿媳妇说得公婆二人你看我、我看你，一脸苦闷，却又不好发作。

"乔娜，别说了，都是从小惯坏的，现在说有什么用呢！"赵秀英明白儿媳妇瞧不起自己一家人，满脸通红、小心翼翼地说。

儿媳妇是当地人，当初和儿子同在一家公司上班，是老板娘的远房亲戚。儿子长得很帅，吃苦耐劳，最主要的是儿子答应婚后住在岳母家，说白了就是做上门女婿，这桩亲事才成了。儿子不当家，一切看儿媳妇脸色，今天他就没有来，而是让媳妇陪同他们前来。

"闭上眼睛也不能找这样的人家！她是鬼迷心窍，还是上当受骗了？气死我了，不争气的东西！"李公然急得团团转，担心留在老家的父母知道，自己不好交代。

当初，夫妻俩带着儿子出来打工，留下瑶瑶让父母带，直到瑶瑶初中毕业后也出来打工，他们一家才真正意义上团圆，没想到，现在竟出了这样的丑事。

"真是惯坏了！这么小生孩子，说出去，让我们脸往哪儿放，怎么办呢？"赵秀英急得六神无主，嘴里不停唠叨。

"打断她的腿！从小到大，什么都由着她，好吃的、好喝的、好穿的，哪一样不先给她？结果却养了个白眼狼，我们前世欠她的？"李公然越说越愤怒。

"她还小，不懂事，是这家人太坏，不懂道理，我们找他们算账去！"做娘的虽说气愤，心里却是袒护女儿的。

"看上去就是穷光蛋，一点规矩都不懂，这样的人家怎么过日子？瑶瑶真是好眼光！"儿媳妇的话戗得两口子灰溜溜的，相对无言。

"亲家，你们在这里，吃了没有？"男子的父母找到他们，他父亲掏出香烟殷勤地递过来。

"不会抽！你们哪里人？住在哪儿？瑶瑶怎么会在你们家？说！"李公然怒气冲冲地指着对方大叫。

"别冲动，听我说。"对方急了，喉结跳动得更厉害，说，"本人姓孙，名富贵，年龄五十有二。儿子叫孙兴旺。我原是艺术团里的驯猴师，大江南北都去过，后来别人说我虐待动物，没办法，这才改行当瓦工，建高楼大厦。"

"咬文嚼字，说得跟私塾先生似的，唬我是不是？还是玩猴的！你这不是含沙射影骂我们家都是猴子吗？"李公然气得差点晕过去。

"亲家，你误解了，鄙人说话就这样，请你不要见怪！"孙富贵点头哈腰给他们赔不是。

"玩猴世家，了不得啊！纯粹的江湖骗子！"李公然怒不可遏。

"就是到集市上玩猴讨钱的那个行当？"赵秀英目不转睛地望着这个名叫孙富贵的男人，不由得倒退了两步，好像生怕从他怀里冒出一只吱吱叫的小猴子。

"叫花子、街头骗子！虐待国家保护动物，没一点法律意识！"乔娜在一旁帮腔。

"我是马戏团里的驯猴师，还有驯兽师证书，不是要饭的！"孙富贵非常不满意地看了一眼神气十足的乔娜，纠正她的话。

"你儿子是小丑，还是侏儒？什么马戏团，有营业执照吗？街头卖艺的，吓唬我是不是？猴子是国家保护动物，能随随便便玩吗？猴子呢？拿出来给我们看看，金丝猴还是猕猴？公猴还是母猴？老猴还是小猴？"乔娜可不是好惹的，一席话说得对方哑口无言。

"你这姑娘怎么能这样说呢？我们家对猴子可好了，自己不吃肉也要给它肉吃，自己不喝牛奶也要给它牛奶喝，天冷了，它跟我们睡在一个被窝里，可乖巧哪！"老婆见丈夫被乔娜骂得面红耳赤，上前解释。

"我没听错吧，猴子吃肉、喝牛奶？我的天哪！你怎么不说你们跟狗睡在一起呢？"乔娜抱着儿子的肩膀哈哈大笑，引起了周围人的注意，许多目

第一章：圣婴之母

光投向他们这两家人。

"我们好歹也是你的长辈、亲戚，你太过分了！"孙富贵气得双手发抖、呼吸急促，要不是对方是个女的，他早动手揍她了。

"我跟你们是亲戚？做你的梦吧，你们跟李家才是亲戚！"乔娜拉起儿子，鄙夷地瞅了他一眼，一路冷笑着走出了医院，带儿子逛街去了。

"事到如今，你们给个说法！"赵秀英逼迫对方。

"生米煮成熟饭，还能说啥！苍蝇不叮无缝的蛋，你女儿不同意，我儿子敢找她吗？我儿子个子是小点儿，可他聪明能干、点子多、人缘好！"被乔娜说了一肚子火的孙富贵见伶牙俐齿的乔娜走了，胆子突然大起来，指责李家没有教好女儿，也有错。

"你这不是猪八戒败阵——倒打一耙吗？我的天哪，你倒有理了！走，去派出所说理，赔偿损失！"赵秀英扯住孙富贵的衣服，要打他耳光。

"好男不跟女斗，告诉你，别想讹诈我们！这天下哪个地方我没去过，什么人没见过？要钱没有，要命一条！"孙富贵把胸口拍得咚咚响，将头歪着看向赵秀英，连连叫道，"亲家，你打，你打啊！还你一下手，我就不是男人！"

"死猪不怕开水烫，咱李家人不和你一般见识，让你儿子出来说话！"赵秀英瞧着对方一副泼皮样，知道遇到了刺头，这才无可奈何地松了手。

"我儿子的事就是我的事，天大的事，我兜着。"孙富贵看亲家母的胆量不过如此，冷笑一声，一口拒绝。

"就你这熊样，还玩猴子？个子不高口气倒是不小。今天，你不把话说清楚，就别怪我们翻脸不认人！"赵秀英见对方如此蔑视自己，觉得再不硬气点，脸都丢光了。

"实话对你讲，我是乡政府推荐的非物质文化遗产传承人候选人，不要门缝里看人！瑶瑶到了我们家，不吃亏，你瞎咋呼啥？"孙富贵不甘示弱地瞪了她一眼。

"大言不惭，净吹牛皮！就你这样子，斗大的字怕是不识一筐，还非遗候选人，你怎么不说自己是人大代表呢？瞧你这样子，也不撒泡尿照照自己啥东西！把你卖了，你还说自己身上肉多，天下数你第一蠢！我也实话告诉你，我女儿就算被挖坑埋了，也不会跟你们家儿子！三尺高的小矮子，还敢勾引我女儿，你不得好死！"赵秀英恼羞成怒，像暴怒的海豚一样跳起来，把孙富贵吓得一时说不出话来。

"妈，你们在吵什么？"从住院部一路找来的孙兴旺问。

李家两口子望着这小子，越看越不顺眼，相互递了一个眼色，索性扭过头不理他。赵秀英的泪水溢出了眼眶，她不是替自己委屈，而是替自己养的女儿感到伤心，再怎么找也不能找个这样的人啊！

"快叫爸、妈，认个错。"老实巴交的母亲幻想李家人能看在刚出生的孩子的分儿上，不计前嫌。

"爸、妈，我是瑶瑶的男朋友，早想去见你们，就是忙得没工夫。等瑶瑶出院了，我们一定带儿子去看你们。"孙兴旺果然不同于一般的同龄人，口齿伶俐，话说得头头是道。

"没工夫？你做什么工作？"李公然脸色铁青，攥紧了拳头。

"工程装潢，我道上朋友多，他们可以介绍业务给我。过年后，我准备开一家装潢公司，让瑶瑶管理财务。要做就做大的，小打小闹挣不到钱。"孙兴旺越说越激动，伸手把上衣领子拉开。赵秀英瞅着那儿，几乎要晕过去，这么小的孩子，胸前却长了一片猪鬃似的胸毛，真是少见。

"开公司？真会忽悠，真能吹！瑶瑶上你当了，小怪物！"李公然一眼判断出这小子不务正业，是靠嘴皮子吃饭的小混混。他上前一步揪住对方，一用力，将对方提起来，恨不得将这个所谓的女婿摔死在地上才解恨。

"放手！你这人一点不懂礼貌，大庭广众之下动粗，让我瞧不起！"孙兴旺边喊边挣扎，腿一缩，膝盖一下顶在对方的小腹上，痛得李公然嘴巴都歪了歪。

"亲家，有话好说，要出人命了！"母亲一看儿子像个玩偶被人拎在半空中乱晃，慌忙抱住李公然的腿，跪在地上。

"再不放手，我可要报警了！"跟在孙兴旺身后的年轻人掏出手机，威吓道。

李公然放下对方，不是怕对方报警，而是老婆朝他眨了下眼，意思是儿媳妇回来了，不要让她再看笑话。

"看在瑶瑶的面子上，我不跟你计较！都是打工的，有什么了不起！看不起我是不是？等我发财了，别后悔！牛四、妈，走！"孙兴旺一拍屁股，头也不回地带着父母和朋友走了，留下目瞪口呆的李家夫妇在那里生闷气。

四号楼十三层是产妇们住的地方，瑶瑶见孙兴旺垂头丧气地回来，忙问他为什么不带自己父母上来。刚上楼的婆婆说他们有事回去了，隔天再来，再傻的人也知道是啥意思。

婆婆试探性地叫了一声儿媳妇，没有半点回音。望着哭闹的婴儿，她只能从口袋里掏出一沓钞票放在儿子手里，让他快去买奶粉。

旁边一张床上的产妇正在喝鸡汤，可能是生孩子失了不少气血，须补充营养，喝汤的声音整个房间都听得见。由于是高龄产妇，生的又是二胎，这家子来了不少人，众星捧月般围着她嘘寒问暖，生怕她吃少了。

儿子躺在瑶瑶身边啼哭，那家的婆婆怕吵着自家孙子，忙用纸杯冲了点奶粉给他们喂孩子。等了半天，儿子终于回来了，嘴里却是一股酒气，原来忙了半天，他肚子饿了，见医院门口有不少小饭馆，进去叫了两个菜，喝了瓶啤酒才去买了奶粉。

"生孩子怎么不提前准备啊？"这家的婆婆衣着光鲜，戴着眼镜，和蔼可亲，像个高级知识分子。

"农村人过去生孩子都在家里，哪有这些讲究。"婆婆忙着喂孙子，随口说。

"那是过去，现在的孩子都是宝，祖国未来的希望，不能这样马虎。"对方迟疑地看着他们一家，问她，"你是婆婆，还是母亲？"

"我是婆婆。"

"是这样啊。"

当天，邻床的两家人全搬走了，只留下他们一家独享整个房间。

三天后的早上，当小护士来查房时，发现22号床位上的产妇不见了。

"你媳妇呢？人不见了。"小护士推醒趴在床边睡得迷迷糊糊的孙兴旺。

"估计走了！"孙兴旺对闻讯赶来的父母说。

"性子太强，以后怎么过日子？"父亲揉揉乱糟糟的头发，不安地望着床上熟睡的孙子。

"去哪儿了？快去找找！"母亲催促儿子。

"随她去，会回来的。不回来，再找一个，有啥了不起！"孙兴旺抱起还在睡梦中的小生命亲了一口，满不在乎地说。

"你啊，啥时才懂事！"母亲望着一生下来就失去母亲的孙子，背过身，苦涩的泪水夺眶而出。

瑶瑶从医院偷溜出来，来到同乡好友刘莉住的地方，除了抱着的一只熊猫玩具，什么也没带。刘莉在一家宾馆做服务员，身材纤细，皮肤白皙，鹅蛋形的脸很漂亮。刘莉比瑶瑶大三四岁，同她一样，初中一毕业就出来打工了。她原本同男朋友住在一起，最近为了买房子的事，俩人闹翻了，自己出来租房子住。

听了她的哭诉，刘莉除了陪她一同大骂孙家不是人外还提起自己的事，觉得吃了很大的亏，骂道："我跟你一样，全被狗屁爱情蒙蔽了！从今以后，我刘莉若再相信爱情，出门被疯狗咬，深更半夜被猫吓死没人偿命！"刘莉赌咒发誓。

"呸，乌鸦嘴，多不吉利！"

"就你这样还迷信？"刘莉不屑道。

"我现在怎么办？"

"找老妈啊，别管她气不气，谁叫她多事生了你呢？"刘莉幽默地说。

"他要来找我怎么办？"瑶瑶哭丧着脸问。

"敢来骚扰，就报警，告他强奸！"

面对自己现在的困境，瑶瑶气极了，跟着骂："人家坐月子，像做神仙，我坐月子，像进地狱！"

"女人坐月子，就是做神仙，这么好的机会被你糟蹋了、错过了，真可惜！"

"我早该听你的，我现在恨死那个玩猴子的侏儒了！"

"玩猴子的？你之前怎么不说？"刘莉惊讶地问。

"我也是前几天才知道的，他们家原来是干这行的，说出去多丢脸啊！我现在眼睛一闭上，就会看到屁股通红的小猴子龇牙咧嘴地瞅着我，弄得我天天失眠睡不着。"

"我的天哪，这么大的事，他竟然不告诉你！他们家还不知道有多少坏事瞒着你呢！你太糊涂了，怎么跟这种家庭出身的人混，传出去多掉价！"

"我现在悔之晚矣，再想找好的，怕是下辈子的事了！我也是第一次见到他父母，鬼晓得他们是这种德行，以后跟他们住在一起，多恐怖啊！"瑶瑶哭哭啼啼，感到前途一片黑暗，对着自己的脸就是几耳光。

"我早提醒过你，你不听，现在后悔了？在同一口黑乎乎的锅里吃饭，在同一间破茅厕里拉屎，在同一个黄泥脸盆里洗脸，说不定一大家子还在同一间房子里睡觉……我的天哪，想想都没法过下去！你怎么找了个这样的人家？真会开玩笑！"刘莉唏嘘不已。"光顾说话，忘了我的宝贝小小兔。我去上班了，过一会儿，把这块哈密瓜喂给它。它是我前几天在网上买的，可听话了。"

"养这东西干吗？脏兮兮的。"瑶瑶躺在床上，看刘莉化妆。

"我妈给我算了命，说今年是我的本命年，得养只兔子，能逢凶化吉，保佑我心想事成。你别说，自从有了它，我做什么都顺心如意。"刘莉急急忙忙的，一会儿朝包里放手纸，一会儿朝里面放银行卡和手机，一会儿又在里面寻找从法国买的口红。

化了妆的刘莉像个二流明星，既艳丽又性感。她亲吻了一下瑶瑶，给几个小姐妹打了个电话，约好晚上吃饭看电影，又叮嘱她好好休息，不要着凉，这才忙着上班去了。

瑶瑶叫了一份外卖，喝了点牛奶，觉得舒服了些，把手机调到静音，闭上眼睡了一会儿。

一觉醒来，手机多了很多未接电话，大多是孙兴旺打来的。瑶瑶冷笑一声，把来电记录全给删除了。她给母亲发了条消息，告诉她自己出院了，住在朋友这儿。母亲是认得刘莉的，但她一上午都没有收到母亲的回信。

兔子在笼子里乱蹦，她丢了块瓜皮给它，想起自己的本命年是狗年，摇摇头。她不喜欢狗，对猫倒是爱不释手。

电视里正在播放意大利威尼斯电影节出场演员的画面，露出大片后背的女明星优雅地走在红地毯上，她们不时地朝如痴如醉的观众挥手致意，其中就有一位来自中国的明星，是瑶瑶的偶像，只要有偶像出演的电影、电视剧，她不吃饭也要看完。

傍晚，母亲终于发来信息，正如刘莉说的那样，母亲不但没有狠狠责骂她，反而要她注意休息，养好身体，说来说去，竟把责任揽到自己头上，把孙家人骂得狗血淋头，说是做鬼也不会放过他们。

她坐在马桶上，乳房酸胀得难以忍耐，回到床上，她又感到一阵头晕目眩，感觉身体像个陀螺在旋转。她没有生产经验，母亲也没有来得及教她这些事，对于突然变化的身体，她感到困惑而又不知所措。

　　刘莉很晚才回来，一同来的还有平时与她要好的几个小姐妹，大家问了瑶瑶一大堆问题，每人出了几百块份子钱给她。当听到孙兴旺一家人如此小肚鸡肠，且是耍猴世家，她们个个义愤填膺、怒火中烧，要她快刀斩乱麻，要么要钱，要么借此机会分手。

　　"姐妹们的脸都给你丢光了！想好没有，让他们拿十万块钱来，这是最起码的条件。"刘莉边切西瓜边说她。

　　坐在她左边的安秋雪给她打气。她在一家大型美容院上班，接待的都是一些消费水平高的人，姐妹几个当中，就数她收入高，出手大方。

　　"你婆婆这次给了你多少钱？"另一个小姐妹阿凤问她。几个姐妹中只有她没有谈过恋爱，她目前在一家房地产公司当接待员，性格腼腆，做事慢腾腾的。

　　"一万几千块钱吧。"说太少她不好意思开口，谎报了三倍的数额。

　　"啥？！天下有这样抠门的婆婆吗？"从卫生间出来的嫣红手指夹着香烟，愤愤不平。她是一家公司老板的小秘书，据说老板对她很好，外出应酬谈生意都带着她，她说话做事爽快，年龄比她们几个都大。

　　"大姐，他要是找上门怎么办？"瑶瑶担心的是这个。

　　"给钱，什么都好说；没钱，找上门来干吗？有我们姐妹给你撑腰，他敢胡来？"嫣红双腿搁在茶几上，抽了口烟，满不在乎。

　　"替他家生了个儿子，就这么拍拍屁股走了？想办法敲他一笔，天经地义！"刘莉收拾好西瓜皮，放在垃圾桶里。

　　"别笑话我了，快帮我拿个主意，没钱，我活不了哪！"瑶瑶发疯似的叫了一声。

　　"别逗她了，逗出产后抑郁症可就麻烦了！"嫣红摇摇手，叫大家别乱说了。

　　几个人聊了会儿，回去了。瑶瑶白天睡了一天，晚上不瞌睡，刘莉也是个夜猫子，不到十二点不睡觉。俩人看完《星光大道》，又看了一会儿电视剧才准备睡觉。临睡前，刘莉给兔子梳理好毛发，清理出粪便扔到外面，对着精神抖擞的小兔子祈祷，求它保佑自己本命年万事如意、心想事成。

瑶瑶给孙兴旺发了一条短信：猴子，小矮人，拿钱来！然而，半天过去了，音讯全无。

第二天，母亲一早骑着电瓶车来了。比起孙家婆婆，母亲漂亮、穿着时髦，她在瑶瑶很小的时候就外出打工，但现在单从表面上完全看不出是外来的打工者。刘莉住的这间房子在香樟河边的高档小区里，原是某位局长买来给情人住的，后来局长犯事被捕，情人吓得远走高飞，临走前把房子租给刘莉，所以很清静。

母亲适应能力很强，不像父亲，出来这么久了，还是一副农民模样。母亲和父亲分居过很长一段时间，最近几年才又住到一起，但俩人还是分床睡。瑶瑶怀疑母亲患上了洁癖症，或是性冷淡，说给刘莉听，刘莉朝她神秘一笑，笑得瑶瑶心里发毛。

父亲在一家小企业上班，干的活又累又脏，总是穿着一件满是灰尘、油腻的工作服，胡子长长的，头发乱糟糟的。在家休息时，父亲早晨起来第一件事便是坐在门口喝茶，抽上两支烟，上午去钓鱼，下午去打麻将，晚上看无厘头的电视剧，除礼拜天要去镇上的教堂做弥撒外，月月如此，雷打不动。父亲信基督教的原因对全家来说都是个谜，谁也不知道他听了什么人的话，什么时候信了耶稣，而且这样虔诚。她问过父亲，父亲没有回答。

教堂负责人是个戴眼镜、说话文雅、家里很有钱的中年妇女，这座教堂就是她带头捐赠建造的，因而她在周围名声很好。她来过家里几次，问他们家有没有困难，因为主希望他的每个子民幸福安康、没有忧虑。

母亲不喜欢这位主的使者，在她离开后，说她身上香水味太重，眼睛透着伪善，母亲还怀疑父亲在这位主的使者面前讲了家里一些见不得人的事，于是警告他们不要听她的话。父亲在这位主的使者面前唯唯诺诺，像只绵羊崽子，这让母亲很郁闷。

母亲进来时，瑶瑶和刘莉还没起床。见到母亲，瑶瑶本想笑脸相迎，结果泪水却夺眶而出。母亲没有说话，只是将带来的食物一一放好，基本上是些中国女人坐月子吃的传统食品。母亲将一只从菜场买来的已经杀好的母鸡放在电饭锅里炖，不一会儿，屋子里飘满了香味。

"孩子呢？"母亲问。

"丢给他家了。"她回答，眼前浮现出儿子胖乎乎的小脸，心里异常失落。

"起名字了吗？"母亲问。

"叫圣婴。"

"小名，还是大名？"

"小名。"

母亲坐下，看着活蹦乱跳的兔子，开始抽烟。瑶瑶忽然想起母亲常说的话：家丑不可外扬，穷得没裤子穿，也不能把脸丢了。而如今，她未婚生子，她的家人该如何对亲朋好友解释呢？向来要面子的母亲，一定在考虑这件令她无法回避而又难堪的事。

"回家还是住这里？"母亲抽完了最后一口烟，望着窗外明媚的阳光和随风摆动的树枝，似乎不是在问她，而是在问树枝上的那只黄嘴黑身的雄鸟。这只鸟活泼好动，在树枝间飞来飞去，根本不在乎树下晨练的人对它指手画脚，不时张开嘴呼唤同伴前来亲热。但令它失望的是每只雌鸟都不理它，最后它只好飞走了。

瑶瑶犹豫不决，既想回家，又怕父亲和嫂子责怪，权衡半天，她摇摇头，表示就住在这里。赵秀英嗯了声，盛了一碗鸡汤放在桌子上，再次问她："孩子要吗？"

"不想要。"

"想好了？"母亲恨铁不成钢地咬咬牙。

"想好了。"她觉得对不起母亲和家里人，事到如今，没有后悔药可吃，她也只能硬着头皮，多少还能给家里人挣一点面子。

赵秀英看了女儿一眼，反而担心孙家不来，这样她女儿岂不是哑巴吃黄连——有苦说不出？孙家没费一点心思就得了个孩子，说出去，谁都要说一句李家人真傻。

"几天了，孙家没有一个人来看你，搞什么鬼？"赵秀英见门外人来人往，心里七上八下，坐不住了。

"我去找他们，他们凭啥一声不吭！"瑶瑶翻身下床。

"如今刀把子攥在人家手里，你有天大的本事，又能把他怎样？当初说他对你如何如何好，现在呢？把你一脚踹了，还把你蒙在鼓里！"母亲埋怨她之前不听自己的话。

"我去把孩子要回来！"

第一章：圣婴之母

"养活自己都费劲，要回来，你拿什么养他？"睡醒的刘莉插话。

"我去他们家，找小矮子要抚养费、精神损失费，看他一家人怎么办！"

"别丢脸了，怪就怪你不长心眼，看上这个人面兽心的东西。他除了那张嘴，全身没一个吸引人的地方，你居然不听劝，让他占便宜，天下有你这么笨的人吗？"赵秀英泪如雨下，恨孙家过河拆桥，恨女儿不懂事。

"什么男人都不能相信，特别是嘴甜的男人，十有八九都不是好东西！你先住在这里，看他家有无动静，再做打算。"刘莉劝说她。

孙家不但没有人来，而且连电话也不回了。母亲早晚抽空来看她，免不了说些难听的话，瑶瑶偷偷哭了好几次。直到孩子满月那天，她才彻底失望，躺在床上，魂不守舍，甚至说些莫名其妙的话。

她受不了这种煎熬，来到之前和孙兴旺住的地方，房子已经转租给了另外一家打工的。通过那个少了三颗门牙、整天佝偻着腰、不停唠叨、神经兮兮的房东老太婆，她才得知，二十天前孙家就搬走了，说是回山东老家去了。

她晕头转向地站在曾经幻想能过上美好生活的房子前，泪流满面，不明白孙兴旺为何如此绝情。她回想以前的事，真是欲哭无泪。

一年前的那个春天的傍晚，她无所事事，在一家很有特色的川菜馆前徘徊，口袋里只有母亲给的几十块零用钱。美食的香气一直弥漫到街上，经过精心烹饪的龙虾红得像威武的金刚战士，大有舍我其谁的英雄气概。窗子另一边，每张桌子上都有像她这样年轻的女孩子正在大快朵颐，她们喝着啤酒，听着美妙的音乐，不时同身边的男孩子欢笑。餐饮是目前第三产业最成功的，只要是饭店，不管大饭店还是小饭店，甚至是路边的大排档，没有生意不好的。

"哎呀，美女，你好！"她囊中羞涩，正准备走开，一个个头矮小的男孩子跑过来招呼她。

"你是……"她一时不能确定眼前的这个男孩子是否在哪里见过，是不是熟人。

"你忘了？我是孙兴旺，我们在那家店里一起喝过咖啡。"男孩子随手往前面一指，自我介绍道。的确，她常常来这片卖各种小吃的地方玩。

"我是瑶瑶。我怎么不记得了？"她有些疑虑，恍惚中，似乎真的在那家咖啡店里跟他喝过咖啡、吃过牛排。

"瑶瑶，走，我请客。安姐我认识，给我理过发，你们是好朋友。"男孩子热情相邀，并且说出了她好朋友的名字。

"我有事。"她嘴上这么说，脚却没有挪动。

"等会儿我把安姐叫来。"孙兴旺不由分说，将她拉进了店里。

"原来是骗子，设计好的！"此时一回忆，她才明白这是个圈套。

她站在那儿，默默回想那次的见面，觉得好笑。直到吃完饭，孙兴旺也没有把安秋雪请来。而且自己根本就没有和他在一起喝过什么狗屁咖啡，因为自己不喜欢喝咖啡。跟他进去吃龙虾，纯粹是自己嘴馋、爱慕虚荣。

瑶瑶心烦意乱，耳边竟然传来婴儿的哭声，于是她做贼似的朝来路跑去，穿过一座小桥，碰到一位住在这儿的熟人，她理也没理，便越过马路，朝人来人往的菜场走去，她要让喧嚣的叫卖声、讨价还价的争吵声将自己混乱的心填满。这个无辜的孩子，从他出生那一刻起，他以后的路就注定不会一帆风顺，而她便是罪魁祸首之一。

菜场不仅卖菜，还卖别的东西，每个区域都不相同，卖干调的、卖水产的、卖飞禽走兽的、卖稀奇小物的都有。

一群人围在一起，她以为是跑江湖卖狗皮膏药的，刚要从旁边走开，一声刺耳的叫声让她混沌的思绪突然清晰起来。她转过身，挤进人堆一看，原来是卖宠物的。

"这是日本狼青犬，世界猛犬，一条能抵十八条土狗。俗话说，会咬人的狗不叫，说的就是这种狗。大家想要的话，五折优惠。"卖狗人五十多岁，稀稀拉拉几根黄胡子，瘦得皮包骨，最引人注意的是他插在腰间的烟袋，又粗又长，烟嘴黑得像锅底。

"假的怎么办？不会咬人怎么办？"想买的人拿不定主意。

"这是母的，这是公的，这些小的就是它们的后代，你摸一下，看它叫不叫！这对种狗是我儿子花大价钱从日本买过来的，不是吹牛，在人家那儿，这种狗可是国宝！死了都要被送进寺院里供奉，为它烧香诵经，超度它来世再回人间。不像我们这儿，死了，肉也不能浪费了，进肚子里再利用，这叫生物环保，超级科技！"老头说得牛头不对马嘴，但一些人却信以为真，开始掏腰包。

"国宝的肉谁不想尝尝？供奉，那是日本人不会过日子，浪费，不懂节约能源，迟早要败光家底子，到我们这儿来讨饭，给我们打工！"心动的人边说笑话边付钱，然后挑选自己中意的狗崽子。

"这狗还有一大好处，那就是饿死都不会抱怨它的主人，绝对忠诚，绝对听话，绝对以德服人！真舍不得全卖掉，唉，没办法，儿子讨老婆需要钱。最后一条，谁要？"老头抱着那条大母狗，可怜巴巴地说。

日本狗卖完了，老头拍拍剩下的两条大狗，与它们对视了一会儿，坐在一边，咕噜咕噜抽了会儿水烟，对围观的人说散了吧。

"那是什么？黑不溜秋的。"一个年轻人指着没盖严的笼子问。

"猫。"老头把盖在笼子上的塑料布拿掉，脸上没有一丝表情。

年轻人酒喝多了，说话间，一股呛人的酒气。他指着目光呆滞、浑身无毛、双耳挺直、肋骨明显的猫对身边的朋友说，他昨晚做梦，梦中见到的猫就是这只猫。它跟着他，不声不响，像个幽灵，吓得他一身冷汗，大叫一声，一家人都被惊醒了。

"这是什么猫？模样古怪，哪里来的？"年轻人继续问。

"路边捡来的，咱以前也没见到过这模样的猫。"老头回答，似乎正在考虑如何处理它。

"这猫像是红花寺里的那只猫，怎么会在路边？"一个妇女认出了这只猫。

"这猫在寺里整天神经兮兮的，既不抓老鼠，也不听话，行动古怪，叫声诡异吓人，吓得许多人不敢去寺院烧香，可能被寺院里的僧人赶出来了。"一位知情人说。

"哎哟，原来是只不吉利的猫，赶快处理掉，免得害人！"酒鬼一听，上前一脚就要踩死这只脸上毫无表情的猫。

"你会倒霉的，走吧，别惹事了。"酒鬼的朋友是清醒的，忙把他拉开。

"踩死我的猫，让你倒八辈子霉，踩一下试试看！"老头哼了一声，对年轻人的行为非常不满意。

"你这位大哥鬼迷心窍，不是我说你缺心眼，再没有钱，也不能卖从寺院里跑出来的东西，它们是有灵性的，不管是好的，还是不好的，快放它走吧！"心地善良、信佛的妇女劝说他。

"不行，不能在这儿放，要是跑到谁家，惹祸怎么办？哪里来，哪里去，带到没人的地方处理吧！"住在菜场周围的居民反对道。

"该你命不好，不要怪我心狠手辣、不讲仁义，谁让你长得这么难看？杀你者，非我也！去了阴曹地府，你可要跟阎王说清楚这点，不是我害你，是某些人容不得你。"老头收拾好东西，准备离开去完成任务。

"你卖吗？"瑶瑶在一边看了半天，才想起这是一只斯芬克斯猫。

老头看了她一眼，没有说话，只当她是随口问的。

"你想买？"喝多了的酒鬼气呼呼地走过来问她。

"关你什么事？"她打量这个家伙，觉得非买下这只猫不可。因为这酒鬼说话的声音跟孙兴旺非常相似，甚至连长相也差不多，要不是个子长得高些，简直就是双胞胎。

"它是我梦里的猫，你凭什么买？"酒鬼质问她。

"不卖了，我带回家。"老头挑起担子，起身离开。

"这就对了！"酒鬼高兴地跷起大拇指。

围观的人散了，酒鬼和他的朋友也走了。瑶瑶跟在老头身后，来到一处路口，用力扯了一下老头的担子，笼子里的猫大叫一声，老头慌忙停下，问她想干什么。

"我想要这只猫，大爷，把它送给我吧！"她恳求对方。

"美女，你要猫干什么呀？"老头慢条斯理地问她。

"我喜欢。"

"它是妖猫，不吉利，你不怕？"老头露出一口黄黄的牙齿，诡异一笑。

"不怕，我从小就喜欢养猫。"

"你真的不怕？中国哪来这样的猫？它是我发现的，说明我命中注定要承担这样的责任。你年纪轻轻，养这样的东西不合适。你看它的眼睛、它的耳朵，简直受不了，好像什么神灵附在上面！我一辈子没做过什么坏事，菩萨是不是不高兴了，不然为什么非要让我来做这件事呢？"老头惊魂未定地望着这只眼光冷冰冰的猫。

"它是斯芬克斯猫，不是什么怪物。"看着笼子里的猫，瑶瑶感觉这只猫就是为了她，才在今天跑到路边的。

"你怎么知道？"老头问她，对她的执着感到疑惑。

"我从小到大喜欢猫，不会错的。"

"那就送给你吧，出了什么事，不要怪我，说我存心害你。如今的年轻人胆子就是大,听说还有养老虎和蛇的,咬人怎么办?"

"不会的。"她高兴地笑了,觉得老头挺幽默。

"我送你一条咒语,常念叨,它就不会显魔性。"老头逗她,嘀嘀咕咕念了一句经,见她点头表示记住了,这才带着两条狗飞快离开。

菜场后面不远处有一座不大不小的土地庙,名叫红花寺,是"文革"时被毁、前几年村民们自己筹款重新建造的,据说是为了纪念一位明代的抗倭将军。

这老头怕是在寺院里做杂活的人吧,不然不会这么神秘,而且会念咒语。至于这只猫,可能是大多数人没见过斯芬克斯猫,加上它面容古怪、阴沉,影响了前来礼佛进香者的情绪。如果继续留它在寺院里,香客们就会有意见,不愿施舍,寺庙无奈之下,才让老头将它送走的。而老头原想靠它发点意外之财,掩人耳目说是从路边拾来的,并且跟儿子养的狗搭配在一起出售,却不料被人发现是寺庙里的猫,结果竹篮打水一场空。走在回家的路上,她这样猜想。

第二章：斯芬克斯猫

回到母亲住的地方，瑶瑶决定把这只猫当儿子养。

母亲起初见到这只猫，也是吓了一跳，连一向胆大的父亲也有些畏惧，他们围着它看来看去，拿不定主意是同意还是不同意养在家里，直到她从手机里翻出一张介绍世界名猫的图片，他们才放下心。

"带它去宠物店检查一下，别有什么毛病！"父亲担心地提醒。

"要是有病，就把它扔了。"母亲跟着提醒。

宠物店老板是一位兽医系毕业的漂亮姑娘，她热情地帮它洗澡、检查身体。经过一番清理，这只猫变得可爱了。它一边享受，一边叫唤，一边撒娇，左耳耷拉着，右耳高高翘起，舔舐着她的手、脸、脖子。

"这是一只漂亮的猫，它叫什么名字？经常叫它可以增进你们的感情的。现在养宠物的人越来越多，可养了一阵子，没了兴趣，就扔掉了，因此要有耐心。"姑娘建议。

"叫圣婴。"她毫不迟疑地说。

"这好像是一个孩子的名字，不一定好，不如起个有特色的名字，比如说，它这只左耳就有特色，叫左耳猫也行啊！"姑娘并不了解她的心思。

"就叫圣婴吧，我要把它当儿子养。"她下定决心。

"当儿子养，什么意思啊？"姑娘不解地问她。

"我喜欢。"想起没有音讯的儿子，她的情绪顿时低落下来。

"喜欢就好，女孩子就该做自己喜欢的事。"

"圣婴，舒服吗？肚子饿了吗？你喜欢我吗？"她问。

圣婴听了她的话，抬起头，竟然一连叫了三声，这让她既迷茫又兴奋，连女兽医也感到不可思议。

"开业以来，还没有见到过这样聪明的猫，你从哪里弄来的？叫的声音就像人说话，太神奇了！"姑娘问她。

"卖狗老头送的，这猫差点让他打死活埋了。"她爱怜地抚摸着它，发现它听了自己的话，左耳竟然猛烈抖动起来，不但如此，它一脸完全听得懂她们之间的对话的表情，这让她惊奇不已。

"为什么呀？"女老板问。

"寺庙里的人说它喜欢捣蛋，长相不吉利。"

"这是外来品种，他们没见到过。"姑娘温柔地抚摸圣婴的头，那上面只有七根毛发。

"它刚才叫的声音像是在说话，声带可能有问题，过几天再来检查一下。"

"不会是病猫吧？"

"不会的，它是只健康的猫。我叫小薇，家就住在店后面。"姑娘邀请她以后常常来玩，交流一些养宠物的经验。

瑶瑶答应了，带着圣婴回到家。母亲今天不上班，正在家里做饭，招待单位里要好的同事，其中一位姓王的车间主任对圣婴非常感兴趣，不停地逗它，甚至装模作样地吻了它一下。这人是家里的常客，喜欢跟她开玩笑。圣婴躺在椅子上，眯着双眼，对这人的爱抚没有反应，相反，非常警惕地盯着他的一举一动。

来到厨房，母亲正在做一道凉菜，材料是绿豆芽、黄瓜、香干、红辣椒。她准备帮忙，母亲说不用，因为大部分菜是从熟菜摊子上买来的。他们家租的这两间房子在一楼，母亲和她住一大间，父亲住一小间，外带一间小厨房，房租八百元一个月。

瑶瑶回到自己的房间，外间传来打牌声，她厌恶地骂了一句脏话，打开手机，搜索想要看的影片，结果一无所获。坐在房东家送的旧梳妆台前，看着镜子里的自己，她像丢了魂似的一动不动。

"瑶瑶，给王主任他们倒茶！"母亲在厨房叫她。

"来了。"她在母亲喊第二遍时才应了一声。

外间的牌打得正火热，王主任和对家将另二位的钱赢了，高兴得摇头晃脑，哼着小曲，这是一种粗犷、没有固定音韵的地方小戏，不过在她听来，简直就是小痞子、好色鬼唱《康定情歌》，怎么听都不伦不类。

吃饭时，父亲才回来，他同在座的人寒暄了几句，大家收起纸牌，接着又来了两个中年妇女，也是母亲的同事，家里一下子热闹起来。这是外出打工者最常见的交流方式，要好的人没事便聚集在一起谈天说地，说些自己的苦楚，更多的是担忧留在家里的孩子和上了年纪的父母，大家相互安慰，希望多挣点钱，早日回家安居乐业。

"李兄，我敬你一杯。"王主任举起杯子说。

"你是主任，我敬你，请多多照顾你嫂子。"父亲脸色僵硬，声音冷淡。

"一定。"王主任坐下，点点头，用筷子夹了一根鸭翅膀，一口咬在嘴里，没把李公然难看的脸色当一回事。

桌子上的菜都是些惯常的下酒菜：鸭翅、鸭头、鸭爪、猪耳朵、猪头肉、花生米、臭豆腐干、凉粉皮、鸡的内脏等，这些菜全是卤制的，虽然不怎么卫生健康，但价格低廉，深受普通打工者的欢迎。

瑶瑶不太喜欢这些菜，她跟孙兴旺出去吃饭时都是自己点菜。她对意大利比萨、煎牛排和清淡的菜情有独钟，此外，便是够刺激的龙虾啤酒，早餐一般来说是拉面，或是到肯德基去吃。

酒过三巡，人们开始高谈阔论，从恐怖分子一直谈到叙利亚内战死了多少人、多少女孩子被强奸拐卖，从波斯湾的石油谈到美帝国主义是纸老虎，从火星探索谈到太空移民，从基因武器谈到脱贫攻坚工程，讲的全是大事。直到最后，一个妇女说儿子谈对象，没有足够的钱买房子，天天跟她吵，一张张能说会道的嘴巴才闭上。

"这样的大事不是我们老百姓能管的，喝酒！"父亲一向不喜欢这些话题，但客人是母亲请来的，他不愿多说，怕母亲不高兴。

"我们顶多有几个零用钱打打麻将，喝点小酒罢了！"王主任满脸红光，与母亲对视一眼说，"我们早被穷吓破了胆，有钱又怎么样呢？敢去花吗？花在哪儿合适呢？看病，上学，买房子？"

"你没钱？"坐在他对面的妇女漫不经心来了一句。

"我哪来的钱？"王主任不满意地反问对方。

"没钱，能到处风流？"对方话里有话。

"杨又霞，你说的什么话？"

"房子太贵了，哪敢把钱花在别的上面！"父亲长叹一声，打断两人的话。

瑶瑶抬头，见圣婴站在王主任背后的破沙发背上，尾巴翘起，左耳上下抖动，右耳竖起，一脸严肃，像在分析他说的话是什么意思。她不明白这只全身乌黑的猫为何对王主任如此感兴趣，继续观察它，见它不时伸出左前爪，轻巧地拨弄王主任梳到脑后的一撮头发，当对方弯腰或者吃东西时，它就会收回左前爪，脸上露出似笑非笑的表情，像是在说：这人多有趣啊！

这样的场合，不让客人把酒喝好，那就证明主人请人吃饭的心意不诚。为了尽兴，人们开始划拳、猜扑克牌。父亲喝多了，一起身差点跌在地上，只好去休息。又喝了一会儿，来的人已经醉倒一大半了，他们颠三倒四地说胡话，横七竖八地靠在破沙发上，几乎把它压成一块饼干的形状。

来到房里，母亲睡在床上，已经醉得不省人事了，马桶上有她呕吐的痕迹。看着徐娘半老的母亲，猛然间，她像发现了什么秘密：母亲的一生不完美，而这种不完美的基因好像又遗传在她身上。有其母必有其女，上梁不正下梁歪，这是人们对那些母亲品德有问题的女孩子的普遍看法。

她在房里待了一会儿才出来，客人们全走了，只有她的圣婴，那只斯芬克斯猫端坐在桌子中央，左耳时而耷拉，时而抖动，望着桌上的残羹冷炙，默不作声。

瑶瑶费了半天的工夫才把满是酒味的家收拾好。圣婴用右前爪拍拍她的脸颊，左耳恢复正常，不再抖动了，但天蓝色的左眼却调皮地闭上又睁开，她笑了起来。

母亲傍晚才醒来，披头散发，衣衫不整。她坐在床边，不说话，像在回忆什么。

瑶瑶问母亲要不要喝水，母亲用力摇了一下头，没吱声，将衣服全脱光，走到卫生间洗澡，门也不关。她从外面看着母亲，搞不明白她一觉醒来为何变得如此神秘。

"瑶瑶，妈腰上全是肥肉，要减肥了。"洗了一会儿，母亲终于开口说话。

"噢，是吗？"

"还有这肚子，不知不觉大了这么多，太难看了！"

"少吃肉，多运动。"她说。外面有动静，想必是父亲醒来了。

手机来信息了，她一看，是刘莉发来的，说是有要事找她。

她走出家，觉得头脑清醒多了。

赵秀英洗完澡，换上衣服，来到河边散步。

南方的秋天并不比春天逊色多少。前两天刚下了场雨，树木花草的叶子变绿了许多，倒映在布满点点油花的河水里。

几个钓鱼者专心致志地瞅着河面，不愿多说话。

她和丈夫已经好几年没有真正意义上同房了，有时一方来了点兴致，另一方却无动于衷，双方对不上号，几次过后，俩人都失去了兴趣。她和王主任的事，已经不是一年两年了，她进公司不久，他们就有了特殊关系，公司很多人都知道，只是没人当面戳破而已。

事情演变到这个局面也并非没有原因。她当姑娘时头一次相亲的那一天，她怀着羞涩的心情跟着母亲、婶娘等人去了李家。中午吃饭时，媒婆让她一个人跟着李公然去看新房，她没有拒绝，因为房子就在隔壁。她走进布置一新的房子，看着床上的新被子、屋里摆放的家具，满意地点点头，脸上露出幸福的笑容。李公然递给她一瓶刚打开瓶盖的饮料，她喝了几口，马上觉得有点头晕。

他抱起她放在床上，把她裤子褪去，饿虎般扑在她身上。她羞愤难当，拼命用力推他，希望他停下。她不敢叫喊，怕外面吃饭的人发现，那多难为情啊！一刻钟后，他像没事人一样同她走出了房间。

从李家回来，她对母亲表示坚决不愿嫁到李家。母亲不明白什么原因，反而把她一顿骂，说彩礼都收了，怎么能说退就退呢？

"他强奸我！"她哭哭啼啼，预感某种灾难会降临在她身上。

"啊，有这种事？！天杀的，他看上去像个人样，原是个畜生！"母亲听她说了原委，气得一连骂了好多天。

"把彩礼退给李家！"她说。

"都是黄媒婆坏的事，这老东西肯定收了李家好处，当初把他说得那么好，原来却是这样的人！咱们上李家的当了，怎么办呀？"母亲叫苦连天，只恨自己有眼无珠。

李家有好几个兄弟，是当地有名的大家族，父母当初正是看上这点，才同意这门亲事的，如今想退婚，却是不容易。媒婆三番五次上门说好话，到最后更是直接放出话来，李家要是丢了脸面，不会善罢甘休的，到时闹出人命来，别怪她没有事先打招呼。

李公然那小子不但有事无事来村子里转悠，而且直接找上门，出言不逊。老实巴交的父母傻眼了，一个多月过去了，更加恐怖的事来了，她发现自己怀孕了。

"算了吧，李家惹不起，你又怀孕了，嫁过去吧，你们有了孩子，他说不定会改好的。"母亲劝说她。

"我要把孩子打掉！"她说。

"姑娘家打胎，笑死人的，传出去，名声不要了呀！"

"我去外地打工。"

"祖宗哟！你去外地躲起来，他上家里来闹如何是好，你要眼睁睁看着我们受气？"母亲绝望地央求她。

"报案！"

"这样的丑事还好意思到处宣传，你不要脸，赵家还要脸呢！"母亲伤心欲绝。

她还是不同意，母亲开始绝食，以死相逼。

她最终还是嫁过去了，第一天晚上，便被他打得鼻青脸肿，直到跪在地上求饶，他才住手，他要她顺着他的心意过性生活，不要干涉他同别的女人来往，同时挣的钱归他管。

他在家，她要强装笑脸；他有事出门，或者外出鬼混时，她才敢偷偷哭。她恨透了这个男人。直到生下儿子、女儿，丈夫仍然好吃懒做，弄得家里一贫如洗，无奈之下只好同意她外出打工。这其中还有一条重要原因，那就是他勾搭上了一个开发廊的年轻漂亮的女孩，女孩嫌她在眼前碍手碍脚，怂恿他撵走她。走的前一天晚上，为了警告她不要在外面有非分之想，他把她拉进屋里，一顿狠揍，直到她喘不过气，他才住手。

"你这辈子都是我的，别想溜之大吉！"他扒光她的衣服，在她痛苦的哭泣声中，再一次虐待她的肉体和心灵。

"我不敢。"她求饶。

"怎么证明你的诚意呢？不如在你脸上弄个记号。"他过瘾了，笑嘻嘻地说。

这时儿子在外面听到了里面的动静，拍打门，喊她。

"求你看在儿子的分儿上，让我有个母亲的尊严，让孩子们有个尊严，也让你自己有个尊严！"听着儿子的哭喊，她穿好衣服，擦去脸上的泪水，把散乱的头发理好，横下心，第一次对他这样说。

"嘿，一下子会说话了。看在儿子的面子上，放你一马。"丈夫简直不敢相信她有一天敢这样说硬话，反倒有些不知所措。

她走了，他公开同开发廊的女孩住在一起，直到有一天，他发现自己那东西生满了疮，软绵绵的抬不起头，这才慌了神。来到镇上找医生检查，德高望重、快要退休的老中医告诉他，由于他脾气暴烈，纵欲过度，导致精气不和，五脏受损，一时间难以治愈，唯一的办法就是清心寡欲，吃中药调理，看以后的运气。

"老先生，我李公然怎么会得这种病呢？这不奇怪吗？"

"王公贵族、平民百姓，都吃五谷杂粮，是人就有可能得病，奇怪什么？你以为你是谁啊？神仙啊！"老先生早听闻他品行恶劣，所以一点也不客气。

"这不是要我的命吗？老先生有什么好方子，救人一命，胜造七级浮屠啊！"他慌了，想不明白自己天不怕地不怕的人，为何竟会得这样的病。

"我既不是佛，也不是神，病由心生，病由己出，他人能管得了吗？"老先生脾气倔强，不买他的账。

他跌跌撞撞地回到家，一连几天魂不守舍，越想越害怕，照着方子吃药，发现没有一点效果，来到县城医院检查，结论一个样。这下他傻了，绝望了。他抄起木棍，去找那发廊妹，准备打断她的腿。然而，发廊妹一听说了他的事，马上溜了，不知去向。

"去天王寺求求菩萨吧。"一向不上门的母亲听说此事，前来看他。

儿子虽不孝，恶名远扬，但毕竟是自己身上掉下来的肉。他同母亲来到村后的天王寺，虔诚地跪在金光闪闪的菩萨面前，发誓只要病能好，从此吃斋念佛、改邪归正。

"妈，我怕！"他说，流下了泪。

"病好了，去媳妇那儿，好生待她，别再打她骂她。儿子女儿大了，你得有个当父亲的样子，不要让他们这辈子在别人面前抬不起头！"母亲哭着教育他。

"浪子回头，还是贪生怕死？" 这些事是她后来听说的，赵秀英想到这儿，自己问自己。

她在公司上班，什么活儿都做，再累再苦也不埋怨。管理车间的王主任是本地望族出身，对她很佩服，开始有意无意照顾她，俩人接触多了，她向他倾诉了一切。他保证只要她在这家公司，李公然有十八个胆子也不敢来找她的麻烦。他不但有很多道上的朋友，而且闲暇时还帮别人打官司，是位业余律师，懂法律的。

　　"离了吧？"王主任话里有话。

　　"不行！"她不同意。

　　王主任老婆虽然常年有病，但赵秀英不想背负破坏他人家庭的名声，宁愿做他的地下情人。另外一想到孩子，她就舍不得，觉得他们太可怜。

　　李公然问神求医，吃了许多药，虽没有病死，但那个东西还是不行了。他心灰意冷，怀疑这是老天爷对自己的惩罚。原来的狐朋狗友对他敬而远之，走投无路之下，他只好带着两个孩子来到老婆身边。面对两个无辜孩子的可怜样，她心软了。

　　"这是我们车间王主任。"当天晚上，她把王主任请到自己住的地方吃饭，正式对丈夫介绍。

　　从王主任来的那一刻起，李公然就明白，自己的地位不同以前了。这是外省，不是他原来混的那一亩三分地，强中自有强中手，他那点威风在这儿算不上号，不识相的话，怕是马上就要吃亏了。桌子上，王主任跟一同来的几个朋友谈笑风生，大口喝酒、大口吃肉，就像在自己家里一样随便，根本没有把他放在眼里。

　　"分床睡吧。"王主任带人走后，丈夫有自知之明，哭丧着脸对她说。

　　她鄙夷地嗯了一声。

　　赵秀英一边走，一边想着家里的事，在十字路口碰到隔壁邻居一家出来吃饭，对方邀请她一道，她礼貌地摆摆手谢绝后，独自朝一条巷子走去。这是一条步行街，两边全是卖衣服、鞋子、小吃的店面，她在一家店门口的桌子前坐下，面无表情地看着街道上熙熙攘攘的人，直到老板娘亲自给她端上一碗香喷喷的水饺。

　　她今天晚上不想回去，吃过饭后，继续东游西逛。晚上的江南小镇很是热闹，再过几天就是中秋节，根据传统，庙会也会在这几天举办，到时会有许多新奇的东西汇集此处。只要交上一笔钱，商贩们便可在管理部门划定的区域自由经营。为了抢占好的位置,一些商贩已经提前过来布置经营场所。

经过一家卖衣服的店铺,她草草浏览了一下,又朝下一家卖鞋子的摊位走去。这些东西虽然便宜,但是几乎全是仿制的假货,她不买。街道上油烟味、调料味很重,下班后无所事事的年轻人带着朋友坐在桌子前,边吃边吹牛,个个豪情满怀。

一位小贩推着小车沿街叫卖鹦鹉、兔子、小狗、小猫、荷兰鼠,孩子们围成一圈,兴奋地指指点点,央求父母买下自己喜欢的小动物。如今养宠物的人越来越多,连孩子们也受到影响,这或许不是一件坏事。

她漫不经心地走在熙熙攘攘的街道上,不知不觉来到王主任家的楼下。仰望天空,天上的星星是那么遥远,秋天的夜晚让她心里异常烦乱。

她转身离开,朝回家的路走去。从这里回家要经过另一条弯曲的、没有路灯的小巷子,几只家猫出现在眼前,它们准备去街道后面的小寺里玩耍。走进巷子,里面静静的,两边的围墙散发出秋叶枯萎的味道。突然,一只大黑猫猛然从她身后蹿到面前,在空中翻了个身,又朝前面跑去。

她头皮发麻,加快速度走到巷子口。这只黑猫端坐在路灯下,蓝色的眼睛闪着光,无毛的身体在暗淡的灯光下显得更加黝黑,见她慌慌张张走过来,并没有动,仍然安静地坐在那里,像是专门在此等她。

"圣婴,你在这儿干吗?"她认出它来了,顿时放下了心。

圣婴做了一个亲昵的动作,嘴里发出呼噜呼噜的声音,它扬起左前腿,左右摇摆。她将圣婴抱在怀里,听着它不停的呼噜声,感到手足无措。这声音时高时低,短促清晰,像是某种语言。

听着这迷人的声音,她竟有点昏昏欲睡,路过的人瞅着她怀里的猫,露出惊奇的目光,等她走后,小声嘀咕:"这是什么猫?真奇怪!"

"呜,呜,呼噜。"圣婴继续发出声音,仿佛在跟她打招呼。

"你想说话?"她惊奇地问。

圣婴伸出左前爪,拍拍她的脸颊,发出短促清脆的声音,同时从她怀里跳下,一溜烟朝家的方向跑去。一朵云挡住了星光,秋风里,她觉得有点冷,加快脚步回到家里。

瑶瑶已经回家,此时正躺在床上看电视,圣婴站在沙发上,正在和她玩。瑶瑶挥动右手,它抬起右前腿;挥动左手,它抬起左前腿;瑶瑶笑着逗它,问它从哪里来，它跳上窗口，呜呜地叫着，用左前腿画了一个圆圈，指着外面的天空。

"真会开玩笑，你从天上来？"瑶瑶乐得在床上翻身打滚。

圣婴收回脚，凝望着星光灿烂的天空，再一次发出短促清脆的声音。

"这猫肯定受过训练，不是一般人家养的，你从哪里弄来的？"赵秀英问女儿。

"那老头说是一个有钱人家的老太婆送给寺院的，后来老太婆死了，它就在寺院里捣蛋，什么坏事都干。寺院怕它影响香客，将它撵出来，没想到被我救了，我真是功德无量啊！"瑶瑶夸耀。

"这样的猫你也要弄回家？"赵秀英倒吸一口气，想起这只猫晚上的古怪行为，担忧会出什么问题。

"我上网查了，这是名贵的斯芬克斯猫，无毛，皮肤皱皱巴巴，怕是有钱人家从国外带回来的。"瑶瑶猜测。

"世上还有这种猫，它捉老鼠吗？"母亲问。

"你说呢，这样的猫怎么可能去捉老鼠？"

"猫天生就是捉老鼠的，有什么好笑的！"母亲说完去换衣服了。

"你要听我的话，不然，我可对你不客气！不管你以前享多大的福，跟了我，你就得服从我的命令，懂吗？"瑶瑶指着圣婴的鼻子警告。

"明天去寺院了解一下这只猫的来历，要是别人放生的猫，那就算了，就怕是带邪气的猫，可就麻烦了，得想办法送走它，防止招惹祸事上身。"赵秀英上床，谨慎地说。

"封建迷信，不去！"

"它晚上一直跟着我，在巷子口，差点吓死我了。"

"那我就教育它一下，让它在咱家规规矩矩的。"瑶瑶伸手拧住圣婴的左耳，在它屁股上拍了一下。

圣婴一声叫，那叫声就像孩子的哭声。瑶瑶一哆嗦，松开了手，心惊肉跳地望着它，好像察觉到了什么，一时间坐在床上一动不动。娘儿俩面面相觑，不晓得如何处理这只猫。

"明天带它去打疫苗，别让它咬了人，那可就坏事了！这么值钱的猫那家人为何送给寺庙，怕是有隐情吧？"赵秀英猜测。

圣婴从窗口跳到外面，半夜才回来，不过这时，赵秀英和瑶瑶已睡着了。

天刚亮，瑶瑶迷迷糊糊要去上卫生间，左脚刚伸进拖鞋，就感觉不对劲，她弯腰一看，立即尖叫起来，原来拖鞋里有只死麻雀。

"谁干的？真缺德！"

"肯定是圣婴，昨夜我看见它从窗口跳出去，没想到捉麻雀去了。"赵秀英回答。

"我非教训它不可！"她气呼呼地将死麻雀扔进垃圾桶。

父亲在外屋听见了，很生气，问她叫什么，传出去，别人还以为家里出事了。

"今天礼拜天，他要去教堂做弥撒，见主的使者。"母亲阴阳怪气地说。

"我悄悄跟他去，看看都是些什么人。"瑶瑶好奇心大发，一骨碌爬起来，飞快地收拾好，悄悄溜出门，远远地跟在父亲身后。

教堂很大，该到的人已经到齐了，瑶瑶躲在后面，见父亲手捧《圣经》，端端正正地坐在一位老太太旁边，神情庄重，有模有样地跟着主的使者念经文。

主的使者望着眼前的主的子民，举起细长的双臂，面带慈爱，对钉在十字架上受难的耶稣表示自己无限的悲痛，她说："愿上帝怜悯和宽恕你们的罪过！阿门，阿门，主啊，请接受我们的悲痛、我们对你的爱！"

台下的人纷纷跟着念叨："主啊，阿门，阿门，阿门！"

"愿上帝体恤、赦免和宽恕你们的罪过，阿门！"主的使者边分发圣餐，边对众人说，"我的孩子们，你们是上帝的羔羊。"

弥撒结束后是追思，主的使者的灵魂像是去了天堂，她站在献祭台前纹丝不动，众人用爱戴的神情望着她，回忆自己过去做过的蠢事、坏事、错事、丑事、不能在他人面前说的事，以求得主的包容、宽恕。

瑶瑶坐在最后一排，目不转睛地瞅着父亲，人高马大的父亲正襟危坐，似是想起自己过去的那些龌龊事，脸上一阵红一阵白。他对主的使者表现出无限的崇拜与爱慕，恨不能走上前去跪在她面前，亲吻她的脚面。这位主的使者虽不漂亮，但很有气质，一举一动都带着神秘的神圣感，很诱人。

瑶瑶没等仪式结束，就悄无声息地溜出教堂，来到外面。

朝霞满天，白云飘浮在天空，大雁向南飞去，留下一串串的叫声。她顺着河边的景观带慢腾腾走着，实在想不通一向粗野的父亲为何会有这么大的转变。特别是他对那位主的使者，在她看来，简直就是五体投地的崇拜，哪怕她让他去献身，把他钉在骷髅山上的十字架上，他怕也不会皱一下眉头。回忆起小时候，她每天见到的、听到的不是父母吵架，就是母亲挨揍，这时，她就会心惊胆战地跑去爷爷奶奶家躲藏。

"又吵嘴了，唉！"奶奶唉声叹气。

"爸爸打人。"她说，紧紧依偎在奶奶身边。

"你妈妈也不是省油的灯，嫌贫爱富！"奶奶见她茫然、不知所措地看着自己，没有再说下去。

"这么说，母亲定是有什么把柄在父亲手里，是什么呢？"她猜想父母不和一定是感情上的事引起的，因为这东西比金钱、房子更要命。女人身在曹营心在汉是男人最讨厌的事情。

父亲一直在吃各种稀奇古怪的药，据她观察，父亲对吃药上瘾了，一天不吃几种药，就不安心。那些从遥远地方来的江湖游医在街道上卖的药，他也照吃不误，有时，还买些医书，照着上面的方子自己配药。他住的那间房子里全是怪怪的药味，她很少进去。记忆里，母亲好像一次也没进去过。隔壁人家早已习惯了从他们家飘出的药味，如果某一天，药味淡了，闻不到那种特别的味道，他们反而不适应，像是一件没有做完的事搁在什么地方。

父亲是这个小区里的"明星"，提起李大个子，三岁小孩也知道他喜欢吃药。父亲到底是什么病，她并不清楚，母亲可能也如此。她怀疑父亲自己都搞不清楚自己是什么病，吃药只是安慰曾经扭曲的灵魂。

"哇，喵，喵，喵！"几声猫叫在身后响起。

"你怎么跟在我屁股后面？"她抱起圣婴，虽对它的神出鬼没感到吃惊，却又觉得这只猫同她有着某种说不清的联系。

圣婴伸出左前爪在她脸上轻轻抚摸，左耳突然紧紧贴在只有一点点毛的头上，左眼微闭，马上又睁开，长长的尾巴来回摇摆，嘴里发出恐吓的叫声。一只同样黑不溜秋的猫正在前面不紧不慢地散步，它时而站起，趴在景观带的围栏上盯住河里游动的小鱼，时而连蹦带跳地做些杂技动作，令路过的人大加称赞。

听见圣婴的威吓声，这只猫并没有害怕逃跑，反而摆开架势，背毛耸立，胡须张开，尾巴翘得像旗杆一样，大声吼叫，甚至站起来挥了下前肢，露出一副"你来呀，难道怕你不成"的样子。它脖子上的银铃铛响个不停，像是开战前的鼓声。

圣婴大怒，嘴巴猛然大张，满嘴的牙齿几乎全露在外面，纵步跃起，落在这只猫的面前，挥起左前爪重重打在对方的脸上。受到突然袭击的黑猫先是愣了一下，接着立即反击，两只猫如疯了似的打起来。

"哇，喵，喵，哇呜！"圣婴略胜一筹，高声叫着。

"哇，哇，喵，喵！"黑猫针锋相对，声嘶力竭。

"圣婴，圣婴，快停下！"瑶瑶惊呼。

"叫什么，让它们打！天哪，这两只猫是前世有仇，还是为了爱情？"路过的人纷纷停下观战拍照，猜测原因。

"是那只猫先开战的，它太霸道了，看样子也不是一般的猫。"

围观的人越来越多，两只猫毫不在乎围观者的指指点点，打得难解难分。

"姑娘，这是什么猫？"有人问她。

瑶瑶没想到圣婴会当众惹是生非，见人说东道西，她很生气，没有搭理问话的人，上前一脚踢在黑猫的屁股上，吓得黑猫连滚带爬地逃走了。不过，它往前跑了几丈远，很不服气地转过身，在地上打了个滚，站起来大声吼叫，像是约好明日再战似的。

圣婴露出不屑一顾的神情，跳跃着前进了几步，以示自己的勇敢和威风，并且发出一连串谁也听不懂的声音。

"这只猫以前是我们村里钱家养的猫，老太太生病去世后，儿子将它送给了寺院。"了解情况的人说，"它是钱家老太生前的宠物，一人一猫形影不离。老太太死的那天，这只猫就像疯了，从早叫到晚，且行动诡异。钱家怕出事，就将它送给了寺院，没想到这只猫把寺院闹得乌烟瘴气，没办法，只能把它赶出来了。后来老太太儿子出了车祸，也死了！"

"全是这猫惹的祸！"

"俗话说，猫有九条命，命不旺的人镇不住的。"

"别看了，这猫真是怪异，凶神恶煞的！"

围观的人散了，瑶瑶轻轻拍了一下圣婴的头，警告它要安分。回到家，圣婴喝了点牛奶，怏怏不乐地睡觉去了。父亲回来了，脸上带着欣慰，匆匆忙忙吃过饭，便拿起钓竿等东西走了，外面有人等他，那人就是刚刚的围观者之一，李公然一出门，那人就对他说了这件新闻。

瑶瑶对母亲说了早上的事，言罢，怔怔地看着沉默不语的母亲。

"孩子有消息了吗？"母亲问。

"没有。"她摇摇头，很惊诧母亲突然提起这件事。

"怎么办呢？再找一个，成家吧？"

"等等吧，我不想找。"提起这件事，她感到心灰意冷。

"哪里有这么合适的，你姨妈之前提过的那男孩如何？条件不错，有车有房。"

"太胖，不行。"

"那你打算跟我去上班，还是做别的事？"母亲问。

"下星期一去刘莉那儿做服务员吧。"

"噢，把这猫的名字改了吧，孩子叫圣婴，它也叫圣婴，是不是犯忌了？"赵秀英担忧，关于这只猫的流言已经在他们住的这个小镇传开了。

"孙家的人跟我们李家的猫有什么关系？他们一家子不得好死！土行孙，总有一天，我会找到他，要回儿子的！"她恨得咬牙切齿。

"我今天没事，去寺院里烧炷香，顺便问问老和尚，这只猫怎么回事。"

"我跟你一起。"

"圣婴呢？"

"打架打累了，在睡觉。"

"问问寺院，实在不行，把它送回去吧，那里毕竟有菩萨，一般妖魔鬼怪是不敢作乱的！我们平常人家，能镇得住吗？"

"寺院会要吗？你没听人说，它把寺院闹得天翻地覆，连住持的头也敢乱抓乱摸，菩萨莲台底下全是它拉的屎。周围村子里的猫到了晚上，全去寺院里集会，像是开会讨论地球何时毁灭。"

"讨论什么？"母亲没有反应过来，正经八百地问。

"讨论房价太高，当官的情人太多，如何处理。"瑶瑶说完，哈哈大笑，母亲这才知道上当了。

"钱家老太的魂是不是附在它身上了？不然，它怎么会这样调皮？"赵秀英这么一想，真的有点害怕。

"稀有品种，性格本来就活泼好动！"她解释。

两人来到寺院，由于是休息日，人很多。这是一家规模不大的寺院，很多建筑都是新的，后院正在兴建十八罗汉堂。近些年来，不管名山，还是普通村庄，凡有点财力，或是村里出了发达的人，大都会建一些道场寺院，哪怕里面只放几块石器、几个粗糙的泥佛像。

　　寺院里，一条黄狗跑来跑去，两只雄鹅漫不经心地走着，飞檐上蹲着数只咕咕叫的鸽子。年轻漂亮的女性都穿着时髦的衣服，她们跪在菩萨面前，虔诚地磕头，许愿自己未来的人生之路能一帆风顺。

　　娘俩花了几十块钱，买了些香、纸、烛，跟别人一样，供完诸神后来到管事面前，拿出求来的签，让老和尚解读。

　　寺院里的人同样精于相面，老和尚目光炯炯，早早看破红尘，凡人求的无非是平安、健康、情爱、儿女前途、家业兴旺，要不就是自身有了不如意的事，求化解。

　　离开老和尚，她们在寺院里闲逛，娘俩讨论着老和尚的话有没有道理，转了半天，来到后殿隐蔽的地方，这里有一小片竹林，几只猫虎视眈眈地站在里面，见她们不顾林前牌子上写的劝告"游人止步"，非要进到竹林里，顿时一齐大叫，做出威胁的姿态。

　　俩人刚往回走了几步，便遇到一位瘦得像猴子似的人迎面急匆匆走来。竹林里的猫一只接一只蹿出来，朝他奔去，她和母亲惊愕地望了一眼那人，赶忙慌里慌张地离开了。

第三章：钱家的猫

来到山门外，卖猫的老头给她们讲了这只猫的来历：

钱家近些年突然兴旺发达，主要归功于钱家儿子——钱鑫。

钱家老太住在生态园里，里面空气好，有山有水，还有果园，最主要的是里面有个宠物园，养了数十只猫和狗，一条蟒蛇，两只驼鸟，以及一些别的小动物。她特别喜欢那只长相奇怪的猫，走哪儿都带着它，一会儿见不到它都不行。

这只猫是钱家生意场上的一个朋友送给老太太解闷的，它对老太太百依百顺，一人一猫形影不离，老太太喜欢它几乎到了痴迷的地步。为了显示自己对母亲的孝心，老太太的儿子叫人在园子的门口挂了个镀金的大牌子：名猫重地，闲人免进。

老太太见这只猫善解人意，就天天与它说话，没想到有一天，它居然也开口说话了。

"猫开口说话？"瑶瑶不相信，认为老头信口开河。

"千真万确。"

"八哥、鹦鹉会说话，谁都晓得，猫会说话还是头一次听说，真是奇闻！"赵秀英感叹。

"天上飞的鸟能说话，地下跑的猫为什么不能说话？你们是不是想反悔，不想要它了？这可不行，做人做事要讲诚信，当时是你要它，不是我骗你的！"老头误解了她们的意思。

"老先生，你别误会，我们不是这个意思，只是想了解情况。"赵秀英连忙解释，老头这才放下心来，脸上露出笑容。

"老太太想不通，决定带它求神问卜，看看到底是什么原因。"老头并不计较瑶瑶的态度，多半是因为她买下这只猫、让他解脱的缘故。

老太太来到命师家里，说了自己的苦恼，问他可有什么好办法。命师万没想到是这种棘手的事，仔细看着这只不笑不叫的猫，研究了半天，感到平生所学不够用，直急得抓耳挠腮，吞吞吐吐说祖师爷没传下这门绝技，因而不能糊弄客户，建议她去医院。

"你是远近闻名的大先生，怎么会看不好呢？你好好看看，钞票少不了你的。按理说，会看人就会看猫啊！"老太太认为命师推三阻四，是怕她少给钱。

"咱家也喂猫，隔壁人家也有猫，哪只会像它这样，居然说人话！"命师在它身上前后摸了半天，也没找到命门，摇摇头，表示实在是无能为力了，惭愧地说，"老太太，我实在没有这个法力，你另找他人吧，惭愧！明天我就把屋檐下挂的牌子砸烂扔掉。"

"走，去医院，把我的医保卡带上，找刘医生去！"老太太悻悻地回到车上，吩咐开车的小伙子。

"宠物医院不需要医保卡。"小伙子提醒。

"找刘医生，他是我表侄，这事过于古怪，还是得找信得过的人！"

来到医院，小伙子要给猫挂号，果然不出所料，办事人员拒绝了，要他们去宠物医院。老太太不听，来到刘医生办公室。侄子一看姑妈抱着猫来了，忙问她："姑妈，哪里不舒服？"

"不是我，是它。"老太太把猫放在桌子上说，"它为什么说人话？是不是脑子有病？快给它看看。"

"姑妈，哪有猫说人话的？我现在病人很多，您如果不是身体不适，就别给我添乱了，好吗？"刘医生一听老太太来意，哭笑不得。

这只猫跳到老太太肩上，双腿站起，前腿一挥，冲着刘医生和那些在此等待的病人大叫："喵，妙，好！"

"尾巴上下左右摇动，前腿挥舞，左耳弯下，嘴里叽里咕噜，说的分明是一种语言啊！这猫真不是一般的猫，说不定是只神灵附体的猫，大家小心点，离它远点。"有人神经质地边说边朝外走。

"呜，呜，哝，哝！"

老太太的猫突然一声大叫，纵身跳起，身子在空中翻转了一圈，直扑旁边的一个姑娘，没等姑娘反应过来，脸上就挨了它一巴掌。所有人都惊呆了，眼睁睁看着这只猫逃到门外。

"我真倒霉，被一只猫打了！"姑娘哭丧着脸。

第三章：钱家的猫

老太太别无他法，只好去追猫，追上后，她既不坐车，也不说话，带着这只猫漫不经心地在城里游荡。

老头刚要继续讲，听见有人喊他去后院竹林里看看是什么东西在里面叫唤，他拿起扫帚，边走边骂："又来了，又来了，抓住了，打死你！"

赵秀英本想跟去看看到底怎么回事，可没等她动步，老头已经回来了，一只手抓着一只小猫，另一只手不停敲打它的小脑袋，要它安静。这是一只灰褐色的小母猫，它紧缩身体，胡须张开，四只爪子乱抓，嘴里发出吓人的叫声，从它眼里可以看出，它对捕获他的人充满了刻骨的仇恨。一只大母猫跟在老头身后，嚎叫着上蹿下跳，老头举起扫帚狠狠打去，它飞快地躲开，逃到银杏树上不断发出愤怒的叫声。

"这是野猫的崽子，会咬人！"老头用力抖动小猫，防止它咬自己。

"红花寺怎么会有野猫？它会不会把窝安在那里了？"赵秀英指着藏经阁问。

"以前哪有这些猫，如今养猫的人太多了，没人管，跑到这里，久而久之都变成了野猫，它们一发情就死命叫，吵得周围人家无法安睡，寺院里撵了一次又一次，就是赶不走它们。"

老头瞅着树上的母猫，母猫呢，似乎正在想办法解救自己的孩子，它看着可怜的小猫，嗖的一下从树上跳下来，径直朝竹林奔去。不一会儿，竹林里响起令人胆战心惊的群猫大合唱，嘈杂的猫叫此起彼伏，像在商议怎么营救这只小猫。二人面如土色，仿佛听到的是外星生物在呼叫救兵。

"这寺院里到处是猫，时聚时散，神出鬼没，来无影去无踪，且目中无人，住持伤透了脑筋。"老头松开手，小猫却四腿朝上，目不转睛地看着老头，一副你能把我怎么样的泼皮相。

老头终于火了，一扬手，决定打死这只不服输的小东西。谁知就在他要下手时，住持走过来了，小猫像见到了救星，怪叫一声，爬起来逃之夭夭，竹林里再也听不到猫叫了。

"老吕，不要伤生。"住持吩咐。

老头惭愧地点点头，直到住持进了大雄宝殿，才继续说老太太和圣婴的事。

这老头原来姓吕。

老太太转了一天，也没什么好法子找到圣婴说人话的原因，非常失望，第二天感到身体不舒服，儿子忙叫刘医生来看。

"快送省城医院检查！"刘医生认真检查后对表兄说。

从刘医生的表情就可看出母亲的病不妙，儿子当天便将母亲送到省城检查，化验结果出来，老太太已经是胃癌晚期了，医生建议回家休养，说得明白些就是等死。

"我没事，怕是那天路走多了，累的。这只猫真让人心烦，我也是为它好，可它不但不领情，反而到处闹乱子！"老太太关心的不是自己，而是留在家里的猫。

"没事，回去休养一阵子就好了。"这样的欺骗，当然是出于孝心。

回到家，第一个迎接老太太的是圣婴。圣婴带着群猫站在大门口，见她从车上下来，立即跳到她怀里，亲热得不得了。

老太太日渐消瘦，有气无力，群猫住的地方不常去了，就是去，也要坐在轮椅上让人推着去。圣婴每日陪着她，连同钱鑫请来的两个中年保姆，整日在生态园里转来转去，惹得那些不得自由的猫火冒三丈，只要见到老太太和它，就会拼命呼喊，用猫语骂它是马屁精，不得好死，要求出去同它决战。

"它们嫉妒你呢，我虽然不能动了，但它们想干什么、想说什么，我都一清二楚。"老太太对圣婴说。

"喵，喵，喵。"圣婴连连点头，它对老太太的病感到担心，每天寸步不离地跟着她，对她百依百顺。

圣婴岂知不仅猫园里的同类恨它，生态园里的工作人员也开始对它不满，大家在背后嘀咕，说它不要脸皮，害得老板每天骂他们不会逗老太太高兴，还不如一只猫。

天天挨骂，再好的性子也受不了，圣婴要求老太太给它权力惩罚那些不服气的猫，杀鸡儆猴。关于这件事，还有一个说出来丢人的内情，那就是猫园里的几只母猫发情了，它们故意在圣婴面前卖弄风骚，却不理它，圣婴被荷尔蒙刺激得快要疯了，在老太太面前又叫又闹，说是再不答应它的要求，就要自杀。

"不要脸的猫！"女孩子们在背后骂它。

"你想惩罚它们？"老太太抚摸它的头，担心地问。

"对，不，我要当它们的王！"圣婴大发脾气，不知不觉说起人话来，在场的人吓得面面相觑，反应慢一点的人还以为自己听错了。

"你会说话，说人话？是我听错了？"儿子板着脸问圣婴。

"喵，喵，喵，哇，哇，呜，喵，嘶，哇，哇！"圣婴跳起来，挥动强有力的前腿，大声嚷嚷。

"听不懂啊？"儿子一脸懵相。

"它说的是猫语，你怎么能听懂呢？它说的是：我要凌驾于众猫之上的权力。"老太太当起翻译来。

"噜，呜，喵！"圣婴鼓起掌，高兴得直点头。

"真是这个意思？猫会说话，岂非太阳从西边出来了？"儿子瞅着这只猫，发现它的左耳如在阳光下暴晒的泥鳅一样甩动，右眼则透出冷清清的、幽幽的光，令人不安。

儿子看见仿佛有一团黑雾笼罩在弱不禁风的母亲身上，明白这是母亲死前的回光返照，至于听懂这只猫的话，完全是母亲的错觉。

"把鞭子给它，让它去教训它们！"母亲吩咐身边的工作人员。

"妈，别听这只猫的，世上哪有猫会说话的？"儿子回过头，恶狠狠地盯住这只猫，现在他看到的不是一只猫，而是一只披着猫皮的妖精。

"难道我会说假话？我会骗人？"老太太怒斥儿子。

"快去拿鞭子来，把猫园的门打开！"儿子自然不愿意母亲在这个时候伤心，立即按照老太太的话去做，并且亲自把它放进猫园里，看它怎么收拾那些心惊胆战的猫。

鞭子是特制的，鞭柄镶嵌着一小块黄金，鞭梢是五颜六色的狗毛、兔毛、牛毛、绵羊毛、牛毛做的。圣婴手握鞭子，又蹦又跳地来到那些目瞪口呆的猫面前，没等众人看清怎么回事，一只发情的鸳鸯猫便挨了它一鞭子。这只猫立即浑身颤抖，匍匐着来到它的面前，翘起尾巴，做交配状。

"不要脸的东西，原来是只好色鬼、淫猫！"儿子心中骂道，发誓只要找到机会，非将它撵走不可。

"跟我混的站这边来，不跟我混的想想后果！"圣婴高兴得屁股乱扭，上蹿下跳，振臂高呼。

"我跟你混。"

"我不跟。"

群猫意见不一，吵吵闹闹，开始混战，特别是那些当初看不起圣婴的猫，它们结成联盟，对几只软骨头的美国刚毛猫大打出手。圣婴举起鞭子，空中一挥，领头的一只日本蓝猫眼睛被打肿了，什么也看不见，它疼痛难忍，不顾一切朝圣婴扑来。

"现在是你们表忠心的时候了！"圣婴威逼利诱一些摇摆不定的猫。

"你们听懂了吗？它在说话，像个王者！"老太太问身边的人。

"听懂了。"所有人都这样回答。

谁敢在这个时候扫老太太的雅兴呢？片刻工夫，日本蓝猫被咬得遍体鳞伤，倒在血泊中。一些地位不高的土猫、杂种猫吓得趴在地上连连磕头求饶，以示臣服。

发情的母猫匍匐在地，迷茫地望着猫园外的人们，准备奉献自己的一切。

"不看了，我眼睛花了，想睡觉。"老太太说完，如一根枯萎的草倒在椅子上。

"快，送回房里！"儿子急了，他已经看出母亲的生命走到了尽头。

猫园里恢复了秩序，圣婴当了猫园里的王，它开始分封王后、妃子、大臣、大法官。对还有些心怀鬼胎的猫，让大法官安上罪名，赶到猫们如厕的小屋子里关起来。它每天带领手下巡视地盘，前呼后拥，趾高气扬地走在硕大的猫园里。

"这猫是什么来头？它当真是猫，还是天外来的高级生灵？"瑶瑶听入迷了，想起电视上那些蓝眼睛、小光头、四肢瘦瘦的，有尖下巴、圆嘴、乌贼爪子一样的手的外来生灵，兴奋地问。

"没啥了不得，运气好罢了！"老头摸摸下巴，不屑地哼了一声。

"老太太呢，走了，还是好了？"赵秀英问。

"怎么能好？当天就走了。"老头望着大雄宝殿里的菩萨，打了个喷嚏，鼻涕流老长，不好意思地摘了一片树叶，轻轻将它擦掉。

这老头真逗，说的像是神话，圣婴不就是一只斯芬克斯猫吗？它长得古怪，人们不常见到，所以就胡思乱想，给它披上一层圣衣，让它不凡起来。

"猫呢？"赵秀英问。

她怀疑这只猫中了什么魔咒，要不然就是一只从外星球来的猫。寺院里的人不愿留它，肯定是有原因的，她决定回家后找人好好看一看这只猫。这只猫有这么多毛病，竟然还有这么多人喜欢它，不能不说是一件不可思议的事。

老太太走的那天，生态园里万籁俱寂，连树上的鸟儿也飞走了，只有请来的乐队在演奏一首首悲哀之曲。圣婴最先听到这种声音，它焦躁地在它的王国里走来走去，狠狠踹了一脚一只献媚的母猫，看着紧锁的大门和那只讨厌的铃铛，它思考如何出去看一眼老太太，送她一程。

它可不是忘恩负义的猫，可大门上有锁，所有人都在伤心、忙碌中，没有人来给它们送食、送水，一些小猫饿得头昏眼花，不停啃铁门上的柱子，绝望地一声接一声地叫。有些猫对圣婴产生了极大的不信任，躲在一边悄悄商议，觉得必须把它撵下台或干掉。

猫们的叫声终于起了作用，老太太的一位远房女亲戚，也是刘医生最近暗中交往的一位女朋友，因受不了灵堂悲伤的气氛，一个人悄悄溜到外面，想透口气。她漫步到猫园，见群猫可怜的样子，动了恻隐之心。群猫看到了希望，竖起尾巴，一齐温柔地叫着。

"我去找钥匙，马上放你们出来。"她心生不忍，不顾门上写着严禁任何人擅自打开此门的告示。

"不准走！谁走，便是我的敌人！"圣婴叫喊。

姑娘来了，手上拎了一串钥匙。门打开了，群猫蜂拥而出，瞬间无影无踪。她见一只全身乌黑的猫用前爪按住两只母猫，愤怒地盯着自己，她不明白它为什么不逃。

"你怎么不逃？"她问。

"你为什么要多管闲事？我不会放过你的！"圣婴大怒，对着姑娘高叫。

"你会说话？！"姑娘起初以为是自己产生了幻觉，但见眼前这只猫恨不得吃了自己的样子，这才明白这是真实发生的事。

"你放走了它们，真是该死！"圣婴说完，带着剩下的两只母猫大摇大摆地走出了猫园，直奔老太太停棺的房间。

"你到底是什么东西？怎么会说话呢？还骂我该死？"姑娘吓得魂飞魄散。

天阴了，落下几滴雨，整个生态园风声四起，看门的几只大狼狗顺着小径来回巡查，一些逃出去的猫被追得无处可逃，又朝这边跑来。

圣婴让两只母猫先去找吃的，独自来到老太太身边，见她一动不动躺在那儿，安详地闭着眼，四周全是披麻戴孝的人在哭哭啼啼，连忙溜到一张椅子下躲起来。明天一早，老太太就要去火葬场了，它就再也不可能见到她了，它要等到半夜时分，趁人不备，才能上去跟老太太道别。

时间一点一点过去了，两只母猫回来了，它们带回来些肉，圣婴吃了些，感觉精神好多了。守灵的三人疲惫不堪，到了后半夜，再也撑不下去了，一个借口上厕所，一个说头晕要去外面呼吸新鲜空气，一个说口渴了要去喝水，最后只剩下几根蜡烛和两盏长明灯陪伴着孤独的老太太。

"这么好的老太太怎么会死呢？"圣婴问两只母猫。

"不晓得。"两只母猫害怕，左看右看无人，才安下心陪在它身边。

圣婴来到老太太身边，先是摸摸她的额头，又贴在她的耳边听听，眼里流出了几滴泪水，它对老太太的死感到难过，悲痛万分地抽泣着。

"你哭什么？又不是你母亲死了！"两只母猫不明白圣婴为何哭得如此伤心。

"哭她一心向佛，却死于疾病，命运实在捉弄人。这几天在猫园里，我想了很多想不明白的事，比如我们为什么是猫？为什么有钱人喜欢我们？他们的钱从哪里来的？我们为什么不能统治世界？为什么这个世界不能回到过去呢？"

"回到过去？不行，那日子多苦啊！"其中一只母猫说。

"苦什么哟，是你们胸无大志。"圣婴不耐烦地斥责它。

"没人养我们呀，自己一天不捉老鼠，就得饿肚子，哪里有现在的日子好？"

圣婴气急败坏地给了这只母猫一耳光，恨它不明白自己的意思。挨揍的母猫莫名其妙地望着圣婴，委屈地蹲在一旁，再也不多嘴了。

"回到白银时代好，青铜时代好，还是黑铁时代好呢？"另一只母猫问。

"还是你聪明，说得多好！"圣婴拍拍它的头，以示奖励。

"怎么有人说话？"上厕所的人回来了。

"没有啊，就我们几个，哪来的人说话呢？"头晕的人刚才出去转了一圈，呼吸了新鲜空气，回来后精神抖擞。

第三章：钱家的猫

躲在椅子下的圣婴捅了一下两只母猫，使了个眼色，三只猫悄悄向门口溜去。

"好像是有一只猫说人话，就在老太太的灵前。"上厕所的人仔细回忆刚才看到的场景，肯定地说。

"我好像也听到了。"另一位回答。

"是不是老太太在这只猫身上显灵了？"有人问。

"你们这是自欺欺人，想必是老太太去世，大家伤心过度，从而导致视觉听觉出了问题，把猫叫当成说人话了！"刘医生分析。

"前天老太太活着时，这只猫就开口说话了，看来那时她的灵魂就离开了身体，附在了这只猫身上。老太太生前最喜欢这只猫，对它无微不至地关怀。"工作人员回忆道。

这时，刚刚受惊的姑娘也慌慌张张地冲进来，向众人讲述了方才的遭遇。

大千世界，无奇不有。猫说人话，天大的新闻啊！

刘医生想起姑妈生前带猫去看病的事，恍然大悟，一拍脑门，觉得这是一个划时代的伟大的科学之谜，忙给同学柳医生打电话，邀请他研究是怎么回事。听了刘医生的描述，柳医生既没有表示怀疑，也没有相信，而是决定抽时间前来看看，因为这是一名科研工作者最起码的素质。

"那只猫呢？捉来问问不就清楚了。"钱鑫阴沉着脸，对工作人员下令。

前天老太太带着这只猫游园时它说了句人话，他当时在场，可事后，他总是不敢相信，这种荒诞无稽的事要是传出去，岂不让整个镇子的人笑掉了牙？因此他一直三缄其口。然而事与愿违，这只猫又说话了。他硬着头皮撑着，隐隐约约感到有什么不好的事要发生了。

昨天亲朋好友问他从哪里弄来这只猫，他不敢说实话，只说是生意场上的一位朋友送的，并保证办好母亲的丧事之后，亲自上门去问这位朋友，送此猫是何意，它为什么会说人话。听了他的解释，众人也就不再追问了。

园内的工作人员把里里外外找遍了，也没见到这只猫的影子，倒是捉了不少其他的猫。当着众人之面，它们只是胆怯地叫着，没有哪只能像圣婴一样开口说人话。众人面面相觑，不知如何是好，看着怒气冲冲的老板，懊悔在钱家大丧之日，不应当谈论这种带有巫术、怪异、恐怖、幽灵色彩的怪事。

钱鑫大骂生态园里的工作人员，警告谁再敢胡说八道、散布谣言，马上滚蛋。殡葬车已经来了，前来送老太太去殡仪馆的亲朋好友全来了，大家一看去火葬场的时辰到了，忙把老太太抬上车，一群人浩浩荡荡地出发了。

　　车行到半路，经过一家卖旧书的门店时，钱鑫回头一望，差点把车开到路边的绿化带上：圣婴带着两只母猫，不，还有母猫后面稀稀拉拉跟着的另外好几只杂七杂八的猫，正拼命追赶灵车，同时发出悲伤的叫声，让路上的行人大感惊诧、议论纷纷，一时间，大半条街道上的人都站在路边观看这奇妙的场面。

　　果真动物也有情啊！钱鑫擦去泪水，决定在母亲头七那天，请红花寺的僧人为母亲举办一次大型祭奠活动，纪念母亲的在世功德和与这只猫的伟大友情。

　　"后来呢？"赵秀英问。

　　"祭奠活动过后没多久，老太太的儿子将圣婴送到寺里，又把那些离散的猫找了回来，重新改造了猫园，派专人侍候它们。那地方成为远近皆知的猫园子，吸引了周围大批流浪的猫前去安家落户，甚至偏远地方的一些猫也闻风而动。钱家对它们一视同仁，提起钱家猫园和后来发生的事，当地无人不知！"老头说完，心事重重地下班回家了。

第四章：母亲的故事

告别老头，瑶瑶与母亲走出红花寺，来到寺前的马路上，回头见一只猫在寺院藏经阁上稳稳当当地坐着观看下面的人群，心里不由得咯噔一下——门是关上的，这只猫怎么上去的？为什么别的猫都在下面玩耍，而它独自待在上面？

晚风吹来，屋檐下的梵铃发出一阵阵叮当声，周围很少有人活动，僧房掩映在高大的树木丛中，显得古朴、寂静。

赵秀英手机响了，一看是王主任约吃饭，犹豫了下，还是对女儿说了。在瑶瑶心中，这位王主任风趣、幽默，并不令人讨厌。

"我跟你一起沾沾光。"她笑着对母亲说。

"好吧，听说下个月他要辞职出来单干，去城里开律师事务所，以后有事，也好照顾我们呢！"赵秀英露出激动的神色。

"噢，是这样，如意算盘打得不错嘛！"瑶瑶淡淡一笑。

"王主任是本地人，肯定知道这只猫，我们问问他，别弄了只邪猫在家里，出了事，可不得了！"赵秀英瞪了一眼女儿，找了这个最合适的借口。

"那就去吧，解释什么呢？"瑶瑶不明白这是母亲想掩饰自己同王主任之间的关系。

"鬼丫头！"母亲红着脸骂了她一句。

娘俩来到"国际大酒店"门口，这是一家规模庞大的连锁宾馆饭店，王主任正在客厅同一个她们不认识的年轻人谈话。

来到约好的包厢，服务员送上热毛巾、大麦茶、零食，他们边吃边聊边等另外的人。瑶瑶见那年轻人老是用眼光在自己身上扫来扫去，想到刘莉就在这家店上班，忙溜出来，在一间房子里找到她。

"王主任请我们吃饭。"她对刘莉说。

"原来是他啊，来过好几次了，你们怎么认识的？"刘莉正在忙碌，看样子，对王主任印象深刻。

"他是我母亲的上司，我跟来沾光的。"

"原来是这样，吃过饭，我们去喝茶。"

她点点头，见刘莉忙，又回到包厢，在门口碰到同王主任一起来的年轻人，俩人目光交汇，微微一笑，打了声招呼，年轻人便朝洗手间走去。

"这人羞羞答答的，像个大姑娘。"她心里想。

吃饭的人到了，听了王主任的介绍，瑶瑶才知道年轻人是一位姓杨的干部的侄子，叫杨之凡，跟王主任老婆是远房亲戚，刚从学校出来，准备到他即将开业的律师事务所当实习生，其他几个人则是在行政部门工作的朋友。

整个饭局上的谈话都是围绕下个月即将开业的律师事务所，她和母亲插不上话，规规矩矩地坐在那里吃菜喝饮料。王主任把所有细节说了一遍，问在座的人有没有意见，大家摇摇头表示没有，桌子上的气氛这才变得活跃起来。

"瑶瑶，下个月来我这儿上班怎么样？有你这样的大美女来，生意肯定会更多啊！"王主任倒了一杯饮料放在她面前，笑着说。

"好啊。"她回答，没有看王主任，而是瞅了一眼年轻人。

"如今开律师事务所，不但业务要硬、人脉要广，更要有后台，三者缺一不可，还有就是要和各兄弟律师事务所加强业务联系，和平共处，和气生财。被告原告都是我们的衣食父母，不到万不得已，不能硬碰硬，否则会两败俱伤，没有好处。"其中的一个人说，这人在另一家律师事务所上班，深知行业奥秘，一口气说了行业中许多的规则。

"尤为重要的是跟我们有直接关系的部门人员，必须同他们深度合作，否则吃不开！"王主任深有同感。

"开张之日就要引起轰动，找一件影响力大的案子，全力以赴将它拿下。"同僚提醒。

"那就麻烦诸位替我留意有没有这样的案子，有的话介绍给我，首案优惠，事成之后，我不会忘了在座各位的好处。"王主任开诚布公。

众人表示尽力，王主任端起酒杯敬大家。吃到这里，赵秀英还是不明白王主任为何叫自己来吃饭。一个外省来的妇道人家，在这种场合实在尴尬。

饭局终于结束了，客人陆续走了。王主任有些醉意，喝了杯冰镇饮料，才感觉好些，他问赵秀英："我辞职了，你怎么办？"

"我上我的班。"赵秀英说。想到从此以后俩人不能常见面，她忽然间有些伤感，忍不住想落泪。

"没有人敢找你的麻烦，只是我们见面的次数少了。"王主任看着闷闷不乐的赵秀英，不顾瑶瑶在场，拍拍赵秀英的肩膀，这让赵秀英觉得很难堪。

"想见面还是容易的，只要你愿意。"她半开玩笑道，意图掩饰自己刚才想落泪的失态。

王律师，不对，该叫王主任了，点头表示理解。瑶瑶坐在一边一直没有说话，她对母亲的态度感到困惑，不明白她同王律师的关系好到什么程度。

她想问一下王主任，自己什么时候去上班，可又不好意思开口，刚才的提议兴许只是王主任的一句玩笑话。正犹豫不决，刘莉来电话提醒她出去喝茶的事，于是她跟母亲说了声有事，来到楼下同刘莉一道走了。

"去哪儿？"赵秀英像是在问走出去的女儿，又像是在问王主任。

"走吧。"王主任拉起她的手。

赵秀英没有抗拒，她早就把这个男人视为自己生命中的一部分，没有他，她岂能安安稳稳过到现在！这种地下夫妻的关系并没有让她觉得羞愧不安，反而让她觉得自己很有魅力。家里人、周围人都知道他们之间关系暧昧，但没有人说东道西，包括自己的儿媳妇。

来到一家熟悉的旅舍，俩人没有多说话，洗完澡后，她赤裸地躺在床上等待着他。一切结束后，她还是依依不舍，紧紧抱着对方，直到那双抚摸她全身的手推开她。

"以后见面还是要隐蔽点，不能让我的同行、我的竞争对手看到，不然对我的工作不利。"王主任穿好衣服说。

"你怕了？"她问。

"不是。"

"那是什么？"

"工作性质容不得我有绯闻在身，懂吗？"王主任慎重地对她说，言外之意，就是希望她继续演好地下情人这个角色。

"明白了，男人都是喜新厌旧的东西，还没有正式当大律师呢，架子就摆好了。"想到自己一往情深，她赌气地扭过身，眼里涌出了泪水。

"律师是受人尊敬的职业，公众人物，懂吗？"王主任握住她的手放在胸口，一字一句对她承诺，"你放心，我王某人绝不会忘了你。"

　　女人需要甜言蜜语，听了王主任的话，她破涕为笑，相信不是他对她的感情永不会变，而是他离不开她的肉体。她是丰满健康的，在性生活这方面，她可以满足他；而他的妻子则不行，因为她不但有严重的妇科病，还有一些别的毛病，他们一年过不了几次性生活，这也许是他出轨自己的一个重要理由吧？

　　"我们上午去了红花寺，看门老头说钱家有只怪异的猫，老太太死后，钱家送它去了寺院，后来怎么样了？"

　　"你们去寺院就为了这事？"王主任问。

　　"这只猫如今在我家，看上去奇怪得很，它时常开口说人话，我担心呢！"赵秀英说完，见王主任眼里闪过一丝疑惑，心里顿时慌了。

　　"寺院里的东西，尽量不要拿回家，虽说现在人不迷信，但有时候有的事真的说不清。你相信吧，它们似乎没有什么用；不相信吧，它们又时不时出现在你身边，这是环境引起的心理作用，时间长了，就会像真的一样发生。这叫什么呢？叫——思维诱导吧，也许就是这样。"王主任的理论让赵秀英困惑。

　　"猫是看门老头送给瑶瑶的，这丫头，叫人不省心。"赵秀英说起女儿的事，很沮丧。

　　"如今年轻人太开放，不听管教，迟早要出问题。"

　　"我想给她再找个对象，麻烦你看看有没有什么合适的男孩子。"赵秀英恳求对方。

　　"未婚先孕、自暴自弃……唉，如今社会上的人比较复杂，不了解的人，让她尽量少接触。还是让她先找个稳定的工作，没有时间分心好了。"

　　"去你那儿，你要照顾好她。"赵秀英叮嘱。

　　"放心，你女儿就是我女儿，我会不尽力吗？"王主任点头承诺。

　　"我们能找孙家赔偿损失吗？"赵秀英咽不下这口气，女儿白白给孙家生了个孙子，对方避而不见、不闻不问，这不明显是要无赖，看不起他们一家吗？

　　"我可以替你打这场官司，但前提是要找到他们一家，否则跟谁打去？

他们哪里人？住哪里？有无正当职业？收入如何？"王主任觉得这件官司诡异离奇，若能打赢，定能吸引人们的注意力。但要打赢它，并不是一件容易的事。

"我不知道！"赵秀英摇摇头。

"什么证据都没有，怎么打啊？以后再说吧。"王主任刹那间失去了兴趣。

两人走出旅店，在送她回家的路上，王主任说了不少钱家的传闻。回到家，瑶瑶还没有回来。在麻将馆打完麻将的人迈着急切的步子走在门前的马路上，脚步声在寂静的夜晚很响。她点燃一支烟，坐在沙发上，静静回想王主任说的每一句话。

圣婴不知什么时候进了房间，坐在她床对面的椅子上，左耳一会儿耷拉下，一会儿竖起，蓝眼睛发出迷人的、性感的、狡黠的光，它用左前爪和舌头把脸洗了一遍又一遍，又理了理头上几根毛发。它盯住赵秀英，皮笑肉不笑，好像她今天做的事，它全清楚似的。

她没有了睡意，两眼瞅着圣婴，渐渐地感到前所未有的慌乱，这只猫像是披着猫皮的幽灵，前来她们家躲避天上神兵的追杀。

"你到底是不是猫？"听着外屋丈夫的鼾声，她鼓起勇气问。

"我是猫。"屋子响起说话声。赵秀英大吃一惊，但眼前的景象过于荒诞，让她觉得自己是在做梦。于是她镇定下来，继续问道：

"寺院为什么不要你？"

"老太太要我跟她一起走。"

"她死了。"

"她的灵魂还活着，到处转悠呢。"

"你是中了邪，还是上辈子做了坏事，何故来我家呢？"赵秀英没有了恐惧，因为她听到的是人的声音。

"瑶瑶带我回来的，不是我要来你家。"

"你想做什么？"

"我想去见老太太，可找不到去见她的路；我想变成人，却又实现不了。这个样子，我很痛苦，难道非要我去我不愿去的地方吗？"

"我能帮你吗？"

"帮不了。"

"你晚上去了哪里？"

"钱家猫园，那里荒芜了，我去看看以前的兄弟姐妹在不在。"

"是吗。"

"你累了，睡觉吧。"圣婴说。

圣婴一声接一声地发出呼噜呼噜的叫声，赵秀英也渐渐沉入了梦乡。上班后，她对在一起干活的姐妹杨又霞说了此事，对方马上建议她去离此不远的万福寺烧香，帮钱家老太还愿，以求平安。万福寺新建了一座观世音大殿，香客众多。据说落成当日，出现了红霞满天、祥云流彩、百鸟云集的吉兆，因而许多人相信菩萨在此显灵。

"我一打工的，跟她无亲无故，凭什么帮钱家人烧香还愿？"赵秀英不乐意。

"哎呀，钱家如今人去楼空，老太太的灵魂四处飘荡，没有安身之处，这只猫有心无力啊！它在你家，说明你们家跟它有缘，你不去谁去？"对方振振有词。

"我们非亲非故，不合适。"她断然拒绝。

"这种倒霉事，万不可大意的。猫说人话，不是天灾人祸之兆，就是鬼怪缠身。花点钱财算什么，一家人的平安才要紧啊！"

"杨又霞，你让我想想。"赵秀英对瑶瑶多管闲事招来的麻烦气得牙痒，却又无可奈何。

"别犹豫不决了，此事宜早不宜迟，昨晚它不是跟你说老太太的灵魂附在它身上了嘛！这不是猫在说话，而是老太太在跟你说话，你当心点！"

"我们一家都是打工人，竟然招惹了这样的怪事，说起来谁信哪！"赵秀英急得眼泪掉下来了。

"话可不能这么说，说不定，你们家还要出贵人呢！"杨又霞安慰她。

瑶瑶不是说要把这只猫当儿子养吗？她气馁了，无缘故找个麻烦在身上，只怪女儿不争气，也怪自己平时粗心大意，没有管教好她。看来事没有办法推掉，只能打掉牙齿往肚子里咽，她想，就当做一回好事吧。

瑶瑶路过一个地摊，几个本地人正在讲一件诡异的事，其中一个人住在她家附近，她认识，话题正是她家的猫，有人附和，有人沉默不语，有人迷惑，表示怀疑。

"那只黑猫会说人话，来无影去无踪，整个小区一到晚上全都关门，警察来了几回，也没有查清，捉住它。"

"那是钱家的猫，那家完了！它之前被送到了寺院，寺院不敢要，只好赶出来了！"

"钱家猫园一到晚上全是从四面八方来的猫，哇哇叫，周围的人晚上走路都心惊胆战，胆小的只好绕着走。"

"不会吧，钱家猫园早荒废了，难道那些被放走的猫无处可去，还是怀念曾经住过的地方？"

"你想想，昏天黑地的，一个人走得好好的，突然一只猫蹿到面前，死命一叫，魂不被吓出来才怪呢！"

"它怎么会在你们小区？"

"一户外来打工的人家不知从哪里弄来的，小区的人意见很大。"邻居没有看见她，直言不讳。

"猫说人话，可能吗？"

"我也知道别人不相信，可就是有这奇事，不信，你们半夜去钱家猫园看看！"那人恼火地一跺脚，拿起自己买的几件日用品，赌气地走了。

瑶瑶来到一家新开的面馆，吃了碗牛肉面，稍坐了一下，走出门，发现稀稀拉拉的雪花从天空飘下。天空灰暗，落叶在地面上滚动，扫地的阿姨将它们收拾成一堆，等待环卫所的车子来拉走。

云越积越厚，天地间的距离好像只有几尺高，行走在街道上的人似乎突然间感到了时间流逝之快，面露惶恐。这样的天最适合闲逛，既有急急忙忙的人，也有她这样无所事事的人。一条到处溜达的宠物狗忙着寻找主人，走到她们面前瞅了一眼，便跑开了。

她一直朝巷子里走，烧烤店里的油香弥漫在整个街面上，年轻的姑娘们边走边吃烤得喷香的羊肉。烧烤店老板是少数民族，戴着小花帽，留着小胡子，很热情。

雪下得更大了，逛街的人反而多起来，人们仰望着洁白的雪，欣喜若狂，举起双手，让它们落在掌心里，看着它化成一滴滴水。

瑶瑶犹豫再三，还是带圣婴出了门。她在前面走，圣婴在后面跟着，不

左耳猫

急不慢。好几次，她以为甩掉了它，没想到，一回头，它依旧跟在后面。

来到菜市场，在一家叫"新文化用品"的店里打了十张送猫启事，上面写道：有斯芬克斯猫一只，乃名贵品种，因种种原因，准备送人。它伶俐乖巧、善解人意，愿好心人收养。她贴好启事，把圣婴抱在怀里，站在一旁。

"这么好的猫，为啥送人？"一个看起来很孤独的老头走过来问。

"不想喂。"她装成舍不得的样子。

"吃肉吗？"老头问。

"吃肉。"她回答，心里暗自高兴这么快就有人上钩了。

"哇，呜，不吃！"当老头要摸圣婴的头时，圣婴对着老头的手就是一巴掌，面露凶相，大声嚷嚷。

"我的天哪，这是什么猫，会说人话！"老头吓坏了，扭头就走。

"它声带可能有些问题，天天就这么叫唤，你听错了。"瑶瑶对着圣婴的头狠狠敲了下，警告它闭嘴。

"我还没有老到耳聋的地步，它明明在说人话，你却哄骗我说是声带有毛病！"老头边走边嘀咕。

"这不是钱家那只猫吗？猫学人话，不吉利，不要！"有人认出来了，看一眼就走了。

"寺院里都不敢要，平常人家哪里敢要？"一个卖菜的妇女对她说，"它可出名了，这一带的人谁不知道？钱家家道中落，就是它惹的祸，没人敢要它的！"

"那是迷信说法，钱家变故跟它有什么关系？它在我们家天天捉老鼠，从不惹是生非，我们要搬家，没办法才送人的。"她撒谎。

"给我吧，它叫什么名字？"主的使者走过来，仔细端详着圣婴，爱不释手的样子。

"冯姐，不能要啊，它会说人话，是怪猫，上帝不喜欢的！"另一个妇女阻止。

"上帝是仁慈的，不会在乎的。教堂晚上有老鼠、野猫，可让它看门。"原来主的使者姓冯。

"这猫从哪里来的，地狱、荒野？主万一怪罪，怎么办呢？"妇女虔诚地在自己胸前画十字，非常担忧。

"不会的。姑娘,你愿意把它献给主吗?"姓冯的女人问完她,又问圣婴,"你愿意把自己奉献给仁慈万能的主吗?"

"不愿意,不愿意!"圣婴连连叫道。围观的人想笑又不敢笑,生怕这只开口说人话的猫是什么妖孽附体,对自己不利。

姓冯的女人中等以上的个头,头发梳理得非常雅致,脸色略有点苍白,眼睛很大,额头光滑,带着悲天悯人的忧郁;嘴边的笑容除非睡着了,否则不会消失,全身上下总是给人一种平静柔和的感觉。想起父亲房门前的那张耶稣受难图,她对父亲从一个极端走向另一个极端感到困惑,直觉告诉她,父亲在精神上完全被这位主的使者控制了,至于用的什么方法,她不得而知。

"献给主东西,就是做好事,主会保佑你的。"起初反对,现在又改变主意的妇女见她沉默不语,劝说她。

这个唠叨的女人给人印象最深的是她一头的红发,让人难以对她产生好感,特别是她身上的气味,这种混合了好几种香水的味道实在难闻。父亲那天早上就坐在她身边,如此近的距离难道没有闻到她身上比狐臭还要难闻的味道吗?

周围站着一圈人,圣婴不停对这些人发出威胁,它竖起嘴边的胡须,左耳上下快速抖动,前脚扬起,对众人怒目而视,如拳击运动员一样跳跃不停,大叫:"滚开,滚开!不去,不愿意!"

"这猫刁钻得很,老是嚷嚷,它明显不愿意去嘛!"围观的人里三层外三层,对他们指指点点。瑶瑶跟圣婴一样心浮气躁,她对自己的冲动感到懊恼,她觉得众人的指摘都是冲着自己来的。

"圣灵附体的猫才会这样,到了上帝身边,它会听话的。"冯姐想去抚摸圣婴,可又迟疑不决——圣婴对她并不友好,嘴里一直在哇哇叫喊着说不去,那嘲弄轻蔑的表情让她心里非常难过。

"我帮你送去。"下了决心后,瑶瑶把外罩脱下蒙在圣婴的脑袋上。

圣婴缩在她怀里,前腿抱着她的脖子,就像撒娇的婴儿。一想到恶名在外的圣婴能有个好去处,她心中平静了。再说,父亲去做礼拜时,也一定会见到它。

圣婴去了教堂,被关进了笼子,是她亲手放进去的。它没有反抗,也没有叫喊、说话,只是默默看着她。她温柔地抚摸着它,依依不舍。圣婴抬起

左耳猫

左前腿,在她的脸上摸了一下,随后背对她,倒头便睡,再也没有任何表示了。

赵秀英下班回家,瑶瑶告诉她,圣婴去了教堂。她半天没说话,神色古怪地望着女儿,脸色很不好,但也没说什么。

第五章：风波

送走圣婴后的第二天，李家门口来了好几拨人，有收破烂的，有做生意的，有开门店的，有摆地摊的，有准备去北京发展的女孩子，还有几个酒鬼，最后一个开着宝马车，自我介绍说是某公司老板。

"听说你们家有只猫会说话，卖不卖？价格不是问题。"每一个人都这样问。

"不卖！"她见左邻右舍都在看热闹，硬着头皮回答。

"放在你们家，一点用处都没有，不如给我，让它的价值来个飞跃。"一个专门帮人加工塑料袋、住在她们家附近的小老板听闻李家有这样一只通人性的猫，大喜过望，天一亮便来到他们家门口守候。

"你要它有何用？"赵秀英问。

"让它预言一下我明年的前程如何。实不相瞒，我买彩票亏了不少钱，炒股也亏了，欠了许多账，快走投无路了。法院下了通知，再不还钱，就要抓我坐牢。"小老板愁眉苦脸，泪水挂在脸上。

"你呢？"赵秀英问那个天天骑电瓶车收破烂的家伙。

"请回家供着，保佑我儿子能考上好大学。"

"那你呢？"赵秀英问站在人群后面的一个人。

"我、我、我今年做什么事都不顺，天天提心吊胆，想请它给我看看，我能不能逃过这一劫。"这人文质彬彬，相当有礼貌，看上去像是有身份的人。

"你吞吞吐吐，是犯罪了，还是老婆要跟你离婚？"赵秀英看他一脸可怜相，同情之心油然而生。

"大嫂，我告诉你，你可不能乱说呀。"那人左顾右盼，把赵秀英拉到一边，从袋子里拿出一大叠钞票塞到她手里，凄然地说，"有人私下透露消息给我，检察院正在调查我贪污受贿的情况，我怕啊！听人说，你家有只会说话的猫，所以我就上门来了，求求大嫂，让它给我算算，我今年能逢凶化吉吗？"

原来如此。

说实话，她不想失去这笔钱，但是，圣婴被瑶瑶送走了，现在到哪里去找一只会说人话的猫来应付他呢？她简直后悔得想抽自己几耳光，这么好的赚钱机会，就这样白白失去了，自己真是蠢笨到家了！

那人以为她嫌少了，又从口袋里拿出一些钱放在她手里，诚恳地说："麻烦大嫂了，快帮我问问，人多眼杂，万一有人认出我，举报上去，我可吃不了兜着走！"

"喂，大姐，你们在嘀咕什么？快过来，把你们家那只猫卖给我，价钱好说！"一人急了，以为她和此人私下成交了，冒冒失失地大叫起来，"那人是谁？不准背后交易，要光明正大、公平竞争，抽签、抓阄！"

"我家的猫关你什么事？我想给谁就给谁！"赵秀英大声斥责他。

"这么多人，怎么办哪？"那人急得像热锅上的蚂蚁。

"你先回去，晚上一个人来我再告诉你。现在人太多了，万一有什么差错，对不起你呀！这钱你拿回家，无功不受禄，对不对啊！"赵秀英把钱递到对方面前，两眼紧盯这个倒霉的家伙。

"哎呀，大嫂，你真是活菩萨！这钱我哪能收回去？事成之后，我定当重重感谢你，晚上我一定再来！"此人看到了希望，眼睛有神了，精神也好多了，转身朝停在不远处的车子走去。

赵秀英呆若木鸡地望着这个人的背影，心跳加速，连她也不知道自己哪来这样的胆子，在大白天撒谎，而且撒得这样天衣无缝。

瑶瑶站在门口，挡住那些心急如焚的人。有人不满意了，对李家人的推三阻四感到不耐烦，满嘴脏话。

"干什么，想造反不成？就凭你们这种德行，还想发财？做梦去吧！滚一边去，再不走，我可要打110报警了！"赵秀英藏好钱，几步跨到众人面前，大声吼叫。

"不给答复，派出所人来了也不走！"有人蛮横无理地耍赖道。

"这是造谣生事，我们李家哪来什么会说人话的猫？"赵秀英急于轰走那些人，好想办法应对晚上要来的那个人，于是跑到厨房里拿了把切菜刀，威胁道,"谁敢上前一步,别怪我女人家眼睛看不见!"

双方僵持在那儿,路过的人、听说的人都跑过来看热闹,众人议论纷纷。眼见围观的人越来越多,一时间,赵秀英急得满头大汗。

起哄的人安静下来,其中一人说:"大姐,你有宝不用,有财不发,是不是头脑不正常了?你想想看,这只会说话的猫这家不去,那家不去,为什么偏来你家,这不是明摆着财神爷上门了?"

"我们花钱消灾,又不是白来相面的,你怎么不懂这个道理呢?"

"你要是不会做这生意,咱们可以合作,保你百日便能成为百万富翁,比你打工强八百倍,考虑一下。"

"我愿参股,先拿二十万给你当定金,怎么样啊?"

"骗谁呢?百万富翁,我赵秀英有这个命吗?"这些人的话令她六神无主,心里一个劲儿埋怨瑶瑶不该送走圣婴,不然,马上就可验证这些人的话是真是假。

"城里都传遍了,报社、电视台记者说不定明天就会来采访你们,出名的机会到了,你们一家还蒙在鼓里,真是傻子,难怪只能给人打工!"

"你们哪里是来请教什么问题的,纯粹是别有用心,想发财想晕了头!"发财的机会全因自己一时糊涂而丢失了,一想到这儿,她就更加懊恼。

"猫说人话,五百年前发生过一次,第二年,满清就入关了,汉人留了大辫子。吕某人听说,那猫出入谁家,谁家日后便会非富即贵,会不会这家要出什么贵人?"住在他们家不远处的一个单身汉调侃道。

说是单身汉,其实是离了婚的混混。围观的人听了他的话哈哈大笑。此人曾约赵秀英吃饭,结果吃了闭门羹,一直心怀不满,扬言要报复她家。

"吕梁子,那你入赘李家好了,也可沾光嘛!"

"李家大姑娘如今待字闺中,正等着你呢!"了解情况的人讽刺道。

"你是畜生,说的不是人话,我跟你拼了!"赵秀英面红耳赤,火冒三丈,挥着刀就要上前去砍那人,众人慌忙拦住。

瑶瑶羞得无地自容,转身回到家里,把门关上。就在这时,李公然回来了,一见众人站在门口,晓得家里出事了,顺手拿起一根木棍,大吼道:"老子打断你们的狗腿!欺负我们外地人是不是?"

几个带头的人不甘示弱,准备应战。小区保安听闻李家门口有人聚众闹事，连忙赶过来阻止了这场眼看就要流血的武斗。他气急败坏，大骂这帮人鬼迷心窍、妖言惑众，破坏社区安定团结，并警告他们，若再胡说八道，别怪他上报派出所。

没有人再敢胡搅蛮缠，一个个灰溜溜地走了。

赵秀英披头散发，手握菜刀，气呼呼地诅咒这些无事生非的人，她对保安发誓，她们家绝对没有一只会说人话的猫，全是那些一心想发财的家伙造的谣。

"瑶瑶，开门，出来，怕什么，身正不怕影子歪！"赵秀英把门拍得啪啪响。

"大事化小、小事化了，既然没有会说人话的猫，那就算了。如今是电子信息时代，屁大的事马上传遍天下，你们家还是小心为好，谁知道明天、后天会发生什么事呢？"保安担心今天的事已经产生了不良后果，要她们做好心理准备。

"这是钱家的猫，老太太去世后，它被送到寺院，结果把寺院闹得一塌糊涂，就被赶了出来，没想到，它到了我们家。你听说过它吗？"赵秀英简单说了此事的来龙去脉。

"猫会说人话，我个人认为，一是好事者故意杜撰出来的，这些人对社会不满，意图造谣生事，破坏社会安定，对这种人，要坚决打击，决不手软；二是某些策划公司制造的商业噱头，比如让它预言某公司的股票是涨是跌，下届世界杯中国队能否进入前四名，房地产到底能不能投资等。对此我们不好多加干涉，只能加以引导。"保安自然知道这只猫的一些事，但他的身份决定他不能像刚才那些人那样信口开河，所以说得比较含蓄委婉。

"我们把它送走了。"瑶瑶眼睛哭红了。

"送哪里去了？"保安问。

"教堂。"

"我去教堂看看，别在那儿再闹出乱子来。"保安心神不定地走了。

"晚上，那人来找我怎么办？"赵秀英对瑶瑶说。

"钱退给他。"

"那人是个不小的官，哪里在意这点钱！"赵秀英的话，李公然和瑶瑶听得明明白白，她分明是舍不得这点外快。

第五章：风波

"我去教堂把它找回来。"李公然对老婆讲，说完，就出去了。

"这人从哪里得知我们家有这样一只猫的？"赵秀英问瑶瑶。

"几个朋友圈一发，全世界都知道。"瑶瑶没精打采地坐在一边看手机。

"孙家会不会知道，会不会来找你要钱？该死的土行孙不得好死啊！"赵秀英焦急万分。

她决定把钱暂且放在家里，实在不行再退掉。她一会儿站在门口，一会儿去卫生间，焦躁地转来转去，等待老公回来。

老公回来了，两手空空，脸上没有任何笑容，甚至很生气的样子。赵秀英有点怕了，连忙倒了杯水给他，紧张地站在一旁。

"它跑了，还把人家脸抓破了，害得人去医院打针，我得去看看人家。听人说抓得很重，成了大花脸，那人吓得当时就晕过去了，幸好有个帮手，不然，这祸可就闯大了！好好的脸弄个伤疤，谁愿意啊！"李公然对母女俩说。

"我跟你去。"瑶瑶慌了，圣婴是她亲自送去的，她不能连累父亲。

"那就快去，带点钱吧！"赵秀英也怕了，吩咐道。

"我有钱。"瑶瑶对父亲说。

父女俩去了医院，赵秀英在家一直心事重重，她给王律师发了信息，说了家里下午发生的事，得到安慰后，她走出门，准备躲起来。天渐渐黑了，她漫无目的地走在人群里，却总觉得有人跟在她屁股后面用一根棍子抵在她的后背上。她越是这样想，越是慌乱，越是觉得有人就站在身后，最后索性站在人来人往的大街上不动。

"钱是他给的，不是我要的，我躲什么？我是女人，他是干部，他能把我怎么样？"她实在忍受不了这种慌乱与心虚，决定破釜沉舟，豁出去，回家等着他，看他能把自己怎么样。

她回到家，门口静静的，天很黑，而且下雪了。北风呼啸，雪越来越大，黑漆漆的屋顶布满了白雪。她哆嗦着掏出钥匙，刚要把门打开，却听到一声猫叫从屋顶上传来，风雪里，它的声音是那么柔和，令她瞬间激动得泪流满面。

"下来，圣婴，我的乖宝宝！"她哭着叫它。

"喵，下午那些人呢？"圣婴跳下来，跟她来到屋里。

"我的天哪，你真会说人话？！"赵秀英怀疑自己听错了，一连问了几遍。

"呜，是啊！"圣婴回答。

"到底是我听错了，还是你真会说人话？"赵秀英自言自语，一时间，她分不清自己是在现实还是梦境中。

"呜，喵，你马上就会知道了。"圣婴回答。

"你家黑灯瞎火的，我差点找错了。大嫂，你会帮我的吧？"要来的人终于还是来了。

这人穿着灰白色的风衣，戴着眼镜，出现在她面前，一点声音都没有，这让赵秀英恐惧到了极点，她战战兢兢地，观察着来人的一举一动。她想打开灯，来人制止了她。黑暗里，圣婴的双眼如星星一样亮着光。

"我能平安无事吗？"来人直接问圣婴。

"你要要回你的钱吗？"赵秀英问。

"别打岔，钱算什么东西！"来人生气了，仿佛说钱是对他的一种侮辱。

"呜呜，无事。"圣婴抬起前腿，画了个圆圈，清脆地叫了一声。

"无事？好，说得好！"来人夸赞圣婴。

"你听得懂？"赵秀英问圣婴，紧张得冷汗直冒。

"真是一只灵猫，我若无事，来日定当重谢你！"来人对赵秀英说，"我是有身份的人，你别怕，以后我会常跟你联系的，但不可告知他人，切记，这是我的电话号码，不可告知他人，切记！"

他把一张小纸条塞到她手里，拍了拍她的肩膀，悄无声息地走了，留下赵秀英目瞪口呆地站在家里，直到外面传来路人的脚步声。

"神经病，花这么多钱就为了听猫说一句'无事'，真是疯了！"她自言自语，想找圣婴，它却不见了踪影。

"多亏了人家信主，心胸宽广，作为女性，脸受了伤一句抱怨的话都没说。"丈夫和女儿回来了，一进门就夸奖对方是大好人。

"这么好的人，圣婴怎么会抓她呢？"她放下心，不紧不慢地问。想起刚刚发生的事，她决定不提圣婴刚才回家的事。

"她烧了些肉端给它吃，谁晓得它趁机对着她的脸就是一下子，还骂她假惺惺。教堂里的人说，它发疯时简直就是魔鬼，再抓住它，决不放过它！"李公然义愤填膺，显然对这件事非常生气。

"为什么会这样？"赵秀英茫然地望着丈夫。

"鬼才晓得怎么回事，抓住它再说！"丈夫说完，回自己屋子里去了。

第五章：风波

"当初是她非要我将圣婴送给她的，还说主包容一切，特别是有罪的生灵。"瑶瑶辩解。

"那是她自找的，怪不得我们。"赵秀英点点头，在心里骂道，"什么主啊神啊，活该被抓！外国的神，也没啥了不起！"

夜里的雪下得很大，老公和瑶瑶早睡着了，赵秀英好几次听见门口有猫叫声，可当她仔细听时，却什么也没有。她担心圣婴，还有那个令她焦虑的人。她打开手机，给他发了条信息：你好吗？她没有指望他马上回复，因为现在已经过了子夜，谁知她很快就收到了回答：很好，不必担心。她不知所措地看着手机，心猛烈跳动，伸出手摸了一下自己的脸，发现很烫，小声嘀咕："这么晚了还不睡觉，干什么呢？"

瑶瑶做梦了，她梦见圣婴回来了，瞅着她，尾巴摇了摇，冷淡地准备走开。她对圣婴的生硬态度不满，若不是她，说不定它早被当成一只巫猫活埋了，她救了它的命，它却是这副德行，令她心里不快。于是她叫住了圣婴。圣婴返回来坐在她对面，鄙夷地盯住她，像见到一只发臭的死老鼠似的。

"你发神经了，这样看着我？"她忍无可忍，把喝剩下的牛奶递到它嘴边。

"不喵。"圣婴一声叫，伸出左爪，将送到嘴边的牛奶打落在地。

"你想干什么？"她目瞪口呆，仿佛站在眼前的是一位披着猫皮的神灵，正在审问她。

"坏人！"圣婴从喉咙里发出一声叫，她从来没有听过它说出这么清晰的话，刹那间愣在那里，眼泪落下来了。

"我上辈子欠你的。"她同它对视了半天，最后让步了。

圣婴盘腿坐在桌子上，紧盯着她，不眨一眼。她看看圣婴，坐下来，把圣婴抱在怀中。

"我答应你，再也不会抛弃你！"她对圣婴悄悄地说，就像对儿子说一样。自己当初把圣婴领回家不就是要把它当儿子来养吗？

瑶瑶嘴里含混不清地念叨圣婴的名字，赵秀英轻轻推了她一下，让她闭嘴。赵秀英还想发个信息告诉那个人，她不能要他的钱，至于为何有这样的转变，她自己也弄不清。

信息发出，却没有再收到回复。她失眠了整夜，脑子里全是那个人的影子。天刚亮，赵秀英起床后打开门，望着皑皑的白雪沉思了半天，不停追问自己：圣婴昨夜去了哪儿？红花寺？还是钱家荒芜的猫园？

年关近了，公司放假了，大部分外地人回老家过年了，镇上冷冷清清的。她乘坐公交车，几分钟后来到万福寺，大殿外面只有少数几个香客在走动，其他的殿门开着。路边莲花形状的音箱正在播放梵音，柔美悠扬的梵音给这寂静的早晨增加了一些肃穆。

她转了一圈，磕了头，往功德箱里放了一张十元钞票，随后从后门来到旁边的公园。公园里的人工小河里隐隐约约可见放养的红鲇鱼，它们缓慢游动着。她顺着河边的小径走到假山顶上，四处张望，万山塔下，管理员正在焚香，一条长廊蜿蜒地通向另一座小桥。公园里少有人走动，唯有乌鸦、麻雀在寒风与飞雪中飞起落下，寻找食物。不远处的西边，隐隐约约能瞧见牛郎织女塑像，在它们的脚下，几只早起的狗正在河边玩耍。

赵秀英站在风雪更盛的假山顶上，猜测圣婴可能去的地方。天空阴霾，树荫使得早上更加寒冷。她搓搓手，走到假山下，顺着七层宝塔转了一圈，来到观鱼的亭子里坐了一会儿，乘车回到镇上，下车后朝教堂方向走去。

教堂门卫被她的敲门声惊醒，很是不爽，他朝站在门口的赵秀英摆摆手，意思主和他的子民需要休息，不要大清早来打扰他们。

"休息？"赵秀英不相信。她在工厂上班时，除了没有订单的日子，哪一天也没休息过？

"这是上帝的恩赐，信主的好处，懂吗？"看门老头哈欠连天。

"师傅，有猫来吗？一只黑色的、不长毛的猫。"赵秀英问。

"我说这位女同志，你真是哪壶不开提哪壶，昨天，我们冯牧师的脸被一只可恶的猫咬得鲜血淋漓，差点送了命，你大清早没事做，来找什么猫，还是什么黑猫？"老头光着上身，起来打开门，气呼呼地对她说。

"它不是抓的吗？"她没好气地反问，闻到老头身上有一股烟味。

"畜生知道什么？惹急了，说不定还会咬自己一口呢！再说，咬跟抓有什么两样？我见过一只猫，有一天没逮着老鼠，气得一口咬在自己屁股上！"老头不知是瞧不起她，还是不高兴她打扰了自己的美梦，随口讲了这个鬼也不信的故事。

"你有啥了不得的？那猫咬屁股上的虱子，关你什么事？多管闲事！"赵秀英气得掉头离开。

第五章：风波

老头受不了嘲讽，在她背后叫喊："主会惩罚你的！"

"去哪里了呢？"她没有再理会老头的废话，独自走在冷冷清清的街道上，思忖圣婴能去什么地方。

一家卖牛肉面的馆子正在营业，她进去吃了碗面，坐在凳子上想了半天，决定打电话请杨又霞帮忙。

"快起来帮我找猫，我在云阳街清真面馆请你吃面。"她说完，没等对方回话，便挂了电话。

外面的雪下得很大，车辆稀少，没有几个行人，虽说马上就要过年了，但并没有过去那种浓烈的年味。

"哎呀，你家的猫出名了，说说看，这阵子靠它赚了多少钱？"杨又霞坐下后，立马提起圣婴的事。

"赚钱？赚什么钱？"赵秀英恼火的点就在这里，除了那位貌似干部的人，谁也没有给她半个子儿，外界却认为她发了大财。一个专门招揽储户的银行职员，三天两头给她打电话，苦口婆心地劝说她去存钱，并且许诺条件优厚，不方便的话，上门服务也行。

"骗谁呢，谁不知道你们家靠那只猫发财了！"

"要是发财了，我早屁股一拍走了，现在当务之急是找到圣婴！"赵秀英脚一跺，非常生气，"钱家猫园，圣婴十有八九在那儿。狗恋人，猫恋家。"

"这大雪天，去那里？有人说，那园子里成天阴森森的，特别是晚上，有许多人，不，许多鬼一样的东西在里面聚会，你家那只猫八成是跟它们一伙的，你得小心点！"杨又霞又来了一句令人毛骨悚然的话。

"鬼话连篇！鬼在哪儿，长什么样？"赵秀英心中发毛，恼怒地质问对方。

俩人互不理睬，各想各的心事，一直走到钱家猫园才相互看了对方一眼。大雪覆盖的园子看上去并没有那么可怕：雪地上的动物爪子纵横交错伸向远处，门楼上的字已经模糊，值班室里堆着日用废品，一群麻雀、几只黑鸟飞来飞去，园子一片寂静。

"这里要被拆迁，盖大楼了。"杨又霞望着里面，迟疑不决。

赵秀英正四处张望，突见什么东西从一堆雪里猛然蹿出，于是大叫："猫，园子里有猫！"

左耳猫

"你神经病啊,像鬼一样叫!"杨又霞乘赵秀英不注意,搓了个雪团子塞进她脖子里,凉得她倒吸一口气,抓起一把雪便朝杨又霞打去,俩人像孩子似的打起雪仗来。

"处处跟我作对,真是坏透了!"赵秀英把杨又霞扑在雪地里,俩人抱在一起翻滚着,弄得全身是雪。

"别闹了,我就跟你开个玩笑嘛!"杨又霞没她力气大,认输了。

风刮得一阵比一阵紧,雪花吹打在脸上,令人睁不开眼睛。她们来到那堆雪前,原来这里有个洞,洞口有几根黄毛。顺着脚印,俩人一路来到猫舍门口,东倒西歪的猫舍前面布满了脚印,既有猫的,也有狗的,还有其他小动物的。

"进去看看,里面有叫声。"赵秀英提议。

杨又霞点点头,赵秀英捡了根木棍,小心地将那扇破门拉开,一股猫臊味扑面而来,她打了个响亮的喷嚏,紧握着那棍子。定下神来,两人看见里面有一群猫挤在一起,镇定地坐在那儿,并没有因为她们的惊扰而慌乱。

猫和人对视着,谁也不愿退却,赵秀英没有看到要找的圣婴,失望得想哭。她不甘心地盯住它们,对它们冷冰冰的态度感到心慌意乱。

"这都是老太太养的猫,时间一长,全变成野猫了。"杨又霞朝它们嘘了一声,见它们仍然没动,好奇心大发,腰一弯,想进去抓一只。

"哇,哇!"里面的猫全都对着杨又霞张牙舞爪,仿佛要扑过来撕碎她。

猫对她们发出威吓声,二人未在意,等她们看到愤怒的群猫猛扑过来时,才意识到自己惹了麻烦,然而迟了。最先受到攻击的是杨又霞,一只大花猫挥动着爪子,跳起直扑她的胸口,她一声惊叫,跌坐在雪地里,手忙脚乱地踢打这只暴怒的花猫。

杨又霞又叫又哭,赵秀英挥起木棍刚要上前帮忙,另外几只猫也怪叫着朝她扑来。她闭上眼,本能地挥动木棍,一只虎斑猫被她打出老远,跌在雪地里边挣扎边怪叫,其他的猫怕了,躲躲闪闪,跟她俩兜圈子。

杨又霞趁机爬起来,扔下她,夺路而逃。

"你不能扔下我,咱俩一伙的,你个没良心的!"

赵秀英跟在杨又霞屁股后面,边挥舞木棍边往后退,嘴里不停骂杨又霞是怕死鬼,一连跌了好几个跟头,弄得披头散发、狼狈不堪。群猫疯了似的

第五章：风波

在后面紧紧追赶她们，领头的花猫不停地发出恐怖的叫声，直到跑出猫园，来到门卫室旁边，群猫才停下来，远远地望着她们，一边吼叫一边喘气。

"你家的猫在那儿，快看哪！"杨又霞指着猫舍的方向对她说。

"在哪儿？"赵秀英问。

"怎么一转眼没了？天哪，你家养什么不好，偏要养只中邪的猫？钱家没落了，就是因为养了这只猫！"杨又霞大叫。

"你胡说！圣婴在哪儿？"赵秀英懊恼不已，后悔招惹了猫群。

"跑了，刚才的确看到了。"

"我没看到！"赵秀英气急败坏，一声大叫。

猫没找到，赵秀英回家却病倒了，高烧不退，导致年前年后，家里冷冷清清。医院去了好几次，医生也没说出所以然，只说受寒了，开了些药，叫她好好休息。

正月十五后的一天，她靠在床上看当地新闻，见一个人正在讲话，而这个人不是别人，正是年前那位来找她的人。

"他原来是位部长，姓陈。"她自言自语。

陈部长正在介绍本单位如何反腐倡廉的事，慷慨激昂的话令人很受鼓舞，简直与他见圣婴时，畏畏缩缩、担惊受怕的模样有天壤之别。看来圣婴对某些人来说确实是"救命稻草"。

"圣婴在外面太危险了，我们一定要找到它，今天你陪我出去。杨又霞不行，成事不足，败事有余，差点把我老命送掉了！"想起钱家猫园，赵秀英现在还心有余悸。

"我昨晚梦到了它，它躲藏在城北墓地那一带，今天我们一定能找到它。"瑶瑶对母亲表示同意。

"墓地离这儿有四五站的路，它怎么跑到那儿去了？"赵秀英问。

"猫有猫路，狗有狗路，谁能管得了？"瑶瑶回答。

"我起来，你去买包子，肉馅的。"门对面的马路上有早点摊子，油香很是诱人，今天早上，她特别想吃。

吃早饭时，去教堂做弥撒的父亲回来了，儿媳妇带着孙子也来了，家里马上热闹起来。李公然告诉全家人一条最新消息：昨天夜里，派出所接到市

左耳猫

民举报，万福塔上几只野猫吵得周围人没法睡觉，被派出所打死了。

"我怎么没听到？他们耳朵真好，都是顺风耳不成？"赵秀英如被泼了一盆冷水，责问老公。

"是有猫叫，我听到了。"孙子乔爱绘声绘色地描述了一遍群猫叫春的场景，赵秀英不吭声了。

"妈，咱家那只猫呢？外面人都说它是灵猫，我们得好好养着，别让人拐走了。"媳妇乔娜跟着说。

"乔爱上学期成绩不太好，要不给我们养几天，看看有没有效果？"儿子直奔主题，说明来意。

"不是请老师补课了吗，成绩怎么下来了呢？乔爱，你得加油，给你妈长脸，懂吗！"瑶瑶见哥嫂别有用心，淡淡地说。

"人人都说这只猫神通广大、无所不能，让它帮助一下乔爱呗。"乔娜不紧不慢地说。

"还有这种事？别听那些人胡扯，念书就要下功夫，哪有什么捷径可走！"李公然对儿媳妇说，"猫失踪了，你妈为了找它，差点丢了命！"

"你们竟把这么聪明伶俐的猫丢掉了？你们知道它能产生多大的经济效益吗！"媳妇放下筷子，惊讶地望着赵秀英和瑶瑶。

"真是的，丢掉小命也不能丢掉它！"儿子唉声叹气，责怪母亲。

"奶奶，快去给我找回来，不然，我就不上学了！我最近好像得罪了老师，老师天天骂我笨蛋、猪脑子、蠢材，让我熬夜做作业！"乔爱嘴一嘟，耍起性子，饭碗一推，不吃了。

"奶奶马上给你去找，找不回来，奶奶给你再买一只。"赵秀英安慰孙子。

"就要这只，别的不要！"孙子抗议。

"都怪我没用，奶奶马上去给你找回来！"赵秀英检讨自己的不是。

赵秀英决定让乔娜在家带孩子，剩下的人全都上阵去找。恍惚中，她仿佛看到圣婴坐在一间很大的屋子里，面前黑压压的全是猫，正在听它说话，至于说什么，她听不懂。

外面的积雪已经化了，天气不错，圣婴应当会出来活动。几个人分头行动，李公然到教堂那一带，赵秀英去城北墓地，瑶瑶去菜市场和步行街，儿子去公园。

第五章：风波

瑶瑶径直来到菜市场，转了一圈，没有发现圣婴的影子。由于外来打工的人少了，菜市场的生意冷清了许多，她没精打采地站在一家卖杂货的店前，想着下一步该去哪里，正在犹豫，忽见开宠物店的小薇拎着菜篮子走过来。

"站在这儿干什么？"虽说天上有太阳，但毕竟是正月里，小薇穿着厚实的大衣，步履蹒跚地来到她面前。

"哎呀，你怀孕了？"瑶瑶问。

"是啊！"小薇淡然一笑。

"什么时候结的婚？"

"结婚证领了，但仪式还没有举行。"小薇捂着肚子问她，"你们家那只猫出名了，身价翻了百倍，怎么不看好它？很多有钱人家都想要它，这可是难得的挣钱的好机会啊！"

"它把我们家闹得鸡飞狗跳，年前那些人，开春后说不定又要来找麻烦。当初都怪我多事，不然也不会这样！"想起家里发生的一些事，瑶瑶自责。

"它会算命吗？"小薇问她，"要是找到了，让它帮我算一下什么日子办喜事好，行不行？"

"行！"

"猫会说人话，没见过。"

"偶尔碰对几句罢了。"瑶瑶说。

"或许这只猫进化得太快，大脑有了人类的意识。瑶瑶，这不是普通的猫，你们快去把它找到，有人愿出百万买它，不信，你去看看，找猫广告上写着呢！"小薇拉着她来到专门贴告示的地方，果见有人在上面留言：如有人发现钱家老太留下的黑猫，本人愿出一百万收养它，提供线索者，奖励十万。

"这猫是我的，怎么变成钱家老太的了？"瑶瑶对这张告示非常不满意，上去便把它撕了下来，扔在烂泥里。

"走吧，这人你惹不起，给他知道了，会挨揍的！"小薇慌忙带她离开。

"明明是我家的猫，他凭什么贴广告要收养它，这不欺负人吗？"瑶瑶越想越生气。

她来到步行街，街道上没几个人，倒是有不少宠物狗和一些流浪猫，它们对她视而不见，相互打闹玩耍。走到尽头，她失望了，决定去找刘莉。

她坐上一辆公共汽车，不多时来到刘莉住的地方，却发现门锁上了。她从门缝往里看，里面静静的，她犹豫了下，开始敲门，咚咚的敲门声吸引了隔壁一户人家的注意，女主人出来问她干什么。

"刘莉人呢？"她问。

"前几天我还见到她，这两天没看见。"

女主人以前见过瑶瑶，脸上有了点暖色，摇摇头，表示不清楚。不过，在回自己家之前，她提醒瑶瑶打电话问问，免得在此等待。

她照做了，但电话却显示对方关机。

"她平时不这样啊，怎么会关机呢？"她茫然地望着那家女主人。

"不知道，唉！"女主人叹惜一声，回自己家去了。

瑶瑶给嫣红、安秋雪、阿凤每个人打电话，得到的回答都是一样的。她站在门口，心中涌起一种不祥的预感。

她来到河边，坐在长长的木椅子上，想了一大堆事。半天过去了，快到吃中饭时，母亲打电话问她可有消息，她说没有，准备回家吃饭，下午再出门寻找。她来到公交站台，正要上刚开过来的公共汽车，耳边似乎响起了一声猫叫。她返回刘莉家的门口，用力猛拍，寂静的巷子立即充满刺耳的回音。

还是没有动静，她失望地盯住沉重的铁门，用力扒开一条缝，原来没有灯光的正屋这时竟然有灯亮着，不但如此，一双绿幽幽的眼睛正在与她对视。

瞬间，她全身起了一层鸡皮疙瘩，心惊肉跳地叫了一声，快步离开门口，慌忙给嫣红、安秋雪打电话，让她们火速赶来。

"什么事，慌成这样？"安秋雪最先到，问她。

"刘莉家里像是有鬼，太恐怖了！猫眼，对，猫眼！绿色的，闪闪发光，我看到了！"她结结巴巴，无法向她形容看到的场景和心里的不安。

"鬼话连篇，大白天，哪里有鬼？"安秋雪嘲笑她。

"吓死我了！"她几乎要晕过去了。

"前些天，刘莉还去过我那里。她是不是回老家了，山里信号不行，联系不上？"几人边说边来到门口。

安秋雪从门缝往里看，什么也没有。

"刚才我分明看得清清楚楚，怎么会这样呢？"瑶瑶失魂落魄地站在那儿，感到那扇门透着女巫皮肤上的色彩，神秘而又恐怖。

"你是不是想儿子想出幻觉来了？没办法，女人再狠，也过不了这关，

第五章：风波

真叫人伤心啊！"安秋雪说她。

"我真的看到灯亮着，还有一双绿幽幽的眼睛。"她又一次从门缝往里看，阴恻恻的屋子里有了动静，像是一张椅子被人轻轻拖动，或是一个没穿衣服的女人在轻轻走路。

"我再看看，奇怪了！"安秋雪往里看，脸色顿时变得苍白，不顾一切大叫起来，"刘莉，刘莉，你在家吗？"

"睡得好好的，又被你们吵醒了。鬼叫什么，大白天没事做吗？"隔壁女主人听到动静，穿着厚睡衣走出来，斥责她们声音太大。

"对不起！"安秋雪赔礼道歉完，拉着瑶瑶来到巷子口。

"刘莉在搞什么鬼？把门撬开看看。"嫣红来了，听了她俩的话，笑她们自欺欺人，胆小如鼠。

"不行，万一有什么事，说不清！"瑶瑶想起那只猫的眼睛，心里乱成一团，连忙反对。

"该不会有事吧？"安秋雪提醒。

"这两天，一到深更半夜，就听她屋子里好像有东西在动，你们几个是她什么人？"女主人追到巷子口问她们。

"朋友。"嫣红回答。

"这几天没人看到过她吗？"安秋雪问。

"没有。"

"灯一会儿亮着，一会儿不亮，屋内还有动静，奇怪了！"瑶瑶自言自语。

"出现这么可怕的现象，怕是真有事了，不然报案吧。"女人慌了，提议道。

"把门撬开，我们先进去看看再说。"嫣红再次建议。

"我怕！"安秋雪犹豫不决。

"怕什么，我来撬！大姐，你家有铁棍吗？"嫣红自告奋勇。

女主人回家拿了螺丝刀、铁棍、尖嘴钳子，没费什么功夫，她们打开了门。里面的灯亮着，一张椅子斜靠在茶几上，床上的被子里显然有人，床头柜上零乱地放着化妆品，一只拖鞋在床头，另一只在床尾。

"这女孩子睡死过去了吧，这么大的声音听不见？"女主人掀开被子，一声尖叫，抬腿便朝门外跑去，慌乱中一头撞在门上，发出咣当一声响，整个巷子的人都听见了她的叫喊声，"来人啊，死人了，不得了，有人死了！"

十几分钟后,警察来了,驱散了围观的人群,里里外外勘查完,拉走了刘莉的尸体。嫣红、安秋雪、瑶瑶、女房东全被带到派出所,每人录了口供,签了字,一直折腾到天快黑,才被放走。

赵秀英站在派出所门口,母女俩你看我、我看你,谁也没有先说话。天黑了,路灯昏暗,凹陷的地面上结了一层薄冰,走在上面,发出咯吱咯吱的响声。

"问了什么?"赵秀英问她。

"没问什么。"瑶瑶望着行人,心灰意冷。

"怎么会死了呢?"

"我也不晓得。"

"警察没说怎么死的?"

"没有,不过他们怀疑死之前有人去过刘莉的房间。"

自从看到刘莉屋子里的灯和猫,瑶瑶总感到不正常——猫,那只怪异的猫,后来怎么不见了?在派出所,她并没有主动提起自己的发现,直到现在,她也没对母亲讲。

娘俩来到一家素菜馆,老板娘热情地招呼她们坐下,推荐了几道拿手的素菜。赵秀英要了一小瓶白酒,俩人坐在靠窗口的桌子上,边吃边猜测刘莉的死因。左边的画屏上画着古代仕女,手执薄如蝉翼的团扇,脉脉含情;右边画着一位身着古装的老头,这是季子。离此不远,有一座季子庙,庙东有一口水井,涌出的泉水带有啤酒、柠檬、蜂蜜等味,甚为神奇,她们去玩过,庙里还有块无字石碑。

"是不是有人谋财害命?她平时得罪了什么人吗?"清爽的菜肴此时对瑶瑶来说没有一点吸引力,望着画屏上的老头,她嘀咕了一句。

"会不会是——"赵秀英吞吞吐吐。

"谁?"瑶瑶大吃一惊,母亲难道知道什么内幕吗?

"她之前的男朋友?"母亲喝酒的样子十分优雅,她把酒杯放在嘴唇边,轻轻一吮,没有半点响声。

"没有证据,你别瞎说。"她对母亲的结论感到不满意。

"小河边今天有个姑娘死了,我去看了,可漂亮了,唉,太可惜了!"因为还在正月里,店里的人不是太多,老板娘过来插了一句。

"这姑娘平时人挺好的,不知得罪了谁,天杀的东西!"母亲骂道。

"交友要慎重啊,林子大了,什么鸟都有。"老板娘穿着朴素,看上去很和气,给人踏实的感觉。

"就是。"母亲看了她一眼回答。

"人越来越坏了,为了钱,可以六亲不认!哪有过去的人好。"老板娘大发感慨。

"生意好吗?"在别人店里老是说死人的事,总不好吧,赵秀英换了个话题。

"人就是奇怪,大鱼大肉吃够了,又说吃素菜好,不会得三高,对身体健康有好处。可你真要给他一日三餐吃素的,他马上就不舒服了。生意难做!"老板娘发牢骚。

"谁家没有一本难念的经呢,反正习惯了!"想起家里的事,赵秀英点点头。

"房子天天喊降价,却一天比一天贵,还不让人说,真是奇了怪了!"老板娘说完,忙着去招呼刚进来的一对小情侣了。

"这店不大,布置得却很舒服,菜也烧得不错,就是客人少了些,下次我们还来吃,给她捧捧场。"赵秀英很喜欢这位老板娘。

赵秀英结完账,意犹未尽,磨蹭了一会儿才走出门。此处虽有路灯,却仍一片昏暗,瑶瑶傍着母亲,看着商店里的那些假人,脑子突然冒出一个想法,不由得用力一拽,母亲趔趄了下,望着她,不明白她的意思。

"干什么呀,神经兮兮的?"母亲说她。

"住在上面的人不怕吗?"她指着旁边一所阴森森的挂着牌子的房子问。

"这是张家大院,民国时期盖的,属于文物。如今没人住了,好可惜啊!"赵秀英说。

"里面黑乎乎的,好吓人。"

"没做亏心事,怕什么!"

"刘莉说不定是被什么东西吓死了!"她鼓起勇气说出刚才冒出的想法,对当时没有看清楚那只猫是什么样子而后悔莫及。直觉告诉她,那只猫很可能就是圣婴。然而,她想不通,它怎么会在刘莉家呢?除了有人把它带进去,别的方式说不通啊!

"吓死的?只听人说过穷死的、饿死的、得病死的、车撞死的、犯法枪毙的，就是没听说过吓死的！得了急病死的话，倒是有可能。"赵秀英一口否决。

"有只猫在她房子里，我当时吓坏了，没敢跟人说。"走到大街上，瑶瑶才坦白。

"我们家圣婴？"赵秀英脱口而出。

"好像是，又好像不是，反正那只猫很恐怖。我们进去了，它却不见了，警察去了，它也没出来，你说怪不怪？"

"我的天哪，你千万别在外面胡说，别人还以为是我们家害的人呢，到时跳到黄河也洗不清，就像你表舅家的儿子黄九！"赵秀英比瑶瑶还要着急，这种无厘头的事居然跟她们家的猫有关，简直是飞来横祸。

"我那天喝多了，不是诚心去偷牛的，只是跟着宋二，给他壮胆，没想到倒了这么大的霉！"想起表弟黄九从劳改队回来说的话，瑶瑶头皮发麻，浑身发冷。

之所以一下子想起他，是因为小时候表舅希望她长大后能嫁给自己儿子，虽说近亲不能结婚，可那时的农村并不讲究这些，更何况他们不是直系亲属。不料黄九因偷盗邻村的耕牛被抓了去，判了三年，这门亲事也就自然而然不了了之了。

"我没说，也没有人看到。"瑶瑶回答。

"她平时跟什么人来往？"母亲问她。

"除了我们几个要好的，没见她跟什么不三不四的人来往过。"瑶瑶回忆以前的一些细节，没有发现什么可疑之处。

"好端端的人怎么突然就死了呢？"赵秀英陷入了沉思。

"她妈知道了，非急死不可！"瑶瑶晓得刘莉孝顺，母女关系非常好。

"凶手怎么下得了手！"赵秀英叹惜。

她们向南走了几十米远，来到一座小桥前，阴沉的夜空下，桥的栏杆上蹲着一只猫，它迎着冷风，两眼闪着绿色的光，死盯住她们。母女俩停住脚步，像是碰到了抢劫的惯匪，浑身僵硬，呆若木鸡地站在那儿。

"喵喵。"这只猫不是别的猫，正是她们要找的圣婴。它叫着，跟她们打招呼。

"你怎么在这里？"瑶瑶问。

第五章：风波

"我能去哪里呢？"圣婴垂头丧气地回答。

"你真的会说话啊。"赵秀英这回听得明明白白，没有大惊小怪，反而坦然了。

"会啊。"圣婴慢条斯理地点点头。

"原来你真是一只灵猫！快跟我回家，想发财的人到处在找你，别让他们看到你！"赵秀英急不可待地抱起圣婴，生怕被别人抢去。

"这些天，你去哪里了？"瑶瑶问。

"回家了。"圣婴回答。

"回家了？你家在哪里？家里有人吗？"

"南山国，人多着呢！"

"你胡扯，哪来的南山国？"

"我老家啊，你们不是也有老家吗，为什么不回去看看？"圣婴反问。

"跟你说不清，走，快跟我回家。"瑶瑶想起刚看到的那所老房子，怀疑圣婴说谎，加快了脚步。

"跟你说不清，我没说错啊，你还骂我！"圣婴委屈地抹抹脸。

"你是不是去刘莉家了？"瑶瑶的心怦怦跳，她想得到圣婴肯定的回答，却又怕得到圣婴肯定的回答。瞅着寒风中的圣婴，想起没有一点消息的儿子，她再也忍不住，哭了起来。

"是啊，我自小就在那儿长大的，我的主人后来将我送给了钱家，然后就不知去向了，我回来看看她回来没有。"圣婴嘀嘀咕咕。

原来圣婴是女房东送给钱家儿子的，那么这位女房东跟钱家儿子的关系一定非同寻常；而外间传闻这只猫是钱家生意场上的朋友送的，这其中有什么隐情？钱家为什么会对外人撒谎，目的何在？钱老太为什么如此喜欢这只别人讨厌的猫呢？

"刘莉怎么回事？"瑶瑶直接问。

想起刘莉的惨死，她顿时觉得仿佛四面八方都是刘莉冤死的灵魂，它们从桥上跳到桥下，又跳到水里，来回舞动。瑶瑶心灰意冷，几乎站不住了。

"不能说啊！"圣婴可能是怕了，左耳连续跳动，左眼闭上，左前爪抱住脑袋。

"姑奶奶，别在这儿说了，快回家，要是别人发现了，怎么得了！"赵秀英抱着圣婴，飞也似的朝家里走去。

她们回到家，儿子媳妇已经回去了，丈夫还在等她们，一见她们带圣婴回来了，忙把门关好，急切地问："在哪儿找到的？"

"春雨桥上。"

"刘莉死了，怎么让你碰到了？"刘莉的父母，他们一家是认识的，在老家，两家住得并不远，属于同一个生产大队。

"这事真是怪，绕了一大圈，原来这只猫出生在刘莉住的那房子里，前任住户那个局长倒霉了，他的小情人不知去向，那房东还能跟钱家扯上关系。"瑶瑶抚摸怀里的猫，忧心忡忡。

"难道真如人们说的那样，谁养你，谁倒霉吗？"赵秀英把圣婴从女儿怀里抱过来，举在灯下，盯住它问。

"不！"圣婴摇摇头，左耳立起，瞳孔变得圆圆的，眼神平静。

"傍晚，我回家时，发现几个二流子在附近转悠，怀里像是揣着家伙。"李公然对她们说。

"什么家伙？"赵秀英把圣婴送到里屋，门窗关好，来到外间问丈夫。

"好像是猎枪、刀、捕鼠器之类的东西。"丈夫在她对面坐下，慢腾腾地敲着桌面。

"还不报案？十有八九是准备来我们家抢劫的！"赵秀英急了。

"抢什么？抢人，抢钱，抢宝？"瑶瑶听得心里直发毛，慌忙问。

"我只是猜测而已，无凭无据，报什么案？这伙人定是为这只猫而来的，后来见人多，就离开了。"

"晚上睡觉小心点，以防万一，要不叫上几个人来守夜？"赵秀英征求丈夫的意见。

"是祸是福，听天由命吧！"丈夫不同意。

这天晚上，赵秀英几年来破天荒第一次睡在丈夫房间。瑶瑶独自一个人睡，圣婴像是累了，瑶瑶轻轻推了它几下，它懒洋洋地动了一下尾巴。瑶瑶久久不能入睡，一闭上眼，眼前就出现刘莉的影子，所以她索性起来坐在床上。刘莉被害，难道也是因为圣婴？可她跟圣婴有什么关系呢？这是她们李家的事呀。瑶瑶想来想去，也没有想出个头绪来。

半夜，外面传来一声猫叫，一声狗叫，一声乌鸦叫，一声人的咳嗽声，

第五章：风波

瑶瑶心惊肉跳，把被子往头上一裹，缩在被窝里。

圣婴醒了，它侧耳听了听来自外面的声音，端坐在瑶瑶的床上，直到瑶瑶发出鼾声，它才躺下。

天快亮时，他们家的门被扔过来的一块石子砸了一下。赵秀英从睡梦中醒来，见丈夫拿起事先准备好的木棍冲出门外。清晨的天空灰茫茫、雾蒙蒙的，肇事者已经逃走了，李公然对着那个人逃跑的方向大骂："有种你回来！老子不是好欺负的！"

"这人像是住在后街的那个神经病，一大早来砸我们家门干什么？以前他从来没有干过这种事啊。"赵秀英问愤怒的丈夫。

"今后还不知道会发生什么事呢，不如回老家，免得天天担惊受怕！"李公然把棍子在地上乱敲，赵秀英不由得在心里嘀咕："把老毛病惹出来，那就麻烦了！"

她后悔昨天晚上跟他睡在一起了。

第六章：礼拜三新娘

六年前，杨超凡局长在香樟河畔买下了这栋别墅。

这片别墅区住的大都是互不了解的女人们，她们平时无所事事，不是出去吃喝玩乐、逛街购物，就是约人在家打麻将、做美容，只在星期三或星期四这两天接待自己的意中人。周围了解情况的人给这些漂亮女人起了个绰号：礼拜三新娘。

礼拜三新娘不但长得漂亮，而且能歌善舞，还擅长烹饪，所以一到礼拜三这天，家家都散发出一种迷人的美食香味，路过这儿的人几乎挪不动脚步。

"燕子，这房子以后就是你的了。"五十三岁的杨局长挽着小情人的手漫步在如茵的草地上，兴奋之情难以言表。

燕子是情人的小名，她真名叫东方燕，今年二十六岁，琴棋书画样样精通，是钱家老板的远房小姨子。在一次宴会上，杨局长对她一见钟情。

"真的，不骗我吧？"燕子高兴得不得了，紧紧依偎着对方，娇滴滴地问，"你家里的黄脸婆呢？她会善罢甘休吗？"

"不用大动干戈，估计她也活不长了！想想我们当年的感情，真是轰轰烈烈啊，却不料被这场病弄得支离破碎、行同陌路，你说是不是天意？现在这样，对她、对我、对你都有好处，懂吗？"杨局长感慨万端。

"对我们有什么好处？"燕子不解。

"我不在这个时候抛弃她，说明我正直善良、品行高尚，是个值得信赖的好丈夫。她死后，我光明正大地娶你，无论从哪方面来说，我都对得起她，别人也不会说什么，对不对？"

"万一死不掉怎么办？"

"癌症晚期，这样的病我们能治好吗？这是在我们家，她才活了这么长时间，要是平常人家的人得了这样的病，早就呜呼哀哉了！医生告诉我，她最多活三个月，上帝、阎王、玉皇大帝都在眼巴巴等着她去呢。"

"阿弥陀佛，那就快点吧！"

"她活着跟死去没两样。做人要大度，同一个快要死去的人计较，完全没必要。再说我们这么多年的感情，哪能太绝情呢？"

"你儿子不会反对吧？"

"老子的事他没兴趣。"

"毕竟我们在一起上过学，见面总有点难为情嘛！"

"不见面不就把问题解决了，小傻瓜！"

"小姐妹们都有事业做，唯有我藏匿深闺。这片别墅太安静了，谁跟谁都不来往，真受不了！"

"住在这里的人不是那些没素质的小市民、喜欢道听途说的农家婆子，她们就像你这样，一心一意在为爱的人默默奉献自己的青春！"杨局长像在舞台上演话剧，左手潇洒一挥，声音充满了无限激情，燕子一听，眉开眼笑。

"相互之间说说话不行吗？见了面，像是不同品种的狗，不是鼻子嗅嗅，就是神情紧张地走开，太好笑了！"

"这叫自我保护，懂吗？人就应当像非洲草原上的那些动物，各有各的地盘，谁也不要过来骚扰谁，我最讨厌不尊重别人隐私的人了！"

"人太复杂了！"

"人不复杂就不是人，正因为复杂，所以我们才比其他动物聪明能干，学会了享受，学会了爱情，学会了占有，学会了权术，学会了仼别墅！"

"我想养只宠物，你不在时，也好陪我解闷。这里的住户，家家都养宠物，我出门不带宠物，一点面子都没有。"

"那当然，你想养什么？"

"一只猫吧。"

"好，我让人给你弄一只名贵的猫。土猫不能养，又脏又不听话，且愚笨、固执、理解能力差，带出去让别人笑话。"

一个月后，杨局长果然给燕子带来了一只母猫，这是一只全身黑亮的斯芬克斯猫。送给他的人介绍，它是法国一位贵族的后代培育的血统纯正，善解人意，且有身孕了。

为此，燕子专门收拾了一间空房子给它住。二十天后，这只母猫产下了

左耳猫

一只同样全身黑亮的小公猫。兽医刚给这只小猫擦干净身体，它便发出一声清脆的叫声，外面叽叽喳喳的小鸟听到这声音，顿时消失得无影无踪。

"有这么一回事？"杨局长笑笑，以为是小情人逗他开心编的笑话，更加高兴，童心大发，把这间房子命名为"南山国"。

"怎么叫南山国？"燕子不理解。

"这猫相貌奇特，祖先不是生活在南美洲，就是埃及沙漠，所以只有高山原野才能和它相配。可惜我们没有，那就因陋就简，把假山、假水、沙石搬到这间房子里来，让它自由自在地生活，这也体现出我们人类，特别是你我的一片爱心。"

"明白了！我一定把它养好。"

"朋友说这种猫聪明伶俐，学什么像什么，记忆力超强，要好生照顾。"

"那它会不会泄露我们的秘密啊？"燕子开玩笑。

"不会的，畜生就是畜生，再聪明也是畜生，就算它会说话，别人也不会相信。谁要是相信一只猫的话，那他不是疯子、傻子，就是大脑有问题，要去精神病医院！"杨局长点了一下燕子的鼻尖，笑着说。

"昨天客人送来的那些钱怎么处理？"

"你处理吧，这些钱就是为你准备的。"

"老公，谢谢你啊！"燕子娇滴滴地叫了一声。

"切记，无事不要给我打电话、发信息，不要去我的单位，有话见面说。"杨局长再三交代。

"保证做到。"光天化日之下，燕子抱着对方献上深情一吻。

然而，好景不长，一天早晨上班后，杨局长被有关部门带走了。当时离他预估的老婆的死期只有几天时间了，他走出办公室时，仰天长叹，泪流满面，对带走他的人说，没有陪老婆走到最后是他这辈子最大的遗憾。起初燕子并不知道杨局长出事了，还以为他出差了，直到表姐夫前来，她才知道杨局长进了大牢，顿时吓得六神无主，倒在床上哭成泪人。

"我怎么办啊？他会不会把我供出来？"哭了半天，她想起这个重要问题，问表姐夫钱鑫。

"不会的，否则你早被抓了。"

"当初要不是你穿针引线，我也不会跟他。本指望跟他过上好日子，没想到还是竹篮打水一场空。姐夫，都是你害的，快给我想办法，不然的话，我就去你家住！"燕子撒娇。

"你可不能由着性子来，你表姐对我、对你太好了，我们不能让她伤心。杨局长年龄是大了些，但有权、有钱、有势，谁想到他这么快就下台了！再说了，就是我有心娶你，或者金屋藏娇，但天下没有不透风的墙，我妈知道了怎么办？"

"会不会抓错了？"燕子抱着他问。

"应当不会的，只是不知道案子是大是小，什么时候能出来。"

"万一他把我供出去怎么办？"燕子不放心，再一次问。

"你只是他的小情人，贪污受贿的事跟你不沾边，收拾好，离开这儿，把房子租出去。"表姐夫建议。

燕子好吃懒做、爱打扮、无礼貌，这是母亲最不能容忍的事。以孝出名的他，绝对没有胆量越雷池一步，将她带在身边，只能忍痛割爱。杨局长之所以认识燕子，其实是他有意安排的：一是利用她套住杨局长，让对方帮忙扩大生态园；二是丢掉燕子这个累赘。谁想到，人算不如天算，姓杨的这么快就完蛋了。听到消息，钱鑫懊恼不已，怕燕子一时冲动去家里找麻烦，马上过来安抚她。

"去哪儿？"燕子问。

"有钱，哪里不能去？"

"他老婆前些天死了，听说死前老是叫他的名字，眼睛好长时间闭不上，唉，可怜的女人！"燕子不知何故忽然起了同情心，让钱鑫一头雾水。

"只怪他自己太张狂，嫖个女人、吃饭喝酒，是小节，没什么大不了。大把收钱、胡言乱语妄议他人，这不是找死吗？"钱鑫骂对方贪心不足，"我的钱他都收，那别人的钱还不是有多少收多少，这下吃饭不要钱了！"

"你这是过河拆桥、马后炮，没出息！"燕子生气了。

"对不起。"

俩人不说话了，沉默了一会儿，南山国里一阵骚乱，母猫在里面又吼又叫。燕子来到门口，刚打开一条门缝，母猫就跌跌撞撞地冲出来跑进了他们的房间。母猫的一条腿受伤了，惊恐万状地盯着钱鑫和燕子。

"这猫疯了吧，叫什么叫！哪里来的疯猫？"钱鑫紧张起来。

"别胡说，它是名贵的猫，智力超群，学什么像什么，是杨局长的朋友从法国带回来的，一般人家哪有这样的猫？"

"过去看看怎么回事。"

"它腿受伤了。"

燕子把毛巾裹在猫光溜溜的身体上，让钱鑫打开南山国的大门，一股猫屎、猫尿味呛得他俩差点晕过去。

"天哪，好好的一间大房子怎么弄成这样？"

"杨局长叫我这样布置的，说是能镇宅、保风水。"

"迷信，没想到这样的人还有这种思想，奇闻！"

"神灵是存在的，你别不信！"

"你不打扫，也要叫别人来打扫，太臭了！"钱鑫捂着鼻子说。

"这几天没心思，忘了。"

说话间，一只走路歪歪扭扭的小猫从假山里钻出来，它浑身脏兮兮的，像是病了。钱鑫看着这只可怜的猫，同情心油然而生，不顾它身上的污秽，将它放在盆里洗干净，给它喂了些牛奶、维生素片后放到沙发上休息。

"母猫呢？"燕子问。

"一转眼跑了，出去找找。"

"我现在哪有心思养它，随它去吧。"

"那条腿怎么会无缘无故受伤？"钱鑫若有所思。

"可能是自己不小心摔坏的。"

"不对，它是为了惊动我们，逃出这鬼地方，才把自己的腿咬伤了？我的天哪，多么勇敢、聪明的猫，这猫不愧是从法国来的！"钱鑫猜测这是母猫为了自救，才出此下策，不顾一切咬伤自己的。

"这也太娇贵了吧，不就几天没清理吗？"燕子不以为然。

"这就是名猫，它们宁可死去，也要自由，这种精神值得我们深思、学习，为什么我们就培育不出世界一流的、有独立思考能力的名猫、名犬呢？"

"说这些干什么，有意思吗？"

"我们缺少的不是名猫、名犬，而是一种充满信心的精神！中国的猫少吗？不少，它们并不比那些洋猫差，可我们就是看不上它们，为什么？因为我们骨子里就把它们当成天生抓老鼠的牲畜。在某些人眼里，对它们的宠爱、研究就是玩物丧志、不务正业！"

"瞧你神经兮兮的样子！说说我们的事吧，我现在六神无主，是等老杨回来，还是跑路？你拿主意。"燕子把毛巾从身上扯下，赤裸裸地站在表姐夫面前。

"先疯狂一回吧！"他凄然一笑，晓得一切都要结束了。

"疯吧！"

一切结束后，俩人疲惫不堪地躺在床上，恢复了精神的小猫一眼不眨地望着他们，左耳如蜻蜓的翅膀，连续上下地抖动，脸上笑容可掬，仿佛在问他们俩人在做什么。

"我得走了。"冥冥中，钱鑫像是感觉到了什么，灰心丧气地望着对方。

"我呢？"

"我找人打听一下老杨的事，晚上再来陪你。"

表姐夫带走了小猫，说是送给母亲，让她老人家开心一下。

晚上，表姐夫没有来，燕子孤独地躺在床上给钱鑫打去电话，求他过来陪她，因为她不但寂寞，而且害怕，外面的人走路、咳嗽、说话的声音都让她感到心惊肉跳。

"我正在跟客户谈生意，走不开。"

"是吗？"她从对方的话里听出了另一种味道，心里难过极了，趴在床上痛哭流涕。

半夜时分，小区里一阵骚动，母猫的叫声惊动了看家护院的狗，它们对这种声音非常讨厌，发出警告，让它停止，可它就是不停叫喊。保安带着手电筒在绿化带的树上、草丛里四处寻找，发誓要是抓住它，决不轻饶。

这母猫虽然受了点伤，但保安们在夜间想要抓住一只活蹦乱跳的猫，绝非易事，没多久，他们就泄气了，只好听之任之，由它叫。天亮了，保安们找来数张大渔网，准备再次捉它时，它却莫名其妙消失了，而且再也没有回来过。

早起锻炼身体的人对保安发牢骚，称一夜没睡好，没尽到责任的保安只好不停地赔礼道歉。燕子听到敲门声，战战兢兢地打开门，原来是保安前来询问昨晚那只惹是生非的猫是不是她家的。

"我们没有看见这是什么样的猫，不然也不会每家查，是你家的猫吗？"

"不是，我们家那只猫送人了。"非常时期，她当然不敢承认。

"有人怀疑是你们家的。"

"你有证据？"

"谁都不承认，那就别怪我们不客气了。他妈的，找到它，非弄死它不可！"保安小队长气急败坏，出言不逊。

燕子关上门，再次给表姐夫打电话，让他无论如何今天来一次，而且必须白天来，否则，她就不客气了。

"我有事，走不开，晚上不行吗？"

"再不来，我去你家睡到你老婆床上！"她下了最后通牒，表明自己一定说到做到。

"什么事把你急成这样？"钱鑫来了，一见面就问她，"大白天让人看到我们在一起，影响不好！"

"哟，怕了？想吃鱼就别怕腥气，做都做了，现在知道怕了？当初把我送人时，怎么不怕人知道？"燕子讽刺他。

"小区里到处是摄像头，总要防着点吧！"钱鑫说，"这城里的女人有多少头削尖了想找他做朋友，你知道吗？不是我，你能住上这么好的别墅？"

"真大方啊，要我怎么感谢你！"燕子阴阳怪气地哼了一声。

"天下没有不散的筵席，我们不能在一起，这是命中注定的！"钱鑫说完，坐在沙发里哭起来。

"你那妖怪似的母亲，一向笑里藏刀，八成没有好结局！宁拆十座庙，不毁一桩婚，她却存心拆散我们，让你娶了我表姐！她就是吃九辈子的素，把大雷音寺的经念完也不得好死！"燕子对老太太恨得咬牙切齿，诅咒她。

"你太过分了，骂我老妈！"钱鑫跳起来指着燕子的鼻子骂道，"再敢说一个字，别怪我不客气了！你也不是什么好东西，好吃懒做、放荡不羁、自作多情！"

"狐狸尾巴露出来了！"燕子被骂得晕头转向，发疯般在屋子里团团转。

"你想干什么？"

"放心，我不会去揭露你跟杨局长的关系，我只想杀你！你个狼心狗肺的，我被你睡了多少回，玩了多少花样，你却这样说我！等着瞧，你们一家都没有好下场，特别是你！"燕子哭丧着脸骂他。

"别废话了，你到底想怎么样？"

"我想好了，男人没有一个靠得住，我这个礼拜天要走了。"燕子边说边观察他的反应。

"不多住两天，等等消息？"

"哎呀，酸溜溜的！墙到众人推，他能出来吗？就是出来了，还不晓得是多少年后的事了，那时，他还能当局长吗？还养得起我吗？把我的青春浪费在一个糟老头子身上，老天爷都不会答应的！"燕子火冒三丈。

"找我来就是为了这事？"他明白自己以后再也不可能同她见面了，心里一阵酸楚，对母亲当年的执意阻挠感到痛苦。

"我出去不方便，你去中介把我的房子租出去或卖掉，就在今明两天。"燕子说。

"价格呢？急卖不行，容易引起怀疑。"

"只要有人来，价格无所谓，但一定要年轻漂亮的，否则不行。"燕子提了这样一个非常古怪的要求，钱鑫充满疑虑地望了她一眼，但没有表露出来。

"你有地方去了？"

"全世界毁灭了，女人也能生存，只要她愿意。"燕子对表姐夫嗤之以鼻。

"上帝就是喜欢开玩笑！既然如此，我也不说什么，祝你幸福！"钱鑫说完，便去找中介办理租房子的事去了。

这样的房子肯定好租，中介马上从登记表中找到了近期急需、符合条件的人：刘莉。下午，中介带刘莉来看房子，谈好价格，约定后天让刘莉搬过来。

"我出去一段时间，别人问，就说我出国去了。"燕子交代新来的住户。

"我只住一间，其他房间绝不会动的，你放心。"

"我不在，你就是房主，有什么事要处理，你当家，或者找我姐夫——钱老板。"

"一定。"刘莉没想到女房东这么爽快，连忙答应。

第二天，燕子一大早便被出租车接走了，刘莉随后住了进来。她把瑶瑶、嫣红、安秋雪、阿凤叫来，大家一看房子和周围环境，连说刘莉占了大便宜。

"这里空气新鲜，没有噪声，晚上睡觉舒适。我要是能住上这么好的房子，死了也无憾！"嫣红说。她在房子里走来走去，只恨自己没有这么好的运气。

"房东是什么样的人？"阿凤问。

"二十多岁，很漂亮。"

"这么年轻住这样的别墅，有本事啊，哪像我们，穷得叮当响！"安秋雪自叹不如。

"富二代？"

"有可能。"

"这间房子有些臭味，干什么用的？"嫣红好奇，想进去看看。

"我答应人家不去动其他房间，你别进去，有摄像头的。"刘莉拦住嫣红。

一切收拾停当后，她们几个来到一家酒吧，举杯庆贺刘莉住上如此好的别墅。燕子走了以后，再也没有来电话问过别墅的事，周围的人也没有说什么。

刘莉之死，让小区笼罩在一片恐慌中，许多女孩子之后也消失了。

案件警方还在调查中，瑶瑶总觉得刘莉的死跟什么人、什么事有关，至于跟什么人、什么事有关，她也没个底。

圣婴回家了，一连几天老老实实地待在家里，除了吃、喝就是睡，大门不出。瑶瑶在此期间被派出所叫去问了一些问题，都老实回答了。

"你是第一个发现尸体的，好好回忆一下有没有可疑之处，哪怕一点蛛丝马迹，都对我们破案有帮助。你不用怕，我们会保密的。"洪警官引导她。

"最先什么也没有，后来灯却亮了，再后来，有只猫在里面。"她本不想说圣婴，可一想到刘莉的惨死，她就豁出去了。

"你确定灯后来亮了？"洪警官问她，这句话引起了他的高度注意。

"第一次没有亮，第二次亮了。"她肯定。

"什么样的猫？"所长问她。

"一只黑猫。"

"小黄，去调查一下，是原来主人家喂养的，还是普通人家的猫。"洪警官吩咐一个小伙子。

"你们常去那儿玩吗？"另一人问她。

"常去。"

"她喜欢养宠物吗？"洪警官问。

第六章：礼拜三新娘

"她养了只兔子，那天没看见。"她这才想起刘莉养的兔子不见了。

"你见过？"

"见过。"

"你们几个怎么认识的？"

瑶瑶一五一十回答完，洪警官便让她回家了。父母还没有回来，她把圣婴放在膝盖上，轻轻抚摸它。圣婴仰卧着，伸出小舌头，温柔地舔她的手。

"刘莉怎么死的？告诉我。"她问。

圣婴两眼与她对视，似乎正在考虑如何回答她的话。令瑶瑶失望的是它伸了个懒腰，坐在她的膝盖上一动不动。

"有人。"过了半天，它清晰地说了一句。

"兔子呢？"她问。

"跑了。"

"谁在那里？"她的心怦怦跳，一种不祥的预感笼罩在心头。

"呜，呜！"圣婴摇摇头，跳到地上，像是害怕提起这个人。

赵秀英回来了，圣婴迎上去，在她脚边来回磨蹭。赵秀英抱起它，对女儿说："几个猫贩子跑到公司找我，愿意出大价钱，让我们把圣婴卖了。我说它不吉利，他们说不怕。你想想看，现在人为了发财，连命都不顾了！"

"你同意了？"

"我哪敢，我说它跑了，不在我们家。"

"它认识那个凶手，可去哪儿找他呢？他到底是什么人呢？为什么要杀刘莉？"瑶瑶对母亲说了刚才的事。

"你什么时候去那里的？"赵秀英胆战心惊地问圣婴。

圣婴眯缝着眼睛，面露微笑，一副深不可测的样子。

"李家有人吗？"有人敲门，母女俩面如土色，这是陌生人的声音。

"有人来了，快躲起来！"

赵秀英镇静下来，让瑶瑶抱着圣婴躲到里间，给丈夫发了个信息，一咬牙，把门打开，看见有俩人站在门口。

"你们是……"

"我是钱家老太的内侄，这位是我的同学，省城来的博士，研究灵异动物的高级专家。他这次来，是想实地验证一下这只猫到底有没有特异功能，没别的意思，请你们放心！"刘医生看出赵秀英紧张得快要喘不过气，安慰她不要怕。

"我们家没有你们要找的猫，去别人家吧。"她不想听这些废话，希望他们快点离开。

"大姐，你家有没有猫我可是清清楚楚的，这猫还是从我们家跑出去的。"刘医生见赵秀英不配合，大为不满。

"什么叫从你家'跑出去的'？圣婴分明是被你家抛弃了！现在它火了，你们又来找它，真够恬不知耻的！"赵秀英摸不清对方的来意，大声叫起来，想惊动左邻右舍的人前来帮忙，给自己壮胆。

"大姐，你这是什么话？我们只是想要研究它会说话的原因，你太过分了！"

"你现在站在我家门口，像个收租放债的！"

"大姐，口才不错嘛！"刘医生碰了个钉子，狠狠地瞅着赵秀英。

"瞅什么，你要打人啊？"赵秀英见自己嚷了半天，左邻右舍也不过来帮忙，晓得这些人怕惹火烧身，关于她们家的这只猫，外面的传闻比李家人想象的要恐怖得多。

"大姐，你别激动，我们真的没有别的目的。此次前来，主要是想看一下它是否像传说中的那样神奇。你若实在不愿意，可以给我们介绍一下它的情况，你看好不好？"柳医生说。

"它跑了，可能死在外面了！"她一口咬定。

"大姐，我听刘医生说，你们一家是从外地来此打工的，生活不富裕。这样吧，只要我亲眼见到这只神奇的猫，我可以帮你们——"

"帮助我们？"赵秀英摇摇头，不相信天上会掉馅饼。

"我完全有这个能力，请你相信我。"柳医生保证。

"我想想。"赵秀英犹豫不决。

"千载难逢的好机会，大姐，你犹豫什么？"刘医生急得直跺脚。

"我，我，我……"赵秀英不知如何是好，结结巴巴。

"这不是一般的猫，很可能是史前动物，万一在你们家发生了什么不测，比如它突然暴病而亡，或者发生变异，变成吃人的怪物，你们能承担起这个后果吗？"刘医生心想这女人可能吃硬不吃软，口气一下硬了起来。

"你是说它变异了？"赵秀英心烦意乱，她从来没有想到这点。

"差不多。这些怪物，一旦变异，那可太危险了！大姐，三思而后行啊！不要害了自己不说，还连累了家人，到时悔之晚矣！"

"不就一只猫吗，怎么这么多人想得到它啊？"赵秀英说。

"这说明了它的确不是一般的猫，有研究的价值。不然我们为何吃饱了没事做，来研究一只猫？"柳医生比刘医生会说话多了。

"养一只猫怎么会惹出这么多的麻烦？怎么办呢？"赵秀英拿不定主意，急得直搓手。

"俗话说，猫有九命，不会轻而易举死掉的。大姐，只要你肯配合我们，交出这只猫，保证不让你吃亏！"刘医生见赵秀英态度发生了变化，口气委婉了许多。

"你们是哪里来的，有证件吗？把身份证拿出来！"就在这时，得到消息的李公然带着派出所的人赶来了。

"我从省城来，我是医学博士、研究灵异动物的专家。"柳医生拿出身份证和单位证明，洪警官检查后还给他，表示没有问题。

"我是洪警官，这只猫有可能涉及我负责的一桩命案，请你们暂时回避，不要再来！"洪警官警告他们。

"如有需要，请给我打电话，我愿意提供帮助。"听说有命案在身，柳医生同刘医生交换了下眼色，留下名片随后离去。

"不会搞错了吧，它能杀人？"赵秀英傻眼了。

"不是它杀人，是它当时在场，可能见到过凶手，所以我们想看一下它能不能为我们破案提供一些帮助。"一位胖乎乎的警察上前解释。

赵秀英放下心，让瑶瑶把圣婴抱出来放在桌子上，一位警察用相机从不同角度拍了不少照片。

"你们从哪里弄来这只猫的？"一位刚加入警察队伍中的年轻警察不停地问瑶瑶问题。

"我从菜市场买来它的,它原是寺庙里的猫,大概太调皮了,庙里不要了。"瑶瑶回答。

"寺庙都不要的猫，你们却弄回家来养，不是自找麻烦吗？"

"它是钱家老太死后被送到寺庙的，我们也不晓得。"

"传说它会学人说话，是真的吗？"

"有时会说，有时不会说。"

"那我问它几个问题，看它能不能回答。"新来的警察拍拍圣婴的头，希望出现奇迹。

"它好像害怕你们，左耳老是耷拉着，尾巴缩起。"

"是不是你们家故意编造谎言，用来招摇撞骗，骗取他人钱财？这可是犯罪行为，你们想清楚了，这跟在网上散播谣言是同等罪名，懂吗！"

"不是，不是我们编造的！不信，你们听听它说话！"赵秀英吓坏了，慌忙蹲在圣婴面前，对它温柔地说，"你说一句，证明我们不是骗人的，说啊，只要你说话，我马上去买好吃的给你，你看，大家都在等你开口说话呢！"

"别装腔作势了，你看，它像个傻子似的，我怀疑你们家跟邪教有关，把这只猫当神灵供奉，愚弄人民群众，这可不行！"新来的警察认真起来。

"我们一家全是打工的，哪来的什么邪教？你可以调查，我们没做过坏事。公司王律师、陈部长都可以证明我们家的清白！"赵秀英分辩。

"你说话呀，难道哑巴了？骗子！"李公然咬牙切齿地指着正在不慌不忙地洗脸的圣婴大骂，恨不能上去给它一脚。

"别骂了，猫会说话，这样的笑话竟然有这么多人相信，真是怪事！"洪警官制止了想对圣婴动粗的李公然，嘲笑道，"猫若能说话，我们就能通过时光隧道回到侏罗纪时代！"

"你这畜生，我们好心救了你，你却来害我们一家人，你有良心吗？我们前世难道欠了你债、杀了你祖宗不成？"赵秀英又哭又骂。

"东汉杨孚的《交州异物志》记载交趾国有种动物会说人话，"新来的警察调侃他们，"但那是猩猩，不是猫啊！你们别搞错了。"

"既然没有证据表明你们做过坏事，那就算了！不过，还是提醒你们，不要被别有用心的人利用了，他们肯定会削尖了头来找你们，你们得小心，有事找警察。"洪警官提醒李家人。在他看来，这些外地来的打工者无聊时编点故事，用来自娱自乐，未尝不可，至于《交州异物志》或《山海经》，他们根本不可能看过。坏就坏在有的人心怀叵测，故意以讹传讹，以达到自己不可告人的目的。

"一定，一定！"李公然保证说。

"这猫你们带走吧,我们不要了!"赵秀英恳求警察。

"不过是一只少见的外国猫罢了,居然闹出这么大的动静,唉,思想觉悟有待提升啊!"洪警官摇摇头表示不要,当然,他还是交代赵秀英,"暂时养在你们家,如果需要,我们会再来找它,它毕竟是案发现场的唯一证人。"

"这猫之前去过死者住的地方吗?"另一名警察问。

"听说它是在那儿出生的,当时还有一只母猫,后来不知去哪儿了。"瑶瑶回答。

"狗恋人、猫恋家,原来是这么回事!"洪警官说。

"姑娘,刘莉最近有没有什么异常举动?比如交了新男朋友啊,经常去跟别人约会啊,突然间有很多钱啊?"计警官问她。

"没有。"

"请和我们一同去别墅看看有没有有价值的线索。"洪警官对瑶瑶说。

不么是不行的,赵秀英抱起圣婴准备陪瑶瑶一起去,谁知刚走到门口,圣婴突然对他们说:"我不去,我害怕。"

这句话在场的人听得明明白白。洪警官目不转睛地盯着它,最后,无奈地笑了一声说:"天下之大,无奇不有,今天真正长了见识!朋友,你好啊!"

"你好。"圣婴像老朋友似的点点头。

"我没有听错吧?"洪警官掏了掏耳朵。

"没有,朋友。"圣婴抬起右前爪拍拍洪警官的肩膀,面不改色地说。

"你是现场唯一的目击证人,"计警官大喝一声,提起圣婴的后颈,声色俱厉地说,"坦白从宽,抗拒从严,从实招来,刘莉怎么死的?"

"你吓唬谁呢!"圣婴没有害怕,不紧不慢地说。

"洪警官,我们家圣婴它心地善良、聪明伶俐,它一定会知无不言,言无不尽的!"赵秀英一见圣婴开口说话,松了口气,知道他们一家洗清了招摇撞骗的嫌疑。

"还是一起去现场吧,这猫真不可思议,不可小看!"计警官说。

"厉害,朋友,不管你是何方神圣、哪路诸侯,咱们也得公事公办,这是我们的职责,请你原谅。"洪警官跷起大拇指,表示佩服。

"没你厉害,朋友。"圣婴眉开眼笑,嘴一咧,嘴边的胡子一下翘老高,把在座的人全都逗乐了。

去别墅的路上，赵秀英对圣婴说："只要你争气，帮我们过了这一关，我以后不上班，专门在家伺候你，让你当我们家的大少爷，要什么给什么，说话算数！"

"不骗人？"

"我是骗人的人吗？"

"你从哪里来？祖上是涂山氏、遥山氏，还是雷山氏？"洪警官坐在副驾驶的位子上，见赵秀英同圣婴窃窃私语，回过头，插了一句。

"你读过《聊斋》《山海经》？了不起！"圣婴做了个怪相，一车人哈哈大笑。

"你晓得《聊斋》？"洪警官反问，甚为惊讶。现在的人除了学生还读点古书，恐怕没有人去读专业以外的书了，毕竟挣钱要紧嘛！想体现自己的价值，就得多挣钱；挣不到钱，读书破万卷又有什么用？

"《聊斋》之异事无处不在，有啥大惊小怪的？"圣婴面露高深莫测的笑容。洪警官一头雾水，不晓得它葫芦里卖的什么药。

"什么意思？"洪警官问。

"不识庐山真面目，只缘身在此山中。"圣婴摇头晃脑，像过去学堂里的私塾先生。

"我头晕。"洪警官敲了下自己的脑门，再也不说话了。

他们来到别墅，看守的警察打开门，大家小心翼翼地走进里面。洪警官朝赵秀英使了个眼色，赵秀英将圣婴放下，让它走在前面，大家屏气凝神跟在它屁股后面。

圣婴并没有做出什么怪异的行为，它径自走到死者的床前，纵身跳到床头柜上，抬起左前腿，左右摇摆，示意大家坐下，别着急。

屋子里充满了淡淡的臭味，显然是从某间房子里散发出来的。今天的阳光很好，从百叶窗里照进来，使得屋子里的紧张气氛缓和了许多。谁也不晓得这只猫此时此刻想干什么，大家看着它，希望它快点说出那天的凶手长什么样。

"别卖关子了，有什么线索吗？"计警官年轻，性子急躁。

"别急，让它好好考虑。"洪警官示意对方。

一阵沉默，赵秀英同瑶瑶的额头渗出了汗，俩人紧挨着坐在一起，都在揣摩这件离奇的凶杀案跟自己是否有关，特别是瑶瑶，冥冥中觉得凶手就在这房子的周围，而且跟她见过面。这想法让她不安起来，刚好肚子不舒服，她提出要去上卫生间。

"去外面公共厕所，这里的东西不能动。"一位警官指了指门外。

瑶瑶嗯了声，捂着肚子来到外面的厕所，手忙脚乱地脱掉裤子，坐在马桶上，随着泠泠的水声，她想起一个细节，不由得惊慌起来——嫣红之前借给刘莉的那笔钱好像不见了。

刘莉同自己一样，喜欢用现金，而不是像大部分年轻人爱用支付宝之类的支付软件，这笔钱原则上没几个人知道，刘莉原准备把这笔钱给母亲用来帮弟弟娶老婆。警察没有提到这笔钱，那就说明警察也不知道刘莉有这笔现金，那么这笔钱去哪儿了呢？

这个疑点能说吗？说出来会不会引火上身她陷入了沉思，一直坐在马桶上，直到母亲来叫她。

"怎么这么长时间？大家都走了。"

"找到什么了吗？"

"没有。"

"猫呢？"

"在你爸那儿。"

"没说什么？"

"看样子警察很怀疑圣婴，唉！"母亲一声叹息，瑶瑶晓得更多的麻烦还在后面。

他们打的回家，路上她把圣婴从父亲手里接过来，逼问它，希望它能说出真相，然而它什么也没说。她泄气了，恨不得把它丢掉。

"你今天有心事？"回到家，母亲问她。

她迟疑不决地望着母亲，想起凶手还在逍遥法外，知道不能再隐瞒了。她坐在母亲面前，泪水滴滴答答地往下掉。

"刘莉的钱很可能被那人拿走了。"

"什么钱？"赵秀英前胸后背全是汗，紧张地问。

"刘莉的弟弟要娶媳妇，嫣红说找她借钱利率比银行还低，我就拉着刘莉一起去找她借了钱，但嫣红的钱来路不明，她让我们一定要保密的。"瑶瑶愧疚地低下头，说了事情的经过。

"她是皮条客？"赵秀英问。

"不是，她也是帮老板办事，但具体什么事她不肯透露。"

"借什么钱不行，偏要借来历不明的钱？你俩鬼迷心窍，上了这死丫头的当，你看看她，成天跟在老板后面，像什么？"

"下次不理她了。"瑶瑶决定去找嫣红，这笔钱只有她知道。

"这事会不会是她做的？"赵秀英问。

"应当不会，她没这个胆。"

"那谁这么缺德呢？"

"要不要去派出所说清楚这事？"瑶瑶没了主意。

"这事要是传出去，你也脱不了干系！让我跟你爸商议后再说。"赵秀英六神无主，不知道该如何处理这件突如其来的事。

"他会气死的，说不定会打死我！"瑶瑶害怕了，不同意跟父亲说。

"问一下你王叔吧，他是律师。"赵秀英这才想到早该问王主任。

问过王主任后，赵秀英松了口气，王主任建议她们去把这件事跟警察说清，因为瑶瑶找朋友借钱的行为并不违法，她甚至是为了帮助朋友才去找嫣红借钱的。

"真没有事吗？"

"不会有事的。当然，你们说话的时候要注意一下分寸，不要牵涉到太多的人。"王主任叮嘱道。

"这件事过后，让瑶瑶去你那儿上班，行吗？"

"我这儿缺人手，让她来吧。"

"现在去可以吗？"

"马上来也行。"王主任的口气让赵秀英觉得越快越好。

听了她们的口述，洪警官给予了表扬，母女俩悬着的心放下来了。走出派出所大门，瑶瑶有些后悔，嫣红要是知道自己给警察说了那笔钱的事，肯定会迁怒她，可事已至此，也没有回头路了。

"我们应当对这件事开展秘密调查，两件看似没有关联的事，很有可能存在某种联系。这个叫嫣红的女子是重点调查对象，她给了刘莉多少钱要查清。就算人不是她杀的，她可能也起了推波助澜的作用。"洪警官分析。

"会不会是路过的窃贼做的？得手后马上溜了，这很难查！"计警官说了自己的看法。

"不太可能，这是高档小区，晚上有保安巡逻。"

"白天呢？可能是熟人作案。"

"那么这个熟人是谁呢？这人或许就在我们眼皮子底下，当时伪装得好，圣婴没有认出来。"洪警官分析。他有预感，这个凶手对别墅里的一切了如指掌。

"问题就在这儿，凶手作案的动机无非就是两个，一是见财起意，二是见色起意，杀人灭口。白天作案，如果没有动静，肯定是熟人。"

"还有李家这只猫，已经闹得满城风雨，若不早点查清，怕是不好交代。"

"我查了，李家没有参加任何邪教组织，一向安分守己。"

"来这儿之前呢？去让当地的同事调查一下他们在老家的情况。"

"马上去办，组长。"计警官说完去办事了。

"看来还是要去请教一下研究动物的人，鹦鹉学舌、乌鸦说话，大猩猩、狗也有过类似报道，就是没听说过猫能说话。这事太蹊跷，会不会是李家玩的什么阴谋诡计呢？它到底看没看到凶手呢？还是那个叫嫣红的女孩子失手杀人呢？"洪警官琢磨着这件奇之又奇的怪事。

他决定去嫣红打工的那家公司看看，为了不打草惊蛇，走漏消息，他准备一个人前去。在他们这个所的管辖范围内的老板一般都认识他，他以安全检查为由，给公司老板打了个电话，约好了见面时间。

第七章：众生相

老板在豪华的办公室里等他，见面后俩人寒暄了几句。

老板姓朴，五十多岁，保养得非常好，身体微胖，骨骼粗壮，说话声音有力，一看就是精神和体力都丰沛的人。

他对自己的企业满意度之高超过洪警官的想象。他绘声绘色地给洪警官介绍自己公司生产的产品，言语中带着自豪，并且不停打着手势。当然，他也有抱怨，比如员工难招，融资困难，使得他的企业不能扩大再生产，他非常担心制造业由于投资不足和居民消费能力下降，经济在今明两年会滑坡。

当嫣红进来给他们泡茶时，洪警官立刻感觉到这个穿着性感的女孩子跟老板关系不一般。他点燃一支烟，抽了一口，不露声色地观察她的一举一动。朴老板正要大谈这种茶的妙处时，忽见洪警官对女秘书的神态，马上判断出洪警官上门并非来找他聊天，也不是检查安全方面的事，而是有别的事。想到这儿，他不安起来。

"朴总，有个刑事案件可能牵涉到你们公司的某位员工。"等嫣红泡完茶出去，洪警官直截了当地说明来意，想看一下对方的反应。

"什么案件？"果不其然，朴总顿时紧张起来。

"杨家别墅里的一个女孩子死了。"洪警官仍然只说一句。

"听说了。跟我们有关系吗？我们一定全力配合！"

"你公司里有一个叫嫣红的女孩子，她是死者的好朋友。"

"她？"

"我想找她了解一下情况。她在公司做什么工作？"

"她是我的秘书，我把她叫进来问问。"

"她平时接触的人多吗？"

"都是跟公司业务有关的人，没发现她跟社会上的什么人来往啊，这点我可以肯定。"俩人谈到这儿，朴总心中有数了。

"我们对此案感到头痛，到现在还没有发现凶手的作案动机，所以我们要仔细排查每一位跟她有来往的人，死者丢失的钱可是经嫣红之手，从您这儿出去的，请朴总配合。"洪警官旁敲侧击。

"我想想。"朴总抽出一支烟，刚要点上，又放下了，陷入沉思。

"事关人命，其他的事都是小事。"洪警官提示。

"公司最近上了一个新的高科技项目，为了早日拿到支持资金，上个月我让嫣红陪我的客人，她也因此赚了些外快，没想到，她把钱借给朋友，竟害了朋友！"

"客人是谁？"洪警官见对方吞吞吐吐，晓得这人不是一般的人物，但人命关天，他不能不问。

"科技局的黄副局长。"朴总慢吞吞地说出此人。

"市里支持的项目，按手续办就行，求他干什么？"

"老兄，你是不知道，一年那么多家公司申请高科技项目，不动点心思，什么时候才能轮到我们？不瞒你说，这些高科技项目，多少都有些水分，他要认真，你说能通过吗？"

"明白了！"洪警官点点头，对这些歪门邪道，虽然反感，却又无可奈何。

"你能体谅我们的苦衷，真是感激不尽！西门有一家新开的菜粥馆，祖上在皇帝御膳房里干过，煮的粥让人百吃不厌，有滋阴壮阳之功效，晚上我请客，您一定要赏脸！"

"我晚上有会议，没空。再说现在有规定，你是知道的。"洪警官推托。

"那就下次吧。"对方明白他的意思，借机下台阶。

"嫣红借给刘莉的那笔钱不见了，除了你们几个人晓得这笔钱的事，还有谁呢？"

"说不定是她自己走漏消息，引来杀身之祸的？"

"这个叫嫣红的女孩子在你这儿多少年了？她是哪里人？交际复杂吗？平时都跟什么人来往？"洪警官再一次问。

"八年了，江北人，交际不是太复杂。"朴总明白，即使嫣红、黄局长不是凶手，他们或多或少已经被牵扯进来了。

"那就是说，她没有作案的动机。"洪警官自言自语。

"我了解她的为人,她不会冒这个险的。"朴总保证。

"那好吧,你把她叫进来,我想单独问她几个问题。"洪警官并不完全相信对方的话,他总有一种没来由的预感:凶手就在自己周围,也许自己还认识他呢!

朴总叫来了嫣红,然后识相地走了出去。

嫣红站在洪警官面前,有点慌乱。她今天穿得依然很性感,特别是短裙下那双修长的大腿,格外引人注目,连洪警官也忍不住,盯住那儿瞅了一眼。

这样的女孩子出生在经济条件不好的农村,难以读好书,唯一的出路就是外出打工、嫁人、生儿育女,延续父母走过的路,这样的人生有什么意义呢?社会应当给她们帮助,让她们树立正确的价值观,不要上了朴总这种老狐狸的当。可如今,并没有人去替这些处在社会边缘的女孩子着想。洪警官思索。

洪警官想到自己女儿正在为买房子结婚而到处申请贷款的事,心里愧疚,心情变得沉重起来。

"你找我?"嫣红见客人坐在那里,像是对茶几上的一株玫瑰花着了迷,小声问。

她已经猜出了对方的身份,虽说自己不是凶手,但心里总是忐忑不安。这几天,她睡觉、吃饭、走路都在想这个问题,连老板想跟自己亲热,她也感到厌烦。

"噢,你请坐,我有几个问题想问你。"洪警官变得客气起来。

"好。"嫣红给对方杯子里添了些热水,拘谨地坐在另一张沙发上。

"刘莉是你朋友吗?"洪警官问。

"是的,怎么了?"嫣红猛然抬起头。

"你给她的那笔钱不见了,这件事还有谁晓得?你说说事情的经过。"说到这儿,洪警官感到气愤:如果没有这笔钱,这个案子是不是就不会发生?

"你们知道了?"嫣红低下头,手心里渗出了汗。

"说吧。"

"钱是我私下给刘莉、瑶瑶的。所以没有别人晓得。"

"黄局长知道吗?"

"不清楚。"

"她死之前,你们见过面吗?当时有发现什么可疑的地方吗?"

第七章：众生相

"见过，但没有什么不对劲的地方啊。"嫣红回忆最后一次见面的情景，摇摇头。

嫣红显然很紧张了，尴尬地望着自己绘有小动物的指甲，两条腿不听话地左右晃动起来。

洪警官见此，有些犹豫，是继续问，还是停止呢？考虑冉三，他决定结束这看似没有一点头绪的问话，让嫣红出去。

朴总进来了，手里拿着一个大信封，洪警官一看就明白了，摆摆手，示意对方放下，在这点上，他是正直的。

"一点小意思。"朴总诚恳地说。

"不用，我不需要。"他态度坚决。

"是我一时糊涂。"朴总知趣地放下信封，向他表示。

洪警官明白对方担心这件事要是传扬开来，影响很大，所以要向自己表示一下。但他不是贪财之人，于是点点头，便告辞了。

来到李家，大门紧锁着，他在对面的路上转了几圈，蹲在一棵树下静静观察李家。门虽关得严实，但窗子开着，他耐心地盯住那儿，像小时候在乡下挖黄鳝一样专心致志。

过了好一会儿，窗口总算露出几根黑色的毛，接着两只琥珀一样的眼睛出现了，再接着，带着笑脸的脑袋伸出了窗口，它朝左右看了看，伸出小舌头在鼻子上一舔，吸了口气，不慌不忙地把大半个身体挪到洪警官的面前。

人猫对望，谁也不知道对方想干什么，双方僵持着，时间一分一秒过去了，洪警官渐渐失去了耐心。他多么想大叫一声，却又怕吓跑对方，只能拼命控制憋得直哆嗦的嘴巴不出声，就像饥肠辘辘时吃了一块滚烫的猪肉，想吐出来舍不得，想咽下去又不能。就在他焦虑不安时，意想不到的一个喷嚏打破了僵局——解脱了。

圣婴没有像他这样急切，它安静地趴在窗口上，对洪警官的尴尬只是报以一个微笑，抬起左前爪舔了舔，开始洗脸。

圣婴原本不打算出去的，它躺在窗台上，让和煦的阳光照在身上，一条腿伸向后方，弓起腰，打了个哈欠，睡起觉来。

"洪警官，你在这儿呀。"买菜回来的赵秀英问。

"有点事想找你谈谈。"他见圣婴听到主人的声音，觉也不睡了，一个跃起跳到女主人面前，亲热地在她腿上磨蹭着。

"家里坐吧。"赵秀英把圣婴抱在怀里，对洪警官说，"这猫最近就喜欢睡觉，哪儿也不去，瞧，长胖了许多。"

"是胖了许多，不运动可不行，猫跟人一样，太胖容易得高血压、中风。"他回答。

"杀人犯找到了吗？"赵秀英问。

"没有。这家伙太狡猾，不是一般人，很可能有点变态，但智商一定非常高，是个文化人。"

"好好的人，怎么能下得了手啊。"

"凶手都是冷静的混蛋，他作案也许不是为了色、为了钱、为了情……"说到这儿，洪警官突然打了个冷战，自言自语道，"那他到底为了什么去杀人呢？天下有无缘无故去杀人的凶手吗？"

"说不准，可能是一时好奇吧，或者看不惯什么东西，人就是这样，有时候会毫无理由地做出疯狂的事。"赵秀英说了自己的看法。

"那也不能杀人啊，这个变态的家伙，太可恶了！"洪警官愤愤不平。

"变态的家伙！"圣婴说。

"你这家伙，肯说话了呀！"洪警官一边跨进李家，一边说。

"变态的家伙！"圣婴又说。

"你这是学我说话，算啥本事！"洪警官逗它。

"圣婴，别瞎闹。"赵秀英放下圣婴，警告它。

"有打火机吗？"洪警官想抽烟，一摸口袋，发现没有打火机。

"打火机。"跳到另一张板凳上的圣婴说。

"你有本事，别学我的话，说说其他的。"洪警官接过打火机点燃烟，对圣婴说。

"变态！"圣婴说。

"这是刚刚我说过的，不算数。"洪警官灵机一动，来了个激将法。

"花衣服。"圣婴坐在凳子上气呼呼地说。

"什么花衣服，那房子里到处是花衣服！"

"就是花衣服！"圣婴怒气冲冲，对着洪警官大叫。

"还长辫子呢！"洪警官嘲笑圣婴。

"辫子！"圣婴站起来，满腔怒火。

"鬼话！"

"哇，哇，变态！"圣婴猛然跳起，尾巴在空中划了个弧，直朝洪警官扑来。

"圣婴，你疯了！"赵秀英斥责圣婴，要它停下。

"对不起！"洪警官的目的已经达到，脸上露出了笑容。

"变态！"圣婴说完，头也不回地跑出门外，消失在马路对面的树丛里。

"这猫可能犯病了，对不起，你大人不记小人过，不要跟它一般见识！"赵秀英心里七上八下，担心洪警官不高兴。

"不要紧，我哪会跟它一般见识。"洪警官摆摆手，对这意外的收获非常高兴，心里已经勾画出凶手的基本外貌：喜欢穿花衣服，变态，长发，最重要的是死者可能认识凶手，因为死者骂对方变态。

俩人正说着话，瑶瑶回来了。她去街上买了些化妆品，准备过两天去王律师的律师事务所上班。一见洪警官在家，她心里又不安起来，虽说刘莉之死与自己无直接关系，可一想到她可能是因为自己拉她找嫣红借钱，被人抢劫杀害她就内心难安。

"有件事想问你，刘莉认识的人中有没有喜欢穿花衣服、长头发、行为有点……噢，有时候有点过激之类的？或者兴趣与别人不一样，或者说话做事与人格格不入的？"洪警官冥冥中总是觉得在哪里见到过这个凶手，俩人甚至还打过招呼。

"她们宾馆的经理喜欢穿花衣服，头发有点长，但人很正常啊。"瑶瑶想了一下，对洪警官说，"还有一位是做外贸的，也喜欢穿花衣服，梳着辫子，但他不太喜欢刘莉。刘莉之前追求过他，他是富二代，看不上刘莉。"

"还有没有另外的人呢？"洪警官不露声色地问。

"别的我真不知道，你可以去她工作过的宾馆调查。"瑶瑶提醒。

"我会的，谢谢你的建议。"洪警官回答。

既然如此，怕是在李家人身上挖不出什么线索了，洪警官刚要起身告辞，李公然下班回家了，他跟对方打了招呼，坐在一边不说话，家里的气氛由于李公然的归来突然间凝滞了。

"你们有事请打电话给我，今天的事不要对任何人提起。"洪警官吩咐完，便直奔刘莉生前工作过的宾馆。

在车上,他想起了那只莫名其妙的猫,觉得应当找研究动物的人了解一下,或者派人跟踪它,看它平时都去了哪里、干了些什么,也许它的本能可以推进这件案子的侦破。警犬能捉住坏人,猫为什么不能呢?

来到这家名叫"国际大酒店"的宾馆,出示完工作证,洪警官直接来到宾馆经理对面的椅子上坐下。经理五十多岁,微胖,秃顶,皮肤白得像抹了一层厚厚的雪花膏,房间里飘着怡人的清香,是国外进口的名贵香水。经理穿着一件印着点点梅花的花衣服,旁边的衣架上挂着一顶假发,能披到脖子下。

洪警官第一眼就觉得这位老兄不是凶手,因为圣婴说的主要特征之一——辫子,他没有,其次,他行动不敏捷,从他坐着的姿态就可看出,这人很懒惰。

既然来了,多少也得问几句。洪警官说明来意,果不其然对方并没有显得多么惊讶与不安,相反,洪警官的到来使他如释重负——他的员工被人害死了,警察居然没有第一时间来找他了解情况,在他看来,是件很不正常的事。

"你好,我姓顾。刘莉是个不错的员工,作风正派,做事负责,谁想到会有这样的事发生,她年纪轻轻的,到底得罪了什么人?"顾老板一脸的悲痛。

"她平时喜欢跟什么人来往?"洪警官没料到顾老板会这样评价刘莉,一时无语。

"除了同事之外,下班后她接触的人我不太清楚。"

"她的感情生活怎么样?"

"之前的男朋友被她甩了,听说因为买房子的事。"

"男方家里经济条件不太好吗?"

"是的,没有文凭,没有技术,打工能挣几个钱?"

"你的客人有没有跟她熟悉的?"

"这个不好说,几个长期住的客户倒是喜欢这些姑娘们,但说感情,恐怕要打个问号。我们有规定,不允许服务员跟客人过分接触,但也不排除他们背着我们做些事,比如请吃饭哪,看电影哪。这是私事,我们也不好过分干涉。"

"顾总有没有特别的客人?"洪警官故意提示了一下。

"没有。"

"她男朋友住哪里?"洪警官知道在这里问不出什么了,准备去调查一下刘莉的前男朋友。

"不晓得。现在年轻人谈恋爱，说分手就分手，就像吃自助餐一样，没意思！"顾老板摇头，表示遗憾。

回到车上，已经是吃午饭的时间了，洪警官开车顺着香樟河边的马路一路前行，当他路过杨家别墅时，心里有种异样的感受，于是放慢车速，再一次观察这栋造型漂亮的小别墅。

离此不远处有一家小餐馆，他停下车，走了进去。小餐馆是本地人开的，装潢不错，座位也不多，很安静。老板娘只有三十多岁，虽不漂亮，却打扮得很时髦。

他点了一碗牛肉面，慢腾腾地吃着。

老板娘收拾完别的桌子上的碗筷，坐在一边看电视，上面正在播放一部进口的爱情片，老板娘看得如醉如痴，对女主角的长相、穿着、姿态佩服得五体投地，时不时发出一声感叹："乖乖，真有气质！"

"这女人什么学历？"洪警官问。

"是什么高管，大概博士吧。"老板娘回答，眼睛却没有离开电视。

"气质不错，优雅！"他停下筷子，倒了点醋放在汤里，喝了一口，感到很润口，满意地吐了口气。

"后来离婚了，想要自杀，太可惜了！如今离婚的人越来越多了，真不晓得一觉睡醒，第二天早上还是不是夫妻！"老板娘感慨万端，索性坐在他对面，因为这时画面切换到了广告：一种能治很多种病的药酒广告。

"这酒真的管用吗？"他问话的口气显然是不相信广告上说的。

"没用处，怎么会有那么多人买？假的还能上电视？"老板娘反问。

"这个我也不清楚。"

他苦笑一声，吃完最后一口面，想抽烟，抬头一看墙上写着"本店禁止抽烟"的字样，便把伸进口袋里的手拿了出来，看着略微发黄的指尖，他似乎闻到一种异香在屋子里飘浮，心情立马好了起来。

"漂亮的女人就是命不好，你看杨家别墅里的那个女孩子，死得多冤，到如今还不知道被谁杀的！"老板娘扯到这件事上，正是洪警官求之不得的。

"凶手真够狡猾的，不留一点线索，怕是老手啊！"

"不见得，有人一时心情不好，也想杀人呢！"老板娘眼睛圆睁，嘴角露出一丝冷笑，仿佛此时此刻她就想动手杀人。

"压力太大、精神崩溃、性格变态的都是些什么人呢？"

"当然是想发财、升官、找美女的人了！平民老百姓怎么可能？"

"你这话太敏感，少说为好。"他笑着提醒对方。

"犯法？"

"惹麻烦。"

"好好的人，谁会去杀她？"老板娘笑着说。

"若是谋财害命呢？"

"一般人哪里知道她有钱？除了熟人，除非她自己招摇过市。"老板娘不同意他的推断，说了自己的想法。

店里来了客人，一男一女，老板娘对他淡淡一笑，招呼客人去了。洪警官付完钱，走出门，瞧见路边的落叶，再次悲叹秋来得太突然。老板娘虽是女流之辈，说的话却有些道理，看来凶手就躲藏在城里某个角落，时刻关注着这件事。他站在车门前，掏出香烟，点燃后，一口气吸了一大半，升起的烟雾中，凶手的模样时隐时现。

"他去杨家别墅干什么呢？是去会情人，还是去寻找什么东西？还是真的去抢劫呢？"他自言自语地问自己，"不管怎么样，一定要查下去，这是我的天职。"

洪警官走后的第二天，瑶瑶来到王主任的事务所上班，赵秀英陪同她一起来的。王主任招待她们娘俩在一家刚开的餐馆吃饭，餐馆的招牌菜是红烧猪蹄，三人边吃边聊，不知不觉说到刘莉的死，赵秀英感到十分委屈。

"洪警官老是盯住我们家那只猫，怕不是好事！我们好心不得好报，救了圣婴的命，一家子反而不得安宁，万一被冤枉，怎么得了？"说着，赵秀英的泪水下来了。

"身正不怕影子歪，人不是你们杀的，随他怎么查。至于那只猫，听了你的描述，的确有些古怪，要小心提防！"王主任安慰母亲。

"猫生来是逮老鼠的，它居然开口说人话，会不会有什么大事要发生？"赵秀英问。

第七章：众生相

"不要乱讲。如今因气候异、环境变化等出现很多奇异的事情，常猫学人说话，并不是稀奇事。国外有最新报道，某些动物受到影响，进化速度比人类还快，说不定某一天，我们在它们眼里就是动物，它们才是地球真正的主人呢！"王主任当着瑶瑶的面亲昵地拍拍赵秀英的肩膀。

"说来说去，还是我们自己作的孽，这猫现在扔不掉、赶不走，真是烦人！万一它哪天在外面被狗咬死了、被车撞死了、被猫贩子捉去了，警察找我们怎么办？"赵秀英这些天被这件事弄得焦头烂额，睡不好觉，眼圈浮肿，眼角的皱纹更深了。早上起床，她对着镜子照了半天，把这一切的不幸全归到了圣婴头上。

"它一时半会儿死不掉的，就算死了，一了百了，谁也不会找你。"王主任很爱猪蹄这种美食，说话间，也不忘了吃它，嘴上全是油。

瑶瑶见王主任的吃相太放肆，好几次想笑，却又觉得王主任很有男人味，难怪母亲同他关系这样好。这么一想，瑶瑶心里温暖起来，脸上露出笑容。

"它神出鬼没，半夜三更溜来溜去，还不时做些小动作。在我们住的那一片儿，人们总是怀疑我们家做了什么见不得人的事，见面绕着走，不理我们，真是烦透了，回去就把家搬了！"赵秀英想起左邻右舍意味深长的眼神和刻意的躲闪，牢骚满腹。

"人都是这样，要是它帮助你们家发了财，那些人保证又是另一副嘴脸。"王主任说完，哈哈大笑。

"唉，哪辈子欠你的！"

瑶瑶去了卫生间。王主任走到赵秀英身后，在她脖子上亲吻了一下。

三人又聊了半天，赵秀英叮嘱瑶瑶工作要用心，才依依不舍地与王主任告别。赵秀英没有让王主任送，而是借口有别的事，一个人朝车站方向走去。

走了一站路，她给陈部长发了条信息，说是有事找他。陈部长过了十分钟左右，给了她一个地址，让她打车过去。

来到一处普通的居民小区，她按门牌号找到那所房子，门没有上锁，她径自推开门走了进去。房子并不大，但很干净，所有的东西摆放得很整齐，好像一直没人用过它们。陈部长坐在沙发上喝茶，示意赵秀英坐下。

孤男寡女同处一室，俩人相互望了一眼，都有点不好意思。赵秀英并没有想好有什么要事非要来找眼前这个她实际上并不了解底细的人，确实有些唐突。陈部长一时摸不透赵秀英前来的目的，显得疑虑重重，仿佛是在跟一个健壮的陌生拳击手对阵，在揣摩怎样才能出其不意地战胜她。

"你住这儿？"赵秀英按捺不住问，这是女人的弱点——耐心不足。

"不常来住。"陈部长看出端倪，脸上露出一丝诡谲的笑容。

"你有心事？"赵秀英坐在他面前的一张藤椅上，把包放在桌子上，关心地问。

"没有。"

"上次的事结束了吗？"

"结束了，多亏那只猫和你。"

"那就好。"赵秀英长长出了口气，心里踏实了。

"你怎么想到来找我？别人晓得吗？"

"我送女儿来城里上班，没对任何人说。"她实话实说。

"谢谢你来看我。"陈部长站起来拉着她的手，非常诚恳地说。

当陈部长拉住她的手时，赵秀英惊讶地望着对方，不知道是该缩回来，还是就这样让他握着。她只感到心口怦怦跳，屋子里寂静得连根针掉在地上也听得见，瞬间，她像喝醉酒一样晕晕的。

"没什么，只要你没事就好。"她镇静下来，想把手抽回来。她心血来潮来见对方，现在又被他拉住了手，她后悔自己做事鲁莽。

"大姐，你是好人。"对方目不转睛地看着她，眼里浮现出一抹泪花。

"放开手！"她忽然发觉自己太傻，女人的本能让她叫了起来。

陈部长放开她，回到沙发上，通过刚才短暂的交流，他对眼前这个女人有了新的看法：她豪爽、果断、热心肠，不像自己身边那些见钱眼开的势利女人，一有风吹草动，便落井下石，离他而去。

"对不起，我太激动了，别介意！"

"你看上去很紧张，怎么会这样呢？"

"虎落平阳，一言难尽！"

赵秀英回想去年那个雪天见到他的情景，对陈部长现在的态度感到吃惊，难道说，他还有不为人知的秘密？最近的确有不少人被逮捕了，罪名多是贪污受贿、生活腐化。但陈部长在她看来不是那样的人，他谨言慎行、彬彬有礼、为人低调、穿着朴素，不了解的人根本看不出他身居高位。这间房子并不是一般人能进来的，而她现在就坐在这里和他说话，这是一种怎样的信任啊！

"慢慢来，一切会好的。"她温柔地安慰对方。

"那只猫怎么样了，它还好吗？"陈部长问。

"它几个月前惹祸了，如今洪警官三天两头去我们家，要我们回答问题，还要我们家看好它，说它是犯罪现场的唯一证人，千万不能弄丢了！"

"它是证人？这怎么回事，它认识凶手？"

陈部长脸色惨白，握着茶杯的手抖动了一下，茶水从杯子里洒了出来，顺着桌边往下淌。红色的茶水被从窗外投进来的阳光照着，像血水一样红，缓缓地向四周扩散，一滴一滴往下滴，最后慢慢停止了。

赵秀英看着对方突然变化的面部表情，以为自己说的事吓坏了对方。毕竟把一只猫跟凶手联系在一起，听上去是多么荒唐恐怖，稍有常识的人都不会相信这种天方夜谭，只会把它当成荒诞无稽的笑话。

"洪警官问了它好几次，它就是不说。这洪警官真是的，猫能破案，那要人干吗？刘莉这丫头死得太冤了，哪个天杀的、千刀万剐的东西一点良心没有，去杀她？"赵秀英狠狠骂道，"还连累我们家过不好日子。这人被洪警官逮到了，一定不得好死！变态的家伙，洪警官饶不了那个畜生！"

"人命关天的事，动物的话岂能当真？你们太幼稚了！"陈部长说完，拿起桌子上的烟，放到嘴边，闻闻又停下了，看着这个突然上门拜访的女人，开始怀疑自己之前的想法：这个女人的性格太强悍，怕是匹难驾驭的马，要是哪天惹怒了她，她抬腿给自己炝蹶子怎么办呢？他后悔自己考虑不周，不该让这个女人到这所房子里来。智者千虑，必有一失，他要想办法让她闭嘴。

求她不要把今天看到、听到的一切说出去？不可能，喜欢传八卦是女人的天性。

给她一笔钱？不行，钱只能起到一时效果，万一她以此要挟敲诈自己怎么办？

想到诸如此类的问题，他再也坐不住了，猛然站起来，双手在空中一挥，可没等到他的手落在对方的脖子上，赵秀英已经站起来了。

"我腰痛，不能坐太久，要经常活动，没吓着你吧？"赵秀英的快速反应让他的头脑刹那间清醒了，为了掩饰自己的鲁莽，他一边像做广播体操那样上下弯起腰来，一边解释道。

"动作太大不好，哎哟，当官也不容易！"赵秀英认为是对方压力过大才做出这个异常举动的，并没有想到别的方面。

"这只猫怎么知道谁是凶手，它当时在场吗？"陈部长恢复了理智，平静地问。

"它说自己在场，凶手穿花衣服、留大辫子。"

"胡言乱语，它说自己在场就在场？凶手穿花衣服、留大辫子？它八成是在吹牛，不可信、不可信！"陈部长鄙夷一笑，提着的心放了下来。

"它自己就是这样说的，谁也没见到，只好将信将疑了！"

"如今的人都不说实话，何况一只猫呢？它有思维能力吗？它有分析能力吗？它有辩证唯物主义的思想吗？它有同情心吗？它怎么会在案发现场？它当时为什么不去警察局报案？它会学人说话、预知一些东西，并不代表它是万能的，什么都懂呀！"

"那你之前怎么会相信它的话呢？"赵秀英顶了对方一句，对陈部长的前后不一感到不舒服。

"此一时，彼一时。杨家别墅凶杀案，它当时肯定不在现场。你想想看，它要是在现场，凶手会放过它吗？肯定会一刀割破它的喉咙，把它扔进香樟河里喂王八！"陈部长绕到赵秀英背后，一只手轻轻搭在她的肩膀上，为自己的急中生智而感到满意。

"它说谎？"赵秀英的心跳加速，没有动。

"这件事上，它肯定说了谎！"

"它为什么要撒谎呢？"赵秀英不解。

"它为什么不能撒谎呢？它无缘无故去杨家别墅干什么？"

"它出生在那里，回去也是合情合理的。"

"回老家？笑话，它定有不可告人的目的！这只猫真是不省事，八成天生就喜欢惹是生非！"

赵秀英对陈部长突如其来的激动感到不解，他放在自己肩上的手的力道越来越大，仿佛这不是手，却是一条铁链，要将她牢牢束缚住。

赵秀英一阵恐慌，她找了个借口，急忙离开了。

赵秀英走出门，独自来到马路上。站在一棵高大的梧桐树下，听着树上的鸟叫，她失魂落魄地瞅着一对摆地摊卖鹦鹉的夫妻，几乎想放声大哭。公交车来了，她机械地跟着别人上了车，坐在最后一排，望着窗外的高楼，再次陷入了沉思。

回想俩人的对话，她越发感到不安起来。陈部长为何如此肯定圣婴不在场？她努力阻止自己不往那个方面想，却收效甚微。尤为重要的是，她想起陈部长那个夸张的动作，眼前一片昏暗：这是掐人脖子的动作啊！难道他要对自己下手？可这没有任何理由啊？难道他神经错乱，或者心理变态了？

还有他对死者的态度也令她失望，不但如此，他还把圣婴说得一文不值，与之前判若两人。

此时陈部长正躺在床上，没有睡意，只是懒得起来。

他去杨家别墅，不是去杀人的。燕子临走前的一天告诉他，杨局长有份录音藏在家里的一块石头下，他马上警觉起来，因为杨局长曾经是他的手下，俩人关系非同一般，自从杨局长出事，他整日提心吊胆，生怕牵扯到自己。

是燕子故弄玄虚，还是另有目的呢？他一连几天都在考虑这个问题。思忖再三，他决定悄悄去杨家别墅看看是不是真的。他有杨家别墅钥匙，是燕子背着姓杨的给他的。

那天晚上，月黑风高，他为了防止被监控拍到脸，将一条丝袜套在头上，没想到被圣婴看成了辫子。果然，畜生就是畜生。就算不小心被看到又怎样，圣婴永远指认不了自己，想到这儿，他稍稍平静下来，继续回忆。根据几天来的观察，刘莉今天应当是晚班。他进了别墅，摸黑来到"南山国"的房间门口，很快找到了燕子说的那块六边形的石头，却发现下面什么也没有，只闻到阵阵猫尿的气味。他气得在心里大骂燕子，忙捂着鼻子来到外间，正要离开，却同一位捂着肚子的姑娘迎面相撞，吓得他不顾一切逃出别墅，消失在黑沉沉的夜色里。这姑娘就是刘莉，因小腹疼痛而提前下班回家，没想到家里跑出个陌生人，她被推倒后一声惊叫，至于之后是由于惊慌掉下楼梯，是心脏病犯了，还是被人杀害，他就不得而知了。

"上当了！好在我没杀人！这件事是不是燕子有意安排的，让我去背黑锅？那她目的何在呢？她当时在不在现场呢？"发生这件事后，他整天喃喃自语，坐卧不安，不明白燕子真正的目的何在。想到警方正在追查凶手，轻易涉足可能会正中燕子的圈套，陈部长一直犹豫要不要去派出所说清。

"你和姓杨的穿连裆裤，别以为我不清楚！"燕子临走前说的话一直在他头脑里盘桓。

"你想干什么？"他问。

"给我一笔钱，告诉你个秘密。"燕子直截了当。

"敲诈我？"

"杨家别墅去找一块六边形的石头，不去，别后悔！"

"去了，万一说不清楚，岂不是飞蛾扑火、自投罗网吗？"回想起最近发生的一连串怪事，他问自己。

上级部门的人已经找他谈了几次话，虽然没有公开肯定他有问题，但意思不言而喻。一想起自己认识的许多同事，昨天还在单位，今天就没了影子，他六神无主，十分懊悔。要那么多钱有什么用？这么多钱，他一分也不敢乱花，看着就发愁。有的钱已经发霉了，过不了多久，它们就会腐烂变质，或者被虫子吃掉，变成一堆粪便堆在某个角落里。

他这阵子经常头痛，发作时痛不欲生，只有在无人的地方痛哭流涕才好些。几个情人也断绝了和他的联系，她们的嗅觉比老鼠、狗、黄鼠狼还要灵敏。

他翻身下床，走到窗前，见下面一对恋人有说有笑地走过，嫉妒得想掉眼泪——自己活得这么痛苦，却不能向任何人说，天下还有比这更令人恼火的事吗？

要是从这个窗口跳下去，会怎么样呢？小情侣保不准会被吓得半死。自己呢？面目全非，不，面目可憎，路过的人会对自己视而不见，甚至躲得远远的。他的思维如跳动的球，一会儿向东，一会儿向西，这种想法让他神思恍惚，恍若置身于一个巨大的深不见底的洞里，只能硬着头皮往前走，直到实在走不动了才停止。

人既然不是自己杀死的，自己何必自找麻烦呢？或许是这个社会谋杀了她，那么她的死就会成为永远破不了的悬案，洪警官纵然有天大的本事也是枉然。但不管怎么样，她的死总有原因吧？即便自己没有直接行凶，至少也是诱导因素啊！

太可惜了！

他胸口沉闷得喘不过气来。

医院不太远，两条街的距离，走过去就行了。

第八章：律师事务所

得知瑶瑶找到工作了，安秋雪第一个来看她，俩人在接待室里说了半天话，她给阿凤、嫣红打了电话，约好晚上去东门胜利路一家餐馆吃意大利比萨。

下班后，瑶瑶同安秋雪先来到餐馆，老板娘同安秋雪认识。她们选好位子，一边点菜，一边等阿凤和嫣红。

"要是刘莉活着就好了，她不在场，没气氛。"安秋雪说。

"是她命短，还是杨家别墅是凶宅，不能住呢？"瑶瑶想起刘莉对自己的好，很是伤感。

"这凶手到底为何杀刘莉呢？"

"别说了，她们来了。"瑶瑶打断安秋雪的话。

阿凤穿着工作服，土里土气的。嫣红穿着暴露，不但如此，她屁股后面还跟着一个年轻人，从他们亲热的举动可以看出他俩交往不是一天两天了。虽说初次见面，但他并不拘谨，反而像熟人似的热情招呼她们几个。

"告诉你们一个好消息，我离职了，自由了！"嫣红迫不及待地对她们说。

"为什么离职？"几人异口同声地问。

"还不是因为刘莉的死！那个死光头，胆子这样小，一点不念旧情，好坏我也跟了他八九年了，说让我走就让我走！"嫣红纵然嘴上说得轻描淡写，内心还是难受的，一边擦泪，一边苦笑着骂老板。

"早晚要跟他算账，不然我姓雷的就不是人！"坐在桌子边的年轻男人喝了口啤酒，发誓要报复对方。

"说说你们的故事，怎么之前没听你提起过雷哥啊？"安秋雪端起酒杯敬姓雷的年轻人。

"雷哥原来开面馆的，就是那家叫'四海皆兄弟'的面馆，你们去吃过的呀，不记得了？"嫣红反倒很奇怪的样子。

"噢，原来是雷老板。"大家想起可能某一天去过这样的小面馆，顿感明了。

"现在的人，嘴越来越刁，不晓得吃什么好！既要吃得好，还不愿多花钱，天下哪有这样的好事，咱关门，不伺候！"雷哥倒是爽快，没有隐瞒。

"你们准备结婚，还是暂且住在一起？"瑶瑶问。

说实话，她对雷哥的印象不好，至于怎样的不好，具体她也说不上来，只觉得此人油头滑脑、不务正业，这一点从他的坐姿、说话口气就可以看出来。

"先立业，后成家，这是我的人生哲学。哪里跌倒就从哪里爬起来，不信我姓雷的这辈子翻不了身！"雷哥表态。

"我也是这样想的，没有钱，结了婚怎么过日子？"嫣红同意对方的意见，看来是早商量好的。

"你们打算上班还是做生意？"安秋雪问。

"上班不行，做生意没好门路，也不行！"嫣红抢先回答。

"我有个朋友回老家当摸金校尉，发大财了。唉，早知道跟他混去。"雷哥对她们说出自己的打算，"我穷死也不给那些吃人不吐骨头的老板打工！我暂时去地下赌场帮朋友看场子，找到机会再说。"

"这些都是犯法的事，你怎么不劝阻他？"阿凤胆子小，见雷哥说的都是些吓人的东西，悄悄问嫣红。

"马无夜草不肥，人无横财不富。犯法的人多着呢，啥时能管到我们头上？只要他不杀人，随他做什么！"嫣红不当一回事，拒绝了阿凤的好意。

"迟早会惹祸的。"阿凤说。

"不关你的事，胆小鬼！"嫣红举起酒杯，一饮而尽。

酒足饭饱后，安秋雪提出去看电影，嫣红说她不喜欢国产片，带男朋友先走了。

"自从刘莉走了，她就变古怪了。"安秋雪失了面子，对嫣红非常不满，说。

"只要说刘莉的事，她就不开心，人又不是她叫人杀的，干吗这样？"阿凤想起刚才一番好意被嫣红一口回绝，心里别扭，跟安秋雪一唱一和。

"说不定真跟她有关？"瑶瑶的心怦怦直跳，仔细回想嫣红在刘莉走后的一言一行，觉得嫣红，还有这个所谓的雷哥真的可疑，因为那笔钱只有她和嫣红晓得啊！

"不能瞎说，这是人命关天的事，若嫣红知道了，让雷哥回来找我们算账可就麻烦了！"安秋雪打断瑶瑶和阿凤的话。

"他不是说了，只要给钱，什么事都愿做吗？"阿凤问。

"没有根据的事不能瞎说。走吧，看电影去。"

来到电影院，三人看完了电影，各自回家了。瑶瑶来到出租屋前，发现灯光暗淡的路灯下蹲着一只贼头贼脑的花猫，有些害怕，好在来了一个跑步的中年人，朝她一笑，猫吓走了，那人转身朝前跑去。

第二天上班，她刚走到马路上就碰到了杨之凡，杨律师热情邀请她共进早餐。俩人来到律师事务所旁边的一家面馆，分别点了自己喜欢吃的面。等待期间，杨律师翻看一宗案卷，这是一桩普通的离婚案件，没多大油水，理所当然交给他这样的年轻人来办。

"如今离婚的人越来越多，这对夫妻刚结婚不到三个月就要离婚，下午要去开庭。"杨律师见服务员把面端来，收拾好案卷，开始吃饭。

"什么原因？"她问，给对方的碗里倒了点醋。

"性格不合，谁也不让谁。"

"好聚好散嘛，打什么官司呢？"她说。

"你说得对，可理想和现实却是两回事，这就是人性。有时候，哪怕一点点的小事，也能引起争执，让俩人闹得不可开交，由亲人变成仇敌。不做夫妻做朋友，不过是一句空话，说起来好听，实际上彼此之间恨死了对方！"

"是吗？"

"很多人都认为自己没有错，错在对方，对方耽误了自己的青春，浪费了自己人生中最美好的年华，最后对簿公堂，闹得两败俱伤。"杨律师吃面的姿势非常儒雅，瑶瑶好几次停下偷偷看他，心想，到底是有文化的人。

"你母亲跟王主任很熟？"杨之凡突然问。

"他们以前在一个车间上班，王主任帮助过我们家。"瑶瑶没料到杨之凡会问这样的问题，起初以为他有意问的，后来见他很随和的样子，也就不多想了，毕竟许多人都知道，母亲同王主任的关系很好。

"是这样啊。"杨律师吃完，把俩人的账结了。

"谢谢！"她诚心诚意地说。

"一碗面而已！"杨之凡摆了一下手。

"你一个人住吗？"她鼓起勇气问，并不是有什么非分之想，而是无话找话。

"是的，有空来玩。"

"好的。"她高兴地答应了。

律师事务所就在附近，他们走到门口分开。瑶瑶要去打水，她日常工作就是帮各位律师搞好办公室卫生，在接待室为前来的客户倒茶拿烟。

"瑶瑶，给我倒杯水！"她正在水池边洗拖把，王主任叫她。

她应了一声，放下拖把，来到王主任的办公桌，先把桌子收拾好，给王主任倒了杯白开水，站在一旁，准备听他下面的吩咐。

"习惯吗？"王主任问。

"习惯。"她望着正在埋头工作的王主任，见他半个头顶已经秃了。

"多大了？"

"快二十了。"她茫然地回答，不明白王主任的意思。

"啊，大姑娘了。"王主任抬头看了她一眼，又去研究放在面前的案卷。

她没有说话，局促不安地望着王主任硕大的秃脑袋，猜测他下面想要说什么。王主任没有再说话，而是专心致志地工作，这种态度令她尴尬，不晓得是走，还是继续留在这儿。

"主任，还有事吗？"过了足有半支烟的工夫，她实在忍受不了这种寂静，打破沉默。尽管母亲一再嘱咐她要叫王主任叔叔，但一想到关于他和母亲的流言蜚语，她还是开不了口。

"没有了，你去忙吧。"王主任挥挥手，让她出去。

律师事务所连王主任一共五个律师，加上她，租了六间房子，一间会客室，一间王主任休息，其余的每人一间，她没事，便坐在会客厅里看电视。每天都有律师出去办案开庭，平常坐在办公室里的人不多。中午饭也是外卖送来的。

除了王主任、杨之凡，还有陈律师、唐律师、徐律师。其中陈律师最喜欢开玩笑，说话幽默，跟王主任一样秃顶，一说话，几根毛在头上摇晃，着实叫人忍俊不禁，他常同瑶瑶说笑话，有时还会把她当成晚辈，拍拍她的肩膀；唐律师不苟言笑，对她完全不讲情面，说话粗声粗气，唯有吃饭时，才偶尔说些轻松的事；徐律师是妻管严，虽长得一表人才，但有贼心无贼胆，不敢越雷池一步。凭着女性的直觉，她发现徐律师对自己有种焦灼的渴望，这种矛盾让他时常愁眉不展、心事重重。

"徐老弟，中彩票了？"陈律师只要一见徐律师愁眉苦脸的样子，就会逗他。

"哪里，半年没中五块钱，倒霉啊！"徐律师的业余爱好便是到楼下买彩票，梦想一夜致富，摆脱老婆对自己经济上的绝对控制。

"那愁眉苦脸干吗？昨晚受罚了？"

"你们说说看，我每天不是上班，就是下班，做错了什么？回家还要洗碗刷锅，辅导儿子功课，不到十二点休想上床睡觉，累！何时才能出头啊！"徐律师一脸沮丧。

"老婆呢？养在那里舍不得使唤，还是你们有过约法三章，家务事全是你的？"唐律师走过来问。

"如今穷人有好日子过吗？家里忍气吞声，外面还要打肿脸充胖子，大谈人生美好未来，真不如出家当和尚去！"徐律师一声长叹，垂头丧气到了极点。

"徐老弟越说越离谱了，想是昨晚受了刺激，不说了！"陈律师说。

"这人啊，说不清是什么东西，大人有大烦恼，小孩有小烦恼，没有不烦恼的，还是想开点，该吃吃，该喝喝，能得到的就要，得不到的，也不要眼红，都是命中注定的！"唐律师一本正经地说。

"你是饱汉不知饥汉苦，三个月不碰嫂子，你试试看！"徐律师内急得慌，撇下他们，一路小跑去卫生间。

"三个月不碰老婆，还有这种怪事？"陈律师问。

"听说他那口子有严重的洁癖。我理解这种痛苦，可痛苦了！"唐律师意味深长地说。

"性冷淡？"陈律师恍然大悟。

"估计就是。"唐律师说完，去办公了。

"吃药啊！"陈律师笑着对瑶瑶扮了个鬼脸，也走了。

"他们说我什么？"从卫生间回来的徐律师边擦头上的汗水边问瑶瑶。

"没说什么。"徐律师一趟卫生间上得满头大汗，她很奇怪。

"瑶瑶，不要被假象蒙蔽双眼，台上台下，哪一个不是伪君子！"徐律师说完，很想对瑶瑶笑一下，结果适得其反，做出个哭丧脸。

"都把我当成知音了！"瞧着徐律师走进办公室，她这样想，"真不容易，连后脑门都是汗淋淋的，这话平时不敢讲吧！"

这一天，瑶瑶心里暖洋洋的，像个小朋友似的，做什么事都感到高兴，整个楼里面全是她甜甜的声音。

三个星期后，寒风来了。天空变得灰蒙蒙的，气温很低，人们穿上厚外套，尽最大努力抵御寒气。这天一上班，王主任把她叫去，说晚上要请人吃饭，让她一同去。

"我去？"她问，以为王主任弄错了。

"是啊，不愿意吗？"王主任头也不抬地问她。

"我怕不习惯。"她不好意思说自己怯场。

王主任的客人不是一般人，一般人他是不会请的，这她从来上班的第一天就察觉到了。他是实际的人，不会将时间、金钱浪费在没有用的人身上。所里的人中，他最相信的是徐律师，其他人他都看不上，这一点她早有察觉。

"有我，你怕什么？"王主任给她打气。

她自知没有商量的余地，只能点头同意。王主任露出满意的笑容，走到她面前，轻轻拍了她肩膀一下，示意她坐下。她想找借口出去，可一时又找不到合适的话，惶惶不安地坐在旁边的椅子上，心想，男人怎么都喜欢拍女人的肩膀？

"陪他们喝酒吗？我不会。"她心里乱作一团。

刘莉的案件还没有查清，现在又要来做这样的事，她异常恼火，后悔来这儿上班。瑶瑶脸上的变化没有逃过王主任的眼睛，他请她去作陪，是想活跃一下吃饭气氛，如今请客吃饭，没有漂亮女孩子在场，对客人来说，是一件没面子的事。

"不是，帮我们倒点茶水。怎么哪，这点面子都不给王叔？"王主任坐在她身边，耐心做她的思想工作。

"就吃饭？"她问。

"就吃饭呀，能有什么事？"王主任好像反而被她问糊涂了。

"是吗？"

第八章：律师事务所

她放下心，俏皮地眨了下圆溜溜的大眼睛，王主任疑惑不解，问道："你们家那只猫怎么样了？它快成明星了。"

"那也是猫，没什么了不起。"

"不是一般的猫啊！"

"会说几句话而已。"

"只有人模仿动物的声音，哪有动物学人话的？这绝不是一只普通的猫，它的出现，说明了什么呢？"

王主任想起一些惊悚的传说，冷静下来，他在脑中飞快地将眼前这个女孩子同那只神龙见首不见尾的怪猫联系在一起，觉得自己应当小心谨慎。这个女孩子，更像一只从荒野走来的母猫，全身充斥着一种混乱的狂野的原始斗志，令他烦躁不安。

"有人吗？"有人敲门。

"什么事？"她问，打开门。

"我们找律师。"一男一女走了进来。

"请坐。"王主任招呼来人。

"我们两口子在一家企业上班，不但没有休息日，还要天天加班，而且什么福利待遇也没有，我们不做了，他们就——"

"扣工资？"男的没有说完，王主任就听出了端倪，问道。

"是的，这老板真厉害！"女的来了一句。

王主任原来就在企业里工作里混的，岂能不知道某些光鲜企业的背后猫腻，这也是他选择做律所这门行当的一个原因。企业高管往往人脉很广，一有风吹草动，被告的人马上就有了对策，没有强有力的证据，实难扳倒对方。

"什么企业？"他问。

"畅通发展高科技有限公司。"

"那不是很不错的一家明星企业吗？"让王主任深感意外的是这家在本地很有影响力的企业，也会这样对待员工。

"可以吗？"女人总是比男人细心，看出了王主任脸上的变化，担心地问。

"没问题，你们先把手续费交了，我开张收据给你们。"王主任说。

"多少钱？"女的当家，她从包里往外拿钱。

"你们这些外地人不容易，我不会让你们吃亏的。幸好你们找到了我，换成其他人不一定敢接这个案子！"王主任如此胸有成竹，是因为他清楚这里面的玄机：这种案子，一般情况下都是企业的问题，老板不是不知道，而是装聋作哑，不愿掏腰包而已，碰到棘手的原告，为了不影响企业声誉，会花点钱消灾的。他用计算器算了算费用，对站在面前的人说："便宜点，三千块钱。等我通知开庭吧。"

"什么庭？"

"劳动仲裁委员会，不行，就去法院起诉。听我安排吧，会成功的！"

"真要好好谢谢你！"男的感激涕零，鞠了一躬。

"回去等我消息吧。"王主任摆摆手，表示没有这个必要。

瑶瑶将这对夫妻送到楼下，没有再回楼上，而是在楼下的空地上转来转去，一直到杨之凡开庭回来，见她惆怅地站在一棵雪松下，便问她在想什么。

"楼上没事，我在这儿透气。"她撒谎。

"这么冷的天站在外面透气？"杨之凡不相信她的话。

"梅花开了，好香啊！"她答非所问。

院子里的蜡梅已经悄悄开放了，寒风缓缓吹来，特有的香味令人神清气爽。南方的冬天，草木依然是绿色的，不像北方的田野，深秋之后，全是枯黄一片。这些年来，她还没有认真欣赏过这种风景，之前跟孙兴旺混日子时，整日除了吃喝玩乐便是睡觉，哪有什么心思看景色。

做律师的，当然不是一般人，他们的素质比平常人高，天天跟这些人打交道，理应要文雅些，起码也要装装样子。

"这是黄梅，这是白梅，这是红梅，它们都要开了，难怪古人对它们情有独钟，自比为梅，傲雪风骨，不畏寒冷！"杨之凡触景生情，走到一棵黄梅树下，折断一枝放在鼻子下闻闻。

"我们老家冬天什么也没有，一片光秃秃的，几只乌鸦蹲在树枝上，呱的一声叫，吓死人了！"想起家乡冬天的原野，她说。

"北方的天气就是那样，萧瑟悲怆，天凝地闭。"

"那是古代，如今灰溜溜的让人躲都没法躲。"她笑起来，并没有发现二楼的窗口有双眼睛在看着他们。

"时光要是倒流五百年就好了，骑一小毛驴，带一小书童，跟一老仆人，遍游名山大川，那多潇洒啊！"杨之凡跟她打趣。

第八章：律师事务所

"还有小花轿抬着小情人，路边的小和尚看呆了！"她说。

"再也没有过去了！"杨之凡笑过之后，一脸伤感。

"小杨，上来！"王主任在楼上喊，口气生硬。

杨之凡被王主任叫上楼说了一会儿话，匆匆忙忙走了。吃过饭，瑶瑶一下午都没有多少事。陈律师、唐律师、徐律师还在外面，整个二层楼空荡荡的，她躲在接待室里，坐在椅子上打瞌睡，直到王主任走过来叫醒她。

"主任，什么事？"她问。

"回去换件衣服，不要来上班了，在住的地方等我，我开车接你去国际大酒店，我们在那儿等他们。"王主任吩咐。

她明白余下的时间归自己了，笑着应了一声，走下楼，直奔市中心而去。她早想去一家叫"天火牛排"的店里吃牛排，昨晚做梦一口气吃了三大块。

"天火牛排"是家加盟店，装潢典雅，具有异国风情。她先要了杯奶茶，静静等着，一会儿工夫，牛排上来了，果然不错，她吃得舒心极了，出来时，半天时间已经过去了。她磨蹭着，不想这么早回住的地方，决定再去什么地方逛荡一会儿。

她一路走着，眼睛不停瞅着马路两边商店里的漂亮衣服。自从跟孙兴旺分手，她就没有买过什么好衣服，面对这些漂亮的衣服，她很想进去看看，好几次跨进了店门，又退出来，没钱进去干什么呢？

不知不觉，她走到香樟河边，坐在河边的凳子上，望着河里的绿色植物。这是一种水葫芦，叶子肥厚，根茎是空的，一只白色水鸟单腿站在上面，东张西望。

杨家别墅就在前面。

头顶上有个木架子，一只猫悄无声息地在架子上来回走动，透过稀疏的枝条，她发现原来是只流浪的黑色的刚毛猫，这只猫跃向地面，飞快地钻进旁边的竹林里，不一会儿，又从里面带出来三只半大的小猫，四只猫一溜烟地朝不远处的小区地下停车场跑去。

她迷茫地望着它们，一种灵魂将要脱离的感觉猛然侵袭全身。

回到出租屋，她挑了几件衣服，都觉得不满意，索性将它们扔在地上，它们同今晚的气氛、客人一点也不配。好几次，她准备把身上仅有的钱拿出来去买两件时髦的新衣服，可走到门口，又放弃了，一是时间不允许，二是钱可能不够，那多丢脸啊！

时间一分一秒过去了，她最终还是挑了一套朴素的衣服，但在里面穿得很性感，并且在一些敏感部位喷了些香水。她刚要收拾地上的衣服，手机响了，王主任已经在外面等她了。

她匆匆锁好门，上了车，见王主任投来赞许的目光，心里顿时平静下来。

"准备好了吗？"王主任问他。

她点点头，见王主任穿着上班时的衣服，领口、袖子还有污渍，心里感到过意不去，这项工作应当由她来完成，而她却粗心大意给忘了。

车停在饭店门口，服务员过来将他俩领到预订好的房间，里面温暖如春，她脱去外套，将成熟丰满的身体呈现在王主任面前，王主任瞅了她一眼，没有吭声。

客人在约定好的时间来了，大家寒暄一番，依次入座。至于客人都是什么单位的、什么职务、姓甚名谁，她一概不知。

王主任在这些人面前完全没有主任的架子，其中一个人长得跟弥勒佛差不多，光头、浓眉大眼、鼻翼丰满、双手宽大、嘴唇饱满，肥厚的耳朵油光锃亮，只有他跟王主任开了一句玩笑："贤弟艳福不浅哪，什么时候换的？"

"哪里，李科长见笑了！"王主任尴尬地一挥手，要她过去敬酒，"瑶瑶，敬李科长一杯，我们的业务以后就靠李科长照顾了。"

"李科长，我敬你。"已经喝得有些晕头转向的瑶瑶根本没有注意到李科长在她敬酒时的一个小动作：摸了一下她的屁股。

"喝！"李科长一口喝完杯中酒，仿佛不过瘾似的，拿起酒杯又斟上，递给她。李科长是劳动仲裁委员会的负责人，人脉广，王主任巴结他也在情理之中，因为劳动纠纷的案子都掌握在他手里。

"好酒量！"其他人鼓掌，要她喝完。

她明白李科长故意为难她，虽说已经眼冒金星、舌头发硬，可一看其他几个人的表情，还是拿起杯子硬着头皮喝了下去。这一杯酒让她立即感到天旋地转，趁着还有一点点的意识，她跌跌撞撞地朝旁边的卫生间走去，随后趴在马桶上呕吐起来。

……

经过此事，瑶瑶萌生出了辞职的想法，只是，她还需要一个契机。

第八章：律师事务所

寒冬过去，春天来了。

清明这天，所里放假，王主任早早回乡下祭祖，安排她在所里值班，以防有客户来找不到人。

"人呢？"下午快要下班时，母亲来了，进门就问。

"妈！"她叫了一声。

"不上班？"母亲问。

"放假。"她说。

"告诉你一件事，我跟你父亲分手了！"母亲突然开口说。

"分手了？！"她一头雾水，以为母亲跟父亲闹别扭，说的气话。

"他不要咱们了，去跟上帝的女儿过神仙日子去了！这个女妖怪，平时装模作样，看不出还是个骚狐狸精呢！"母亲说。

"跟谁？跟上帝的女儿？"望着气急败坏的母亲，她一时精神恍惚。

"你说还有谁？那个主的女儿，骗子！"母亲把桌子重重一拍。

"你们正式离婚了？"她问。

"他昨天搬走了，临走只跟我说了声对不起。没良心的，孙子多大了，不怕人笑话！"母亲的眼泪流下来了，二十多年的夫妻，总有点难舍难分。

"我去把他找回来！"

"哪里找？"

"教堂。"

她实在不明白父亲离婚的动机是什么，还有那个主的女儿，勾引一个外地人有什么好处？父亲既不年轻，又没有权势和钱，她图他什么呢？难道就因为他是一个男人吗，还是主指使她这样做的呢，那主的目的又何在呢？

"早跑得没有影子了！你看看，几十岁的人了，私奔、吃软饭，多丢脸！"母亲怒不可遏。

"一对疯子！"她说。

"世上的丑事都出在李家，老娘离了他，还怕饿死？王主任呢？问问他怎么办，不能便宜了这对狗男女，最好告他们重婚，抓去蹲大牢！"母亲见女儿不但不同情自己，反而指桑骂槐，顿时气不打一处来，咬牙切齿地诅咒丈夫和李家的人。

"你有证据？他说不定只是一时糊涂，出去散散心呢！"她怀疑是父母吵架，父亲一时想不开才离家出走的。

"我们没吵、没争，他早有此意了，怪我粗心大意，没抓到他们的把柄！我容易吗？在李家这些年，我什么苦没有吃过，什么罪没有受过？最后还被人甩了，说出去，我的脸往哪儿放？不行，我一定要找他们讨个说法。我过不好，也要让他们过不好，这李家人上上下下没一个好东西！"赵秀英乱骂一通。

"你想怎么办？"她对母亲的话有些反感，认为她不应当把李家人一棒子打死。

"我要是有办法还来这儿干什么？"母亲气糊涂了，质问她。

"王主任能管我们李家的事？"她眼角一挑，同母亲顶嘴。

"他凭什么不管？不管也得管，我跟他这么多年了，没功劳，也有苦劳！"母亲此时说话没有分寸了。

"他要是不管呢？"想到父亲也许是因为母亲跟王主任的事才离家出走的，她一声冷笑。

她这一说，激动的母亲忽然发觉自己的话太直白。然而，事已至此，已经没有退路了，不如索性说开了，心里反而好受些。

"实话告诉你，我跟你王叔不是一天两天的了，我的事，他不会不管的！他要是不管我的死活，那就别怪我去他家里找他老婆，反正我一张老脸，怕什么！"

"你以为你是他什么人？你们上过几次床？有私生子吗？"瑶瑶万没有想到母亲在自己面前和盘托出跟王主任的关系。怎么办呢？

所有这一切都是谁的错？

她感到一种前所未有的恐惧朝自己袭来，再也不想见到王主任和母亲。趁母亲呆若木鸡之时，她飞奔下楼，迎面碰到刚回来的王主任，她一声没吭，一口气跑回到自己住的地方，用最快的速度收拾好随身衣服，给安秋雪打了个电话，约好在海会公园见面。

赵秀英在女儿下楼那会儿还以为她有什么急事要办，直到王主任上来，她才意识到有些不对劲，问道："瑶瑶怎么了，跑什么呀？"

"这个年龄的女孩子都是这样，怪怪的，易激动。青春期就是这样，没什么好担心的，说不定明天就恢复正常了。"王主任安慰赵秀英的同时，心里也是惴惴不安，他质问赵秀英"你来做什么呀？不是跟你说了，少见面吗！"

"我离婚了，你看怎么办？"

"离婚？你疯了！这么大的岁数离婚，让人笑掉大牙！"王主任哭丧着脸说。

"有你，我怕什么呀？"赵秀英问。

"有我？"

王主任瞅着对方，意识到麻烦来了，后悔得恨不能一头撞在墙上。这个乡下女人一定想赖在自己这儿不走了，天哪！要是让人知道了，纵有八张嘴也说不清啊！律师事务所马上就会因这件丑闻而失去许多客户，甚至垮掉，这是自己半辈子的心血，眼看就要毁在这个什么都不懂的女人手里，太可怕了！

"我这辈子哪里对不起他？年轻时被他打得死去活来，什么都依着他，到头来，他却不要我了！不行，我要找他讨个说法！"赵秀英又哭又叫。

"冷静点，你们还没有办离婚手续，说明你们还是合法夫妻。你这一闹，全世界都知道了，不是火上浇油吗？瑶瑶呢？"毕竟是律师，他马上从赵秀英的话里判断出对方暂时不会赖在他这里。

"是吗？你陪我去瑶瑶住的地方看看，她几个月不回家了，你们有这么忙吗？"赵秀英提出要求。

"如今屁大的事都要进法院、找律师，你说能不忙吗？"

"人越来越坏了！"

"没有人打官司，我们吃什么？法院干什么？说明人们法律意识增强了，这是社会前进的一个重要标志，女人家懂什么！"王主任来火了。

"还有这样的道理？"赵秀英问。

"当然。"

赵秀英同王主任下楼，上车前，她问王主任："我想来城里上班，住在你身边，也好照顾你。连李公然都不要我了，我到底做错了什么，落得如今这个下场？"

"我考虑一下。"王主任不敢明确拒绝，也不敢明确答应，拖一天是一天吧。他这样想，车到山前必有路，先稳住这个女人再说。

"有什么好考虑的，难道你不想要我？"

"不是，凭空来个后爸，你说瑶瑶一下子能接受吗？还有我老婆，她要是想不开，跑来胡闹怎么办？你得给我时间来处理是不是？"王主任搬出这个无懈可击的借口。

"也是的，这丫头叫人不省心！"想起瑶瑶刚才的态度，赵秀英松口了。

到了瑶瑶住的地方，门锁着，看来瑶瑶已经离开了。

"我现在怎么办，要去法院吗？"赵秀英问。

"不闻不问，装聋作哑，随他便，去什么法院，没事找事！"王主任说。

"离了也好，各过各的日子，过了清明节，我帮你在城里找份工作，好不好？"

这自然是赵秀英想要听的话，说明眼前这个男人没有忘记她，对她是关心的。就在这时，王主任的手机响了，他一看是瑶瑶发来的消息：我要辞职，把工资打我卡上，我要去旅游。

"什么事？"赵秀英问。

"她跟别人旅游去了。"王主任把手机里的信息让赵秀英看了一下。

"这丫头，现在还有这样的心情？辛辛苦苦给她找的工作，怎能说辞就辞？"

赵秀英跟王主任分手后，本想回家，却鬼使神差地来到了上次跟陈部长见面的那所房子前，她给陈部长打了电话，却被告知对方停机了。她站在楼下，迷茫地望着那所房子，最后失望地走了。

她们住的这个镇，实际上离城里只有几站路程，坐在回家的车上，她满脑子都是乱七八糟的事，而最令她生疑的事就是陈部长，他的手机为什么会停机，难道出了什么问题？所有这些事，一直在她脑子里旋转，直到车停下，司机喊她下车，她才晕头转向地离开站台，茫然地走在人群里。

今天是一年一度的清明庙会，街上非常热闹。

她身不由己地跟在人们后面，东张西望，拿不准自己的目标在哪里。摊子一个挨着一个，直到教堂，当她走到教堂门前，才意识到自己心里一直希望丈夫能回心转意，起码表面上维持这个家，不让人笑话。

她在教堂门前的台阶上坐下，面无表情地望着走来走去的人群，直到一个小商贩推着经过改装的车子走来。车子有好几层，上层放着小狗，中上层放着小猫，中下层放着兔子，下层放着许多小鹦鹉。他轻轻一拍手鼓，立即引来一大群孩子，孩子们围在四周，望着笼子里可爱的小动物，个个高兴得眉飞色舞。

赵秀英想起孙子，买了一只小兔子、一只小狗。往年儿子媳妇在今天一定会带孙子来吃饭，她给儿子打了个电话，果不其然，儿媳妇一家已经准备过来了。

"去饭店吃吧，我今天不想做饭。"她边对儿子说，边寻思儿子和媳妇问起李公然的事该怎么回答。

"也好，'国际大酒店'的猪蹄烧得好，乔爱最喜欢吃。"乔娜在电话里说。

路过教堂门前，看到绘有耶稣受难图和升天图，赵秀英默默不语地望着高耸的十字架，祈盼老公和女儿今天能过来一起吃饭。

奇怪的是中午吃饭时，儿子和儿媳妇并没有问父亲和瑶瑶为什么没有来，反而有说有笑，为什么呢？她苦思冥想，方才明白儿子媳妇不说破是为了照顾她这个做娘的脸面。既然事情发生了，怕又有什么用呢？她决定坚强起来，过好自己的日子。

"让乔爱好好学习，请人辅导，不要落后了！"她把孙子搂在怀里，希望他将来有出息，为自己争口气。

"妈，天才是天生的，不是辅导出来的，脑子笨，请哈佛大学教授来也没用，白花钱！咱还是实际点，让乔爱自己努力。"儿媳妇说。

"是吗？"她细细品味儿媳妇的话，觉得很实在，于是点点头。

"生成皮长成骨，我只要他成人后，不给家庭和社会带来麻烦就行了，其他的，无所谓！都去清华北大，谁去种地？都去创业，谁去开机器？"儿媳妇说。

赵秀英心里咯噔一下，没想到一向泼辣的儿媳妇会说出这样的话。话虽然刺耳，但何尝没有道理呢？

吃过饭，儿子一家去街上游玩，她独自回到家里，准备好好休息一下。

左耳猫

第九章：红花寺里的猫

赵秀英走到家门口时，意外地碰到了一个人——陈部长。

"你好，家里有人吗？"对方首先招呼她。

"就老娘一个人，你敢进来吗？"想起上午电话被拒，她不高兴地回了一句。她现在只想一个人静静，却偏偏看到不想看到的人。

"我这几天日子特别难过，我怀疑有人像特务一样跟踪我，我不敢去原来住的地方了，只好睡到小旅馆里去！"对方跟在她身后，可怜兮兮地说。

"来这儿有什么事？我一个女人在家，你不怕影响吗？"想起电影电视里的那些令人讨厌的特务形象，赵秀英晓得对方已经危在旦夕了。

"猫在家吗？"对方把头上的大帽子往上推了推，迟疑地问。

"长翅膀飞了，说不准找小情人约会去了！我看你倒像个特务，鬼鬼祟祟的，是不是做了什么见不得人的事？"她边说边打开门，陈部长跟在她身后进了门。

"请你冷静一点好不好，只要我过了这关，你要什么都行，眼下我是泥菩萨过河——自身难保。有关部门要我下星期三去谈话，很可能是那个姓杨的出卖了我，要不就是燕子那个贱人落井下石举报了我。他妈的，软骨头，什么东西！"陈部长粗野地骂人。

"谈话有什么可怕的？说不定让你升官呢！"她阴阳怪气地说。

"我害怕！"对方一脸沮丧。

"找我什么事？"她想笑一下，觉得有种报复的快感。

"问问它，我的前途光明不光明？"

"你不是不相信它的话吗，这么快就变了？"她倒了杯水放在他面前便去洗碗，这当然是故意的。碗筷的碰撞声异常刺耳，陈部长焦虑不安地听着这声音，感觉仿佛有一条飞舞的铁链在他头上盘旋，他下意识做了个躲避的动作。

"宁可信其有,不可信其无,菩萨、上帝不灵了,唯有这猫说得还有些道理,所以我思前想后,决定还是来问一下,若它能助我渡此难关,我为它养老送终,决不食言!"

"部长来我家请教一只猫,真是闻所未闻!"赵秀英洗完剩下的两只碗,在围裙上把手擦干,来到他面前。

"人世间最大的骗子就是菩萨和上帝,谁见过他们?可人们就是相信他们!这猫好坏是活的,怎么着也比看不见的东西强。"陈部长四处扫视,寻找圣婴。

"圣婴好一阵不回家里了,不晓得它去哪里鬼混了,偶尔回来一次也鬼鬼祟祟的,像是天上的雷公在盯着它。"赵秀英指桑骂槐。

"洪警官不是让你们看住它吗,它怎么能这么自由呢?"陈部长羞得连声音都变了。

"它是畜生,看得住吗?惹急了,它不吃不喝不睡,装疯卖傻,到处乱叫乱吼,像孙猴子一样大闹我们家,我又不是如来佛,能镇住它?你说得轻巧,怕是站着说话不腰疼!"赵秀英这些天因为老公的事,心情异常烦乱,老想跟人吵架。

"别大声嚷嚷,我受不了你这样的高分贝,你这是在广播,还是在说话?"

"哟,跑到我这儿耍脾气,我是你什么人?凭什么听你的话?"赵秀英没想到对方这样说她,眼一翻,质问对方。

"我心乱如麻,说错了,对不起!"对方给她赔礼道歉。

赵秀英瞧着这个头顶秃了三分之一的男人一副可怜相,心里也难过起来,看来这个部长不好当呢!

"它今天也许不回来了,这猫神出鬼没,谁见了都躲着它!"

"不回来算了,我想我该走了。我真有点糊涂,来求一只猫!"

"我怎么看你都不像当官的样子,你是不是假的部长?或是那种一点权都没有的部长,比如公司里的生产副部长、人事副部长?人家部长多威风,你呢?像霜打的茄子,蔫头耷脑的!"赵秀英笑着调侃对方。

"那是他们没倒霉,倒霉了,甚至不如我呢!"

"你真是部长?什么部长?"赵秀英收起笑脸问。

"不是部长，我来找这只猫干什么？我吃饱没事做去看蚂蚁上树也不会来你这儿！"他生气地回答赵秀英。

"这还有点部长的样子。"赵秀英赞许地点点头。

"我真是晕了头，闹出这样的笑话！"

"什么意思？"

"都怪那只该死的猫，我上当了，真是笨蛋！"被赵秀英一顿嘲讽，他感到窝囊，骂了自己一句。

"骂谁呢？"圣婴回来了，后面跟着一只身披丝巾、戴着镀金项链、漂亮性感的母狸花猫。

"它回来了，你想问什么？"赵秀英问他。

"你好！"圣婴大摇大摆跳上椅子，坐在那里说。

"我杀人没有？"他返回来，赌气似的高声问。

"没有，你犯神经病了？声音这样大，一点礼貌都没有！"圣婴用左前爪指着他对母狸花猫说，"你看他像不像一个满嘴谎言的人？开口问别人自己杀人没有，天下有这样的人吗？"

"天下没有这样的人，这人可能脑子坏了！"母狸花猫用含混不清的猫语回答。

"没有？我杀了人！你的话不灵验，是骗子！"陈部长见两只畜生不把自己放在眼里，恼羞成怒，大叫起来。

"你想杀人，可你没有这个胆子，胆小鬼！"圣婴拆穿他。

"你病了，为什么不去看医生呀？"母狸花猫嗲声嗲气，像个撒娇的小女孩。

"你若能救我，什么条件都可以谈。"陈部长当然听不懂母狸花猫的话，但圣婴的话让他心服口服。自己并没有杀人，却总认为自己杀了人，这种情况怕是病人才会有的。他猛然想到了三个词：臆想症，幻想症，抑郁症。

"没人能救你，自己救自己，滚吧！"圣婴说完便带着母狸花猫去了里面的房间。

"架子不小，口气也不小！我干吗来求它，我是部长啊！"被两只畜生如此教训，他羞愧难当，双手乱摆，真像是得了臆想症之类的病。他推开门，准备跟对方好好理论一下。

第九章：红花寺里的猫

"你还想问什么？我可是知无不言的。"圣婴虽然对陈部长的执着不耐烦，但见对方走投无路的样子，还是产生了同情心。

"我会有事吗？"陈部长极力压住火气，和蔼地问。他这阵子血压上升，动不动就想发火，医生再三叮嘱过他不能情绪激动，否则，会有脑出血之类的风险。

"你会说实话吗？"

"会的。"

"你太紧张了，对身体没有好处。"

"火烧眉毛了，你说我能不急吗？"

"你做了什么坏事？收了别人多少钱？有几个红颜知己？有多少房子？还有你那天晚上去那死去的姑娘房间做什么？"

"我没做过什么坏事，钱是有求于我的人送的，情人有几个，房子也有几套。我发誓，这些都是实话。至于我去那姑娘的房间，既不是想对她图谋不轨，也不是要谋财害命，而是燕子打电话给我，说南山国里藏了一些关于我的东西，我想拿走，结果撞上那姑娘了，可她当时没死啊！"

"没死？"

"是啊！"

"后来呢？"

"我害怕，逃走了，别的就不清楚了。"陈部长双手一摊，一副蒙受不白之冤的样子。

"你有老婆孩子吗？"圣婴想了一下，换了个话题。

"有啊，她们移民国外了。你想想，我一个人多寂寞啊！围在我身边的女人都是见钱眼开、好吃懒做、见财起意的婊子，只要有一点儿风吹草动，跑得比兔子还快。我在大街上见到她们，想打个招呼，她们呢？不是转身躲开，就是装作不认识我；更绝情的，还冲我吐口水，骂我活该。你想想看，多么冷酷不讲理的女人！"

"你太紧张了，像是头脑不正常了，怎么不去看医生？"圣婴提醒对方。

"我这阵子天天活在恐惧里，风声大点、树枝掉下来、过路人大声咳嗽、小狗狂吠、乌鸦从头上飞过、不认识的人跟我打招呼、乞丐要钱、女人大笑、电话铃声、办公室新来了员工、扫地阿姨发火、有些年轻人乱扔东西，所有这些，都会引起我的不安。"陈部长说出自己的苦衷，感到心里舒适多了，但皮肤病犯了，这会儿开始痒起来。他放下皮包，把手伸进胳膊弯里乱抓一气，直到皮肤上出现一道道红痕才停下，这种过激的动作让两只猫非常好奇，歪着脖子看了好一会儿也不明白这是怎么回事。

"你头顶上的毛没几根嘛，跟我差不多，是不是动脑筋动的呀？"圣婴突发奇想，低下脑袋，用左前爪梳理头上几根长短不一的毛发。

"你讽刺我？"陈部长面红耳赤，停下挠痒痒的手。

"说说你的工作经历。"圣婴淡淡一笑，又换了个话题。

"我出身干部家庭，由于我政治立场坚定、旗帜鲜明，所以我成了培养对象！"

"红色接班人，如今为何却迷失了方向？"圣婴一本正经地板起脸，教训他。

"悔之晚矣！"

"官好当吗？"

"不好当！"

"大实话呀，佩服。哎呀！"圣婴拔了一根毛，痛得龇牙咧嘴。

"这毛长得好好的，你拔它做什么？是不是观世音菩萨给孙猴子的救命毫毛？"陈部长很好奇圣婴的举动。

"白毛，不想要了！"圣婴用嘴一吹，那根毛在空中飘浮了好一会儿才慢慢朝下落。陈部长望着这根白毛，心动了，想捡起来当作护身符，却又不好意思。

"我就是不服气，为什么有的人拿了那么多，情人一大堆也没事，而我就出了事，这不是不公平吗？"陈部长说到这儿，控制不住情绪，抓耳搔腮，来回走动。

"你生病了。"圣婴说。

"我没病，是某些人让我病了，我不能对自己的病负责，负责的人应当是那些想找我麻烦的人，他们才是造成我得病的罪魁祸首！"

圣婴摇摇头，表示对他的话不能接受，它同母狸花猫交换了一下眼色，觉得再问下去，恐怕会殃及自己的生命：此人太激动了，随时都有可能做出不可预知的傻事。

"哎哟，我肚子痛，来人啊，给我药吃！"母狸花猫突然躺在地上翻滚，嘴里不停乱叫。

"你快走，它见了生人肚子疼！"圣婴对陈部长说，"你不会有事的，回去看病吧。"

"有这怪事？！"

"真的。"

望着走出门的陈部长，母狸花猫恢复了正常，说："他明明有事，你却说没事，传出去，别人岂不是会说你没有本事、没有信誉吗？"

"不骗他，他还会再来找麻烦的。至于别人怎么说，那是他们人类的事。"

"他的处境危险吗？"母狸花猫问。

"迫在眉睫的危险，是他自找的，怪不得谁！躺下休息一会儿，这些天累坏了！"

再说赵秀英见陈部长走出门，一言不发，不放心地问："你还要问什么？我去传达。"

"问它谁在陷害我。"他对圣婴的话将信将疑，此时此刻只想一个人静静。

"你真啰唆！走吧，去你该去的地方。我自己还遇到了麻烦，不知道怎样解决它，你来问你的事，那我的事问谁呢？"圣婴大声说。

"你是圣灵转世的猫，当然要问你！"他恼羞成怒，恨不得拿起门口的扫帚进去狂揍圣婴一顿才解气。

"那是你的事，跟我没有关系，我只是想说话而已！"圣婴回答完，哈哈大笑，这笑声传了很远，令听见的人感到心事重重。

"你休息一会儿再走吧，天变了，看样子要下雨。"赵秀英对自己刚才的态度有些后悔，谁没有倒霉的时候呢？

"不，我走了，这是我的另一个电话号码，打电话给我也行，去我那儿也行。"陈部长对此建议没有一点兴趣，也不敢冒这个险。

外面没有人，陈部长快速穿过马路，急急忙忙消失在路边的树林里，赵秀英目送他离去，立即感到屋子里静得可怕。

她打开房间门，圣婴正和母狸花猫并排躺在一起，不知何故，神色有些沮丧。一见她进来，圣婴一头钻进被子里，倒是母狸花猫不慌不忙地看着她。

"你是哪家的猫，来我家干什么？不说实话，别怪老娘对你不客气！"

赵秀英一伸手抓住围在花猫脖子上的丝绸带，将它提起来，要它说实话。

"我叫贝贝，住在红花寺。你这人太凶，我怕你！"名叫贝贝的母狸花猫缩成一团，出人意料地说了一句半生不熟的人话。

"这是人叫的名字，你凭什么叫贝贝？"赵秀英气坏了。

"是你们这样叫我的，怎么怪我？"母狸花猫委屈地分辩。

"你不在寺里捉老鼠，跑我家来搬弄是非，看我不打死你！"赵秀英气呼呼地举起右手敲了敲母狸花猫的脑壳，母狸花猫大叫救命。听见求救声，圣婴猛地从被子里蹿出来。

"不准打它，它是我从寺里带出来的！"圣婴怒气冲冲，在床上又跳又蹦。

"你们这两只畜生，笑死人了！什么年代，猫也学会了谈情说爱，这不是怪事才怪呢！"赵秀英笑着，一松手，放了母猫。

"跟你学的，好笑吗？"圣婴抚慰贝贝，对赵秀英非常不满意。

"你这畜生，含沙射影地说谁呢！今儿我连你一块儿打，不信你能翻了天！"赵秀英闻听圣婴话里有话，大怒。

"打我算什么本事，有本事管好自己的家事呀！"圣婴责问她。

"你还敢顶嘴、笑话我？"赵秀英没想到圣婴这么大胆子，一时愣住了。

"刚才这人跟你什么关系？"圣婴诡异一笑，问。

"老娘的事，轮不到你来管！你把我们家闹得四分五裂、臭名远扬，周围的人谁不躲着我们一家？哪个不说你是灾星？现在还想骑在我头上撒尿，小怪物，你胆子越来越大了！"赵秀英被圣婴问得火冒三丈，粗鲁地骂它。

"此人眉宇潮红，印堂灰暗，青筋暴起，阴柔之气环绕全身，你要防着点！"

"你会看相不成？我看你是嫉妒！人家是部长，怎么能不是正人君子？这会儿有了点难处来求你，你不帮忙，反把人家说得一无是处，良心呢？"

"我说实话，你不喜欢，难道非要我说假话你才高兴？"圣婴不满意地瞅着赵秀英，怒气冲冲。

"一天到晚神神秘秘的，不了解的人，还以为你是鬼怪呢！"赵秀英骂它。

"那是他们孤陋寡闻，没见识。"圣婴说。

"你们喜欢什么？"

"喜欢荒漠原野，喜欢土墙瓦顶，喜欢竹林，喜欢树枝，喜欢自由自在，喜欢到处看看、到处走走，喜欢躺在老太太怀里听她们讲故事，喜欢在水塘边捉蚂蚱，喜欢光屁股的小女孩，就是不喜欢待在有钱人家的客厅里被人摸来摸去、评头品足！"

"说起来倒是一套一套的。"

"那当然。"贝贝说。

"闭上你的乌鸦嘴！你们两个一唱一和，还把我放在眼里吗？再多说一句，马上滚出我的家！怪事全出在我家，这镇上、这城里、这片小区，多少人家养猫、养狗，还有养兔子、鸟儿、蛇的，怎么没见一个说人话？偏是你假装聪明，学人说话，不是妖怪是什么？我的家散了，你们知道不知道？姓李的跟小妖精跑了，瑶瑶不争气，儿子怕老婆，我呢？白跟了王主任这么些年，如今又冒出个陈部长来缠住我，什么陈部长、王主任，都是拿我开心的小人！我不能再住这儿了，哪个见到我，不在背后指指点点，说我不要脸！我不知道吗？知道又能怎样！"赵秀英泪如雨下，把圣婴和贝贝吓得一声不吭。

"他想要我的命。"圣婴嘀咕一声。

"要你的命？你们无冤无仇，他要你命干什么！"

"他去过杨家别墅，就是刘莉死的那天晚上。"圣婴说。

"是他杀的？我的天哪，他杀刘莉干什么？不是你栽赃陷害，就是他疯了！你越说越离奇，我们家哪一点对不起你，你给我们家惹了这么大的祸，要是洪警官晓得，怎么得了！你为什么不早对洪警官说，把他抓起来？"

"他去过，但我没看到他杀人。"圣婴说。

"不知道你说的哪一句话是真的，就为这个他要杀你？"

"也许。"

"我该相信谁呢？他们没一个在我面前说实话，连你这个畜生也跟着胡说八道，我一个妇道人家，你们凭什么让我天天提心吊胆地过日子？"赵秀英后悔莫及，问圣婴，"你这些天去哪里了？"

"去庙里了。"

"哪座庙？"

"红花寺。"母狸花猫插话道。

"这小妖精怎么也会学人说话？"

"我教的，只会简单几句，别大惊小怪。"

"它们都会说话吗？"想起之前在竹林里见到的那些猫，她问。

她现在非常担心这些猫如果都跟圣婴学会了说话,跑到城里、乡间、政府部门、社会团体到处捣蛋,那可不得了,人们会认为它们是天外来的妖怪,或是科幻片里的那些变异的生物,这必将导致人们对它们进行疯狂围剿和杀戮。

"只有它会说一点,其他都是笨蛋,学一千年都不会开口说话!"

赵秀英放心了。万一这些猫开口说话,政府部门一定会查的,如果查到她家的猫是罪魁祸首,她家肯定逃不了干系,到那时,就是有一万张嘴也说不清。她实在想不明白,这种事为何独独发生在她家?

她决定明天出去找房子,搬走,再在这个小区待下去,她会疯的!她还决定,等圣婴和贝贝不在家时搬家,让它们永远不知道她的去向,找不到她,也许就不会有什么怪事发生了。但她毕竟在这儿住了这么多年,心里总有些舍不得,想到这儿,她的眼泪出来了。

"洪警官想找你再说说刘莉的事,"赵秀英把圣婴叫到外面,试探地问,"你这一次不说实话怕是不行了,人命关天的事,哪能一拖再拖呢!"

"我不见他,看他怎么办!"

"你有这个胆子?"赵秀英吃惊地问。

"我是一只猫,惹急了,躲起来便是了。"

"这不行,他要找我要你,我怎么办?我敢说你不见他?你这不是害我吗?都怪你那天多嘴,说看到凶手,不然,哪会惹是生非!"赵秀英想起洪警官的话,为难了,私下放走圣婴,警察会追究责任的。

"我去哪里找凶手?"圣婴耍赖了。

"总之,你是跑不了的,你能跑到国外去?你能跑到北极圈去?你能跑到天上去?孙猴子多大的本事,如来佛一巴掌就把它打趴下了,何况你呢!"

"我就在家里等他,看他能把我怎么样!"圣婴犟脾气上来了,往椅子上一躺,连打几个滚,然后一屁股坐在那儿,脸一耷拉,耳朵竖起耷下,耷下又竖起,把脸扭到身后。

看来还是跟洪警官打个招呼为好,免得到时说不清。赵秀英又想,要是不声不响地搬走了,新来的住户不让圣婴进家门怎么办?说不定还会吃了它!这让她陷入两难的境地。

"你去庙里住上一阵子不好吗?那里有你的同伴,它们听你的话,你在那儿像个国王似的,多自在啊!你现在是明星了,一出门,就会有人盯上你,万一遇到心肠不好的人把你捉了去，命怕是不保呢！"赵秀英苦口婆心劝说圣婴，认为让它去庙里最安全。

"捉我做什么？"

"训练你表演马戏啊，为他们挣钱，还要你给观众看相算命，看他们什么时候发财、什么时间倒霉，说不准的话，天天用鞭子抽你屁股，把你同狗、乌龟关在一起。"

"不去！我宁愿饿死，也不让他们的阴谋得逞！"

"回——红花——寺？"贝贝吓坏了，结结巴巴地问。

"我们也喜欢钩心斗角、争权夺利，弄不好，还会大打出手。你瞧，我这头上的皮破了点，就是一只心怀鬼胎的黑猫从后面偷袭的。它用花言巧语骗了好多的猫，要把我赶走，好自己独揽大权，随心所欲地奴役它们！"圣婴把头歪向赵秀英，上面果真有几道爪印。

"原来你是被它赶出来的。"赵秀英明白了。

"只是暂时的。"圣婴没当一回事。

"它为什么和你过不去，还打你？"赵秀英问。

"这是春天，你还不知道为什么？"圣婴反问她。

"不知道。"赵秀英糊里糊涂，一时想不起春天跟猫打架有什么关系。

"它们全都发情了！懂了吗？"圣婴指着贝贝大叫。

"是这样啊。你不是很厉害吗，怎么会怕它？打啊！打不过，我去帮你。欺负你，不就是欺负我赵秀英吗？"

"够义气！"圣婴乐不可支，双脚一跳，在半空中翻了个身，稳稳当当落在地上，一副不可一世的样子。

"它有后台老板吗？那人有钱吗？有势吗？"赵秀英担心地问。

她怀疑那只黑猫大有来头，因为现在很多有钱有势的人家会把自家不养的猫狗送到庙里去放生，以证明自己一心向善向佛，是好人。

"天天有人专门来给它送好吃的好喝的，睡觉也不和我们在一起。"

"哎呀，你惹祸了，这样的猫惹不得啊！你眼瞎了，非要去碰它，不是没事找事吗？"赵秀英教训圣婴。

"你这是什么话？在猫的国度里，谈情说爱可是头等大事，哪怕上刀山、下火海也要一争，岂能装狗熊呢！管它什么来历，管它有什么后台，管它家多少钱，咱要学王熙凤，舍得一身剐，敢把皇帝拉下马！那里的地盘原是我的，它是后去的，凭什么称王称霸，自称猫国大王，惹得一群小妖精跟在它屁股后面搔首弄姿！"圣婴对赵秀英的话感到不快，气急败坏地叫起来，"我怕过谁？是我的东西，我一定要拿回来！"

"那你回来干什么？一脸的倒霉相。"想不到圣婴会这样顶嘴，赵秀英气坏了。

"我回来养精蓄锐，做好准备，来个出其不意，一举打败它！"

贝贝是猫中花魁，被黑猫独占，后被圣婴的花言巧语迷惑，结果惹火烧身，黑猫不顾一切地向它发起了挑战。想来最近这些天，圣婴频繁离家出走就是为了这只倾城倾国的狸花猫，人爱江山、爱美人，谁承想猫也如此。

"这小妖精看样子就是只不安分守己的淫猫，怕是以后要惹更大的祸呢！"赵秀英把责任推到贝贝头上。

"你说得对极了，可我就是喜欢它淫、它贱、它朝三暮四，有什么办法！"圣婴声嘶力竭地对赵秀英说，"告诉你，黑猫时常抽它的脸、踢它的屁股，不准它自由活动，所以你不能骂它，你骂它就等于骂我，不行！"

"你变坏了，就喜欢不正经的异性！"

圣婴对赵秀英越来越不客气了，它说："请你不要对贝贝说三道四，否则我会不高兴的！"

"你夺人所爱，还振振有词，简直无耻！"赵秀英骂道。

"它趁人之危霸占了我的地盘，当上猫王，娶了三妻四妾，日子多快活！我呢？自从进了你们家的门，不是胆战心惊，就是被警察上门问话，要不就是被那个疯子讨教，哪一天过得自在？现在我不想待在这个讨厌的镇上、讨厌的家里，我要回去，回到以前，回到有新鲜空气、有竹林、有田野、有燕子、有飞虫的地方去！"

"我问你，我们哪儿对不起你？哪里把你当成了外人？你忘恩负义，没有良心，不怕雷劈吗？"赵秀英觉得圣婴不可理喻，责问道。

"我是说得不好听，可我说的是实话。"圣婴想了想，低下头说。

"这骚狐狸精有什么好的？"

"是你不懂猫国的事。它是猫国第七十二届选美冠军，是猫国里最红的明星，它有气质、有文化，唯一的小缺点就是，就是，就是——"圣婴找不出合适的词来形容，急得团团转。

"就是什么？见一个爱一个吗？"

"说得对极了，有水平！你告诉我，人不也是这样吗？什么爱情不分国界、不分年龄、不分穷富，鬼话连篇！全是鬼话，却没有一个人怀疑它，太奇怪了！"圣婴指手画脚地跟赵秀英吵架。

"你这猫，一嘴的谬论歪理！"

"歪理也是理！"

"随你便，我也管不了你，我连我自己都管不好呢！"

"你就是放不下，放下了，什么都不烦恼了！瑶瑶为什么不听你们的话？李公然为什么离家出走？你跟王律师的事他是装聋作哑，不敢管，现在他跟主的使者走了，这是情理当中的事！你呢，什么都想出人头地，反倒什么都做得一塌糊涂，何苦呢？"

"别说了，我赵秀英轮不到你来教育！"赵秀英气晕了，坐在椅子上直喘气。

"这条街的人，你的左邻右舍，哪个不晓得你们家的事？你不能住这儿了，搬走吧，别管我，洪警官来找我，就说我在红花寺等他。"圣婴对赵秀英说了自己的想法。

赵秀英没想到圣婴会如此坦荡，激动得泪流满面，她问圣婴："你回红花寺行吗？黑猫人多势众，要我去帮忙吗？它再凶也是猫，不信它不怕我！"

"不用，我有帮手。"

"谁愿帮你？"

"庙里的大黄狗。"听圣婴这么说，赵秀英一颗悬着的心落了下来。

"真的不要我帮忙？"赵秀英还是有些不放心，再一次问。

"不要，你放心。"

"贝贝真的愿意跟你吗？你一无钱，二无权，它图你什么？"

"我们这是爱情，哪里要什么钱和权！我们海誓山盟过，对天对地发誓过，永远不会变心，否则死于非命！"

"万一你斗不过黑猫，它变心怎么办？看它就是天生的一副淫妇相，你瞧，它哪像规规矩矩的猫，纯粹一时糊涂才跟了你！"

"我不在乎，就算它变心，就算它再回到黑猫身边，我也不在乎！"圣婴说完，便回到里面的房间，同贝贝商议回红花寺的事。

"那地方上没瓦、下没床，天天睡在阁楼里，哪有这样舒服的床！"贝贝不想回去。

"可这儿自由吗？不自由，毋宁死！不把黑猫打倒，我誓不罢休！"圣婴发誓。

"咱们什么时候走啊？黑猫抓住我，会要我命的！"贝贝好不容易跟圣婴跑出来，想到又要回去，心里还是有些害怕，不由得落下泪来。

一个星期后，圣婴准备带贝贝回红花寺，这几天，它们一直陪着赵秀英，两猫一人相处得很好，离开时，反倒互相舍不得。赵秀英去了一趟派出所，对洪警官说了自己搬家的苦处，并保证圣婴随时可以找到，洪警官同意了。

新租的地方离她上次跟陈部长见面的那所房子不远，一个人不需要太大的房子，是中介帮忙找的。房东老太太看上去和蔼可亲，实则是有心之人，不停问这问那。

"你放心住，我只有一个儿子，一直单身。"聊了半天，老太太最后来了一句。

"没娶媳妇？"她淡淡地问。

"一只眼睛有毛病，唉！"老太太直叹气。

"眼睛有毛病？"她问。

"天天都在外面帮人干活，平常不回家。"老太太看出了她的心思，连忙说。

她跟瑶瑶通了电话，说过几天就要搬走了，问她要不要回来收拾一下她的东西。

自从瑶瑶那天走后，她们就一直没有见过面，现在想来，女儿肯定觉得是因为自己出轨王主任，李公然才要和自己离婚的，为此，她感到特别痛苦。

"你看着办吧，不要的东西就扔掉，我跟安秋雪在外旅游呢。"瑶瑶说完便挂了电话，显然不想听到她的声音，这让她更加伤心。

搬走的前一天，她认真地烧了几个菜，看着圣婴和贝贝狼吞虎咽的样子，泪水在眼里打转。从此以后，她就一个人生活了，只有自己照顾自己了。

她给自己倒了杯烧酒，边喝边回忆自己的前半生，幸福没有多少，多半是苦痛。

"活得难哪！打工打不长了，老了，只能帮饭店洗洗碗筷、扫扫地了！"她一声长叹，明白自己已经人老珠黄。

"阿姨，你叹息什么？"贝贝问。

"老了，不中用了，这一辈子就这样走向结束了！"她喝完杯中酒，无限伤感，回忆过去，宛若做了一场梦。

"有人爱过你吗？"贝贝楚楚动人，吃相却是不雅，它边用小舌头舔嘴边的肉边说话，尽管赵秀英在它面前铺了一块毛巾，桌子上还是被弄得脏兮兮的。

赵秀英感慨道："我爱我的孩子、我的父母、我的兄弟姐妹、我的老师，甚至那些曾经欺骗过我的人！至于有没有人爱过我，我真的不知道，大概是我太糊涂的原因吧！"赵秀英难过地摇摇头，趴在桌子上哽咽。

"你受委屈了！"圣婴拍拍她的肩膀，安慰她。

"你爱过的人爱你吗？"贝贝问。

"不晓得！"赵秀英努力想了一会儿，沮丧地摇摇头。

"你爱的这些人，他们会记住你吗？会记住多久呢？"圣婴问。

"估计不会记多长时间，"贝贝忧伤地说，"我父亲是只大灰猫，跟我一样住在城里，我却好长时间没回去看它了，这是为什么？"

"你妈妈呢？"赵秀英问。

"早就离家出走了，没有一点消息。"贝贝眼圈红了，难过地低下头。

"这是老天爷的意思，改不了的！"圣婴说得很武断。

"不听它的话会怎么样？"贝贝问。

"痛苦，忧愁，生不如死！"

"别说了！"赵秀英用沙哑的嗓子对两只猫说，"希望你们常去看看我，我就知足了！"

她不再希望工主任同自己旧情复燃，也不奢望那个陈部长平安无事后再找自己。陈部长这样的人做不了真正的强者，圣婴说得对，不能依靠他。

这顿饭过后，圣婴就要走了，而她明天将会偷偷离开，虽然左邻右舍会在她走后议论纷纷，但他们不久就会忘了她，因为她是外地人。

"寺里的桃花很好看，你有时间去看看。"圣婴临走时对她说。

"你们走吧，有空我一定去。"她催促它们快走，仿佛在送别远游的孩子，不忍心再看一眼。

"你可要好好的。"圣婴叮嘱她。

"走吧！"她挥挥手。

她难过极了，趴在桌子上小声抽泣，过了一会儿，竟然沉沉睡去。

圣婴带着贝贝离开了，它们顺着弯曲的小路向寺里前行。黄昏时，当它们到了寺院前方的一处开满了油菜花的田地，寺院里喂养的黄狗从斋房跑出来跟它们会合，随后悄悄跑到竹林那边隐藏起来。清明前后，游人很多，寺里还有不少人在转悠。

黑猫从竹林后边的假山出来，警惕地观察四周，确定周围没有危险后，冷峻的脸上露出一丝放松的神情。面对春天的黄昏、和煦的春风，它懒洋洋地打了个哈欠，对跟在身后的两只黄色母猫挥动左脚，表示它们可以自由活动。群猫开始活动筋骨，有跳跃的，有伸腰的，有前扑的，有翻滚的，有站立的，有卧倒的，有奔跑的，有倒立的，有漫步的，有一跃而起捕捉飞虫的。

这是它的地盘，是它的主人替它用钱和食物换来的，当初主人听了命师先生的话，将最宠爱的自己捐给寺里，以求取佛祖的保佑。寺院收养的猫来自不同的人家：有被主人遗弃的，有得了病离家出走的，有好吃懒做被主人打跑的，有喜欢自由自在生活的，有残疾的，有前来替主人供奉菩萨的，有中国土猫、欧洲猫、美国猫、阿拉伯猫、日本猫，更多的是不知来历的杂种猫，五花八门，面相怪异，性情不同。

在这里，谁的主人捐赠最多，谁就会获得庙里的宠爱、众猫的爱戴，黑猫凭着这点，接连打败了不少挑战者，稳坐猫王的宝座，直到圣婴出现。

它们仿佛天生就有不共戴天之仇，刚一见面，便大打出手，结果打了几次也没有结果。争斗惊动了寺院，有人认为圣婴本是寺院放逐出去的灾星，不应当再回来惹是生非；但也有人认为它现在出名了，回来能给寺院锦上添花，最起码可以多招徕游客，增加寺院收入。住持听了汇报，表示佛祖宽厚，圣婴既然洗心革面，一心向佛，那就接纳吧。

"佛不拒一切。"

"它跟牛施主送来的黑猫一直不对付，双方斗红了眼，万一它打死了黑猫，咱们可不好交差啊！牛施主可是这红花寺的头号捐赠者，再三要我们照顾好这只叫'地龙'的黑猫。"

"它们为何打架？"住持问。

"可能为了那只漂亮的母狸花猫！"

"阿弥陀佛，寺院本是清净之地、众生之家，它们这样，岂不是玷辱了佛门圣地？罪过，罪过！你们有什么好法了，让它们平息战火，规规矩矩修身养性呢？"住持问手下众弟子。

"把母猫都赶走，或者送到后山尼姑庵去，让静圆师太养它们，不就行了？"最小的弟子脱口而出，众僧听了哈哈大笑。

"母猫太多，全送走怕是不可能。再说，没有母猫，这些公猫肯定会跑光的，如今的红花寺可是闻名的'猫寺'啊，没有猫，就名不副实了！"

"叫兽医来，把它们通通绝育了，看它们还吵什么！"另一弟子说。

"众生皆有缘，这样做不行，佛祖会怪罪的。"

"可不可以跟牛施主商议，让他前来管教一下自己的猫？"

"要这些猫有何用？不如将它们统统撵走，让我们安心静修。"虔诚的弟子提议。

"此庙建成不久，老鼠成群，众僧不能安心修行，连佛也不堪这些小东西的骚扰。前任住持无计可施，每天手执扫帚，亲自带领众僧敲锣打鼓，巡逻驱赶，每天累得头晕目眩，早早歇息，对供奉佛事敷衍了事。一天晚上，佛在梦里对他说，必得丑猫，方可行。果不其然，第二天就有一位钱施主送了只猫来，说来也奇怪，当天寺院就不见了老鼠的影子。"

"它后来居功自傲，目空一切，把咱红花寺闹得天翻地覆，无人敢来，差点关了山门，封了敬佛的路。你说这畜生是不是心怀鬼胎，想把我们赶走，独占此地为王？"

"一山不容二虎，叫我们怎么办哟？"

"佛容四海！"

"畜生就是畜生，明大把它们关在笼子里，保证它们老实得很！实在不行，饿它们三天三夜！"性情急躁的弟子急得直挠头。

"这圣婴本是寺院里的捣蛋鬼，相貌丑陋，性情古怪，要不是看门人发了仁爱之心，它早见阎罗王去了！没想到它在李家惹了祸，反倒成名了，真是想不到啊！依我看，不如将它送到动物园去，一了百了！"讨厌圣婴的僧人极力鼓动住持。

"不行，它是一桩案件的目击者，万一有个闪失，寺院担不起这个责任。你身为出家人，不以慈悲为怀，反而跟一只猫较真，真是罪孽！"住持不同意，他对这个僧人背后的事略知一二：得了牛家一些好处，不过还没有超过底线。寺院里的人背后叫他"猫僧"，一是因为他脸形像猫，二是因为他专管这些猫的起居饮食，定时将厨房剩下的饭菜放在固定的地方。虽有僧人对他收受好处之事冷嘲热讽，但他照样乐此不疲、我行我素。

"那怎么办啊？"众僧一时没了主意。

"天生万物，男欢女爱，天经地义，俗话说，不是冤家不聚头，它们相聚，是上天的安排，谁生谁死，看它们的造化吧，不要管它们！"住持教导众弟子。

"阿弥陀佛！师父说得对。"

"从此以后，不得无故去后面的竹林观看它们争斗、戏耍，一切皆有因果，人不可思之，更不可欲之、为之！"住持告诫完众僧，便去方丈室喝茶了。

"我既允了牛施主，岂能袖手旁观、不管不问？传出去，世人岂不是要说我不守信用？这个事我定要管下去！"猫僧自言自语。

夜晚来临，寺内除了极少的本地游客，已经没有什么人了。黑猫扫视四周，一片安静，天上的月亮非常圆，清辉照在寂静的寺院里，连打扫的和尚也忍不住抬头看上一眼，露出一丝淡淡的笑容。

圣婴带着贝贝、黄狗朝熟悉的地方悄悄摸去，眼见黑猫就要离开那条据说有五百年历史的大石椅，它朝黄狗一使眼色，没等黑猫弄清怎么回事，黄狗便如离弦之箭，闪电般冲过去咬住它的脖子，尽管它拼死挣扎，摆脱了狗嘴，胆却被吓破了，它一声惊叫，不顾一切地朝寺院外面逃去，从此再也没有谁见到过它的影子。

正在玩耍的其他猫被这突如其来的变故吓得魂飞魄散，一个个趴在地上，浑身哆嗦，直到圣婴带着贝贝走过来，方才如梦初醒，惊恐万状地看着它，谁也不敢吭一声。

第二天一早，当猫僧端着香喷喷的饭菜来到竹林旁，本以为群猫会像往常一样，从四面八方奔来，然而，他连叫了几声，却不见一只猫的影子。他感到很奇怪，于是把盆子放下，猫着腰钻进竹林里，想看看到底怎么回事。

阳光普照，竹林里却是杀气弥漫，一片死寂，连只鸟也没有。他顿感不妙，转身就要往外走，就在他转身时，一个黑影从竹梢向他扑来，不等他躲开，如弯刀一样闪闪发光的爪子便落在他光秃秃的头顶上，血顿时冒了出来。

"救命啊！"

他捂着血淋淋的头，连滚带爬地逃出林子，身后响起令人胆战心惊的猫叫。大殿上的众僧听到如此惊恐的呼救，不知道发生了什么事，连忙出来察看，见猫僧狼狈不堪，满脸是血，以为他遇到了强盗或者什么野兽，纷纷寻找棍棒之类的东西准备自卫。

"怎么回事？"

"猫啊，怪物！"猫僧惊恐万状，跌倒在地。

众僧闻言，上前搀扶起他，替他擦去头上、脸上的血迹。这时，得到消息的住持来了，一见他如此狼狈，心中有数了。

"你可对它们有过非分之想？"住持问。

"没有，我对畜生哪来的非分之想！"猫僧掩面说。

"你可招惹过它们？"

"没有。"

"你可曾对它们动怒动粗？"

"没有。"

"你可看见是谁干的？"

"没有。"

"那怎么回事呢？是不是你做事不公？"

"不是。一团黑影从天而下，那阴森森的爪子像刀一样抓在我头上。"猫僧说。

"黑猫干的？"众僧问。

"不是。"

"你被抓破了头，还不知道谁干的，真是笑话！"住持生气地责备他。

"我没得罪过谁，干吗要这样？"

"你们进去看看，是何怪物在此兴风作浪！"住持下令。

几个年轻的僧人手持棍棒进去一看，什么也没有。平时这个时间，群猫早就在里面打闹玩耍了，今天早上却不见一只猫的影子。他们搜索了整片竹林，什么也没有，大家实在猜不出昨晚的林子里出了什么事，只好出来禀报住持。

"什么也没有，他可能被鬼打了。"

"猫呢，那些猫呢？"

"没有看到，像长了翅膀，飞走了！"

"这不是怪事吗，它们能去哪儿呢？"

"要不要报案？"

"报什么案？能来能去，大觉悟，我辈不如也！"参悟出禅意的弟子说。

"一夜之间无影无踪，难道上天去了？"

"凡事自有定数，随它去吧！忘生忘死，佛在心中，百魔皆消。要走就走吧，阿弥陀佛。"住持让众僧散去做事。

话虽如此，大家还是在心里揣测这些猫究竟去了哪里。

原来圣婴想到喂猫的僧人不会就此善罢甘休，心生一计。当天夜里，把群猫带到寺院后面的东山头上，警告群猫谁不听话，黑猫便是榜样。这个时候，谁也摸不透它的心思，除了几只死对头趁乱逃走外，剩下的猫全都表示会死心塌地地跟着它。

它要给喂猫的僧人来个突然袭击，让他从此以后不再管它们的事，这才有了今天早上发生的一幕。它抓伤了猫僧，从容地回到山头，决定晚上再给他一点教训，让他多长点记性。

再说猫僧，他一言不发地回到僧舍，洗净了脸和头上的血，闻着佛家一向讨厌的血腥味，面对供奉的观世音菩萨，对自己的行为感到非常惭愧。一整天，他都坐在房间里思过，悔不该厚此薄彼，跟畜生一般见识，导致自己遭遇如此报应。

"受此一难，不如远游去吧，等修得了功德再回红花寺。"

"你要走了？"同室的小和尚问。他希望猫僧快点离开，好摆脱每天侍奉他的苦恼。

"你解脱了，以后不用帮我去喂猫了！"

"黑猫去哪里了？"

"去了该去的地方，这寺院从此清静了。"

"你还回来吗？"小和尚表现出舍不得的样子。

"嗯嗯。"猫僧发出这样古怪的声音，小和尚不太明白是什么意思，但他还是点点头。

第九章：红花寺里的猫

猫僧收拾好行囊，给住持留下一封信，悄悄走出了红花寺。越过山门，他回过头，见寺院里的黄狗正在看着他。他念了一声阿弥陀佛，对着寺院礼拜数次，默想片刻，精神抖擞地上路了。猫僧在想什么，没有人知道。

圣婴扑了个空，围着僧舍叫了几声，听黄狗说猫僧远游去了，虽有些意外，但还是对黄狗表示感谢，表示对方以后若有难，自己定当拼死相助。

"我只是看不惯猫僧和那黑猫自以为了不起的样子，所以才暗中助你！"

"知恩不报非君子，若你以后有困难，我一定帮你。"

"不要说是我帮了你。"黄狗告诫它。

"记住了。"圣婴想了一下，明白了黄狗的用意。

圣婴之所以找黄狗帮忙，是因为猫僧某天内急，来不及在规定的地方方便，黄狗看到了，叫了几声，结果引来了一位多嘴的和尚。此事传到住持耳朵里，得知猫僧破坏戒律，那还了得，住持大怒，罚他喂猫。从此以后，他对黄狗怀恨在心，不但经常虐待它，而且把它吃的东西给猫吃，久而久之连黑猫也狗仗人势欺负它。不但如此，他还在住持面前污蔑它偷吃供品，夜里乱叫，私自外出约会周围村庄的母狗等，要住持把它赶出寺院，让它无家可归。好在住持明察秋毫，没有上当。就这样，猫僧和黄狗暗中成了冤家，所以黄狗听了圣婴的计划后，两者一拍即合，决定教训一下猫僧。

这一天，来红花寺的香客没见到一只猫，有些不习惯，他们问寺院的僧人，那些猫呢？有些人来红花寺就是为了看各种各样的猫，特别是那些乐善好施的妇人和孩子，还带着丰盛的食物准备给它们享用，没看到一只猫，心愿没有实现，他们心里很是失落，只好把这些食物施舍给了黄狗。这一天，黄狗吃了很多东西，以至于去水塘边喝了好几次从东山上流下来的泉水，随后肚皮朝上躺在大树下睡觉。

第二天一大早，寺院还没有开门，一位妇女手里拿根棍子站在山门前，这妇人就是赵秀英。她在圣婴走后，放心不下，决定前来看看它是否平安再去自己的住处。

"这么早就来烧香吗？实在虔诚。"看门人对她说。他刚起床不久，还没有来得及洗漱，头发乱蓬蓬的。

"你看到圣婴回来了吗？"

"啊？圣婴，它什么时候回来的？"寺院里的人并不知道圣婴已经回来了，对这个消息实在有点意外。

"昨天傍晚啊，难道它没有回来？它不会撒谎吧？"

"寺院里的猫昨晚全都消失了，全寺上上下下都感到很奇怪，真是多事之秋啊！红花寺没有猫，香客们还会来吗？尽管它们平时是那么喜欢给人招麻烦。"

"竟有这么回事啊，是不是有人偷去卖了？餐馆里的龙虎汤就有它们的肉呢！"赵秀英不相信，怀疑他说假话。

"这是寺院里的猫，吃它们会有报应的！谁有这么大的胆子，不怕遭报应吗？"

"听说寺院里有只凶悍的猫，它的主人很有钱，大家都听它的，是吗？"赵秀英问。

"它也不见了，昨天还好好的。世事难料，你说多怪呀！"看门人想起圣婴的事，于是不说话了。他一边扫地，一边沉思。

"圣婴说要回来的，它能去哪里呢？"赵秀英放心不下，茫然地站在阳光照射的山门前。

一眼望去，田野里开满了黄色的油菜花，一直延伸到寺院后的东山脚。东山沐浴在朝霞里，如披上一层金灿灿的外衣，俩人看得有些出神了。

"你带根棍子干什么？寺院的狗不咬人。"看门人扫完了地，掏出香烟点燃，美滋滋抽了一口，对着朝阳说，"今天天气真不错，是踏青的好日子，可惜没有了它们！"

"它们来了，快看！"赵秀英把棍子一扔，指着油菜花盛开的田间说。

"啊，猫回来了，圣婴回家了！"看门人大叫，虽说只有一夜的时间没看见它们，他却感觉如隔三秋。

赵秀英在盛开的油菜花丛中看到了圣婴，它带着一大群猫大摇大摆地向寺院奔来。听见叫喊，寺院里的人全都出来了，望着这群奔跑的生灵，谁不激动呢！

"黑猫不见了。" 有人发现。

"自作自受，怪不得我们。"

"圣婴回来了，昨天的事原来是它干的！"

"猫僧云游去了。"

"红花寺有猫了!"

"寺院里热闹了!"年轻的弟子们高兴地说。

"一切皆是缘分啊!"岁数大的弟子双手合十,动情地说。

赵秀英深深吐了口气,放心地回去搬家了。

左耳猫

第十章：寻找

　　赵秀英搬家，不可能一点动静都没有，当她把最后一件东西放到车上，喜欢走亲访友的房东走了过来。房东刚从大女儿家回来，因为外孙女响应政府号召，前天生了个二胎，是个女儿，她去送红包。

　　"你要走啊？去哪里呢？住了这么多年，舍得吗？"

　　"罗阿姨，我要走了，没办法啊！"老太太一连问了三个问题，让赵秀英心里一下难过起来。

　　"住得好好的，干吗要搬走呢？"

　　"换工作了，住得近些方便。"

　　"好久没看见你当家的，他去哪儿了？"

　　"他有事出去了。"赵秀英知道对方明知故问，不好意思地回了一句。

　　"女儿呢？"

　　"上班呢。"

　　"是吗？你们家没出什么事吧？"老太婆是出了名的喜欢刨根问底，她眨巴着眼观察赵秀英，非常想从她嘴里套点东西，以备跟人聊天时用。

　　"没有。"她想哭。

　　"你们家那只猫呢？听说它看见了杀人凶手，真是危险啊！"

　　"罗阿姨，它只是只猫，别听人胡说。"

　　"猫学人说话，少见啊！"

　　"不是也有乌鸦、黄雀、鹦鹉说话吗？"她气不过罗老太的话，狠狠地回了一句，"听说有的兔子牙掉了还会说话呢，奇怪啥！"

　　"它会算命吗？让它给我算算我还能活多少岁？"罗老太朝赵秀英怪异一笑，装作不明白她的话是什么意思，厚着脸皮问。

　　"它走了。"

第十章：寻找

"走了？"罗老太的脸色瞬间变得难看。

"是啊，你去寺院找它吧。"赵秀英不想再跟罗老太纠缠，怕有人路过看见自己孤零零地一个人走了，那多不好意思、没面子。

"这猫闹得我们好长一段时间提心吊胆，最后说走就走了，连招呼也不打，到底是畜生，不懂事哟！不过我也不怪它，你别往心里去。"

"它是猫，跟它计较什么呢！"

"也是，跟它一般见识有什么意思呢！"罗老太扫兴地离开了。

"如今真是人情薄如纸啊！"赵秀英听着路边等待的汽车的鸣笛声，急急忙忙地离开了这个住了十来年的小区。

来到新的住处，她收拾好房屋，坐在一张小凳子上想了半天心事，眼泪止不住往外流。听到动静的房东老太来了，赵秀英忙把泪水擦掉，佯装微笑跟对方打招呼。

"一个女人不容易过呢！"房东老太显然是没话找话、话里有话。

"不容易也要过呢。"她回答，不愿意跟新房东多说话。这个老太婆长得像罗老太，话也多，俩人说不定是亲戚。

"村里人叫我赵三婶，我有一个儿子，人老实，就是讨不到老婆，真是怪事！"

"我知道，你上次说过。"

房东跟她同姓，让她感觉有些亲近。都说同姓一家人，也就是一个老祖宗传下来的种。

"瞧我的记性！"

"眼光高，自然难讨老婆呀。"她回了一句，对赵老太再一次重复儿子没有老婆的话感到心烦。

"哪里哟！老实的人，一般女人看不上他的。"

赵秀英来找房时，在赵老太家见到过她儿子的照片，长得实在不怎么样，跟母亲站在一起，不清楚的人还以为他们母子是姐弟呢！这第一天搬来，赵老太又说这样的话题，是什么意思呢？赵秀英看着脸皮白净的赵老太，一时间陷入了沉思。

赵老太东张西望了一会儿，见她不开心，知趣地走了。

赵秀英来到不远处一家小菜店里买了两袋蔬菜，如今这种卖菜的小店非常多，多开在十字路口，或社区的某间门面房里，很是方便。她边洗菜，边想该不该给儿子打个电话说一声，想了半天，也没有拿定主意。

外面有人敲门，她开门一看，又是赵家老太，她手里拿了两根猪排骨、一点青菜。

"我吃不完，给你一些吧。"

"不用，你自己吃吧。"她连忙推辞。

"没什么，我这人心肠好，见不得人穷。别想多了，你该过还得过，我家老头子在我四十多岁时就走了，这些年，我一个人不照样过来了！"赵老太说得悲切。

"谢谢你。"她说，不好意思再拒绝。

"有事找我啊。"老太太说完，回去了。

赵秀英目送老太太，站在门口想了想，掏出手机给儿子打电话。她声音很大，不远处的赵老太应当听见了，因为她停住了脚步，装作眼里飞进了异物，一边揉一边偷听。

"儿子，妈搬家了，住在赵家村威尼斯小区第二排七十五号，房东跟我同姓，是位老太太，对我很好，不用担心，星期天带乔爱来玩。"

"原来不是逃出来的，也不是一个人，唉！"赵老太叹息一声，回屋去了。

"猪肉这么贵，怕是有目的呢。"赵秀英看着那些排骨，不由得笑起来。

简单吃了点东西，她开始洗脸化妆。她对着镜子，先在上面涂抹一层护肤霜，然后用化妆粉擦了擦眼角的纹路，并在起皮的嘴唇上涂了一层鲜艳的红色唇膏，顿时一张怪里怪气的脸呈现在镜子里，她左右看着，觉得实在不好看，便拿纸巾把唇膏擦去了。

她绕道来到街上，走了一会儿，来到一家冷清清的中介门口，门口的橱窗里有块纸板，上面写着经营范围：职业介绍、婚姻介绍，并且标明不成功不收费。

"大姐，你想找工作，还是找对象？"店老板看起来像是她的姐姐，圆脸、中等身材，笑起来甜甜的，跟她年龄不相上下，热情地招呼赵秀英。

"我能做什么工作？"她问。

"哎哟，现在合适的工作不好找，那些老板啊，也不知怎么想的，就不想要四五十岁的妇女，嫌她们年龄大、手脚慢、眼神不好，招的都是大姑娘、小伙子。你说哪里来这些年轻人？就算马上生，那也要一二十年才能长成呀！咱这一行实在不好做，你说是不是？"妇女的语气比她还苦闷，像是自己要找工作似的。

"我原来工作的那家就是，年龄过了四十五，老板就不让人事部门招。"赵秀英有同感。

"这些老板都不是东西！"老板娘咬牙切齿地骂道。

"是不是美国搞的贸易战引起的？"赵秀英想到近期电视上说的贸易战，似懂非懂地问。

"哟，大姐了不得哟，晓得贸易战是啥东西，有水平！"妇女跷起大拇指。

"我瞎说说而已！"赵秀英被对方的话逗乐了，胸中的闷气一扫而光。

"你是外地人吧？"妇女吊起三角眼问。

"是啊，可我在这儿有十多年了，儿媳妇是当地人。我跟王主任、陈部长是朋友。陈部长，就是那个常在电视上讲话的瘦子，不信你问问。"赵秀英随手一指对面的街道说，"那家律师事务所就是王主任开的。"

"哟，大姐有本事啊！陈部长？我记得这个人，瘦高个子，说话厉害得很，口若悬河——口若悬河，对，就是这个意思！"妇女听出了弦外之音，马上笑容满面。

"有本事就不来这鬼地方打工了！"赵秀英生气地来了一句。对方脸上虽然全是笑，但在她看来，就跟黄鼠狼见了鸡似的。

"说得也是，千好万好，不如家好啊。你想找什么工作？"妇女没有讨到便宜，连忙转移话题。

"工厂去不了，卖衣服、站店的要年轻的，我能做什么呢？帮人洗碗、搞卫生行吗？"

"行，明天等我通知。"妇女从桌子上拿了张名片给她说，"有事打我电话，这一带的人我最熟，大家都叫我冯姐。"

为了保险，赵秀英给了对方一百元中介费，这才走出了中介所。

"这女人认识陈部长、王主任，不一般呢，她会不会是唬我的？"冯姐自言自语，"拐角不远处，是有家王姓律师开的事务所，我最好去打听一下，看这女人有没有前科。"

赵秀英一路前行，来到一条小巷子，两边全是做小生意的店面，其中小吃店最多，不少店门口贴着招聘启事。她后悔自己白花一百块钱，连问了几家，最后选择了一家外地来的两姐妹开的饺子店，帮助搞卫生、打下手。

两姐妹姓雷，姐姐叫雷春，妹妹叫雷红，是苏北人。

"一百块钱白花了，找工作也不难嘛！"走在人来人往的大街上，她怪自己太性急。

她折返回来，走到刚刚那家中介门口，见冯老板趴在桌子上打瞌睡，嘴边的口水一直流到桌子上，形成一片小小的水渍。她摇摇头，继续走，跨过小石桥，王主任的事务所就在前面，她望了望，还是离开了。

来到文化广场，她找了张凳子坐下，看人用水在地上写字。老人全神贯注，完全不在围观者的评价。赵秀英觉得老人写得龙飞凤舞，很好看，直到老人写完塑料桶里的水离去，她才朝跳舞的人群走去。

她一直想学跳舞，但苦于没有时间，每见到那些妇女忘情地跳舞，就会叹息自己命苦。

"阿姨！"一个人从背后在她肩膀上一拍，她吓得一哆嗦，回头一看，原来是阿凤。

"鬼丫头，吓我一跳！"她说。

"看跳舞啊？"阿凤问。

"随便看看。"

"你不上班？"

"休息。你呢？"她说，不晓得怎么回答才算合情合理。

"我从房地产公司辞职了，正在找工作。"

"好好的工作为什么不干了？"

"房子不好卖了，老板见谁都不高兴，工资少了，我得养活自己和弟弟，他正在读高中，没钱哪行呢？"

"还是你懂事，晓得挣钱，哪像瑶瑶！"赵秀英夸赞阿凤。

"没办法，父母身体不好，只能在家种地，我不挣谁挣呢！"阿凤并没有多少悲伤，她是个快乐的小姑娘，脸上每天都是笑容，赵秀英非常喜欢她。

"想找什么工作？"

"挣钱多的工作，我不怕吃苦。"

"找到了吗？"

第十章：寻找

"还没有。"

"先找份简单的工作，稳定了再找正式的。"赵秀英像关心自己的孩子一样劝说阿凤。

"只好这样了。"阿凤双手一摆，跑到路边的冷饮店买了两瓶饮料，给了赵秀英一瓶，便要告辞。

"去哪里？"赵秀英问。

"去看演唱会，一家大房地产公司请来了明星，人多着呢！阿姨，你去看吗？难得一次，不要钱，露天演出的。"阿凤急急忙忙说。

"我老了，不喜欢热闹！"

"年轻人嘛，当然喜欢热闹的地方，我也不例外啊！"阿凤不好意思地笑笑。

"那是，你去吧。对了，阿凤，瑶瑶给你打过电话吗？听说她和安秋雪旅游去了，去了哪里也不告诉我一声，你说她把我这个妈放在眼里吗！"她伤心地抱怨道。

"去天柱山了，安秋雪的老家在那里。不用担心，她们再过两天就要回来了。"阿凤安慰她。

"你们公司也搞这样的活动吗？"话说完，想起阿凤已经辞职了，她懊恼地看着花坛里的树木，心想自己的嘴巴真快。

"人家是大牌明星，怎么肯来没名气的小公司呢？啊，燕子来了！可在城里，它们去哪儿安家呢？去我的老家吧，那里还有土房子，很好做窝的。"阿凤对从头顶上飞过的一对燕子说。

"总有办法的。"她说，阿凤的纯真让她感动不已。

广场上的人多了起来，许多人前来赏桃花、凤尾花、夹竹桃花、鼠尾草，五彩缤纷的花开得异常美丽，人们站在花丛里，让自己跟花海融为一体，拍照留念。

"那我去了，你一个人走走吧。"阿凤焦急的脸上仍然带着笑容，恍惚间，她把阿凤看成了一株有生命的会走动的花。

"穷养儿，富养女。阿凤就是穷养出来的呀，怎么没变坏呢？"阿凤走了，她坐在花坛边，面对着那瓶饮料发呆。

在广场坐了半天，赵秀英回到住的地方，躺在床上，准备好好休息一下。

左耳猫

醒来后，已是黄昏了。不远处的空地上，喜欢跳舞的人已经在放音乐，嘈杂的声音像在赶庙会。她洗完脸，往身上喷了些香水，晚饭也没吃，便出门了。

她漫无目的地到处走动，总觉得有件心事挂在心里，可又记不起是什么事，这让她魂不守舍，闷闷不乐。

"上次的事怎么样了？我现在度日如年、生不如死，救救我！"手机响了，她一看是陈部长发来的消息，后背顿时一凉。她根本就没有问圣婴。也许这个陈部长真是走投无路了，或者有什么事让他害怕得不得了，不然他不会三番五次地来求她这个失魂落魄的女人。

"自己有什么能耐值得他这样呢？他怕是实在没有知心的人可以相信了！来找自己，或许是他的一条计策吧？"赵秀英翻来覆去地猜想这其中的奥秘。

她在手机上写道："对不起，没有问，它回红花寺了，下次一定问。"写完这些，没等发出去，手机又收到一条他发来的信息："我完蛋了，没人帮我，这世界多冷酷啊！"

她把写好的话删掉，想象这个可怜的、崩溃的男人此时正在屋子里急得团团转，一会儿推开窗子，一会儿坐下，一会儿挥动手臂，一会儿嘴里嘀咕不停。

"本想找个靠山，没想到颠倒过来了，自己反而脱不了身。他竟然固执地去求一只猫，难道发神经了？要不就是脑子坏了？自己该怎么回话呢？"赵秀英问自己。

电话铃声响了三下又挂了，显然对方是害怕被什么人发现，赵秀英决定前去跟他谈谈，让他不要再找自己，畜生的话不可信。她找他要了地址，很快来到他的新住处。

在路上，她想好了，要说服他去投案自首，同时不要牵扯到自己，她一个外乡来的妇女，沦落到如今这个地步，已经够惨的了。

几天不见，这个男人变得虚胖了。屋子里全是酒味、肉味、调料味、烟味。看着桌子上的茅台酒，赵秀英心想都什么时候了，还有心思这样大吃大喝。

"反正吃不长了，先吃饱再说。"对方见她一脸疑云，先开口。

"这叫吃饱？这么多东西你一个人吃？"她茫然地问。

"我太孤独了，一会儿不吃东西，心里就发慌！"

第十章：寻找

"那也不能这样吃啊，你会撑死的，几天不见，你的肚子像个皮球了。"她忽然不恨这个男人了，而是同情他、可怜他。

"我没感觉。"

"你在糟蹋自己。不想活了，也不能这样啊！"她说。

"我也不想这样，叮没办法，只有食物和酒能让我镇静，没有恐惧感。"

"什么东西让你怕成这样？你究竟杀人了、强奸人了、贪污了还是得罪了黑社会？总该有个说法啊！你是男人，做错了事，就要承担后果，去自首。"

"你这张嘴真了不起，自首？我之前没想过，今天没想过，明天也不会想！"

"顽固不化！"赵秀英骂道。

"这酒多贵啊，平常百姓有几个人能喝到它？而我把它当水喝！"陈部长拿起酒杯，一口喝下去，坐在沙发上，怔怔看着她。

"你病了。"

"谁没点病呀，没发现罢了。有真正健康的人吗？"

"莫名其妙！"

赵秀英把窗子打开，一股春风吹来，带有花香的风让屋子里的酒气少了许多。俩人一时都不开口说话，外面的汽车一辆接一辆驶过。

陈部长走到窗口前，出现在他眼前的是一片盛开的美丽的花海。

"花全开了，多美的春天！"赵秀英指着楼下的绿地说。

"花开了，明天还有吗？"

"你喝醉了，窗子一直关着，花开了你也看不见。"

"是吗？花开花落，年年如此，这是自然界的规律，谁也别想改变它！"

"你的事会牵扯到我吗？"

"你有这个资格吗？"

赵秀英突然间明白了自己是多么的愚蠢，恨不能从这高高的六楼跳下去逃走。她此时看着这个男人，再也没有了同情心。

"你要听圣婴说的话吗？"自己好心反而被对方鄙视，她恨自己多管闲事，却又不甘心。

"不过是一只聪明点的鹦鹉学舌的畜生罢了，我会相信它的话？笑话！我是找它解闷的，真当我是傻瓜，去找一只人见人厌的猫讨灵丹妙药。我倒要看看，那些想看我笑话的人会如何失望，如何无地自容的！"

"是我自找没趣。"赵秀英想哭。

一只燕子从窗口猛然飞到屋子里，转了一圈，又从进来的窗口飞走了。

"喝杯酒吧。"

对方提出这样的请求，她实在不好拒绝，因为这可能是他最后的晚餐。吃了这顿饭后，他是死是活，跟她没有一点关系了。她点点头，把包放下，坐在桌子的另一边。半瓶酒下到肚子里，她还没有走的意思，好酒不醉人啊，何不多喝点呢？有几个女人喝过茅台酒呢？

"好酒啊！这是什么肉？"赵秀英指着其中的一盘肉问。

"肉啊，管他呢，吃吧，吃在自己肚子里的才是自己的。"他说完，夹了一大块肉给她，同时自己也夹了一块，一口吞下。

"这菜味道不错，你烧的？"她问。

"不是，'天堂食婆'送来的外卖，城里的饭店就这家的菜对我胃口。"

"那家很贵的，一般人吃不起，我今儿在你这里开眼界了，多谢你啊！"

"学会客气了。"

"让你笑话了。来，我敬你一杯。"

"喝，干杯！"俩人杯子碰在一起发出的声音非常悦耳。

"以后怎么办？"

"以后的事何苦问呢？"

"不问了，愿你逢凶化吉，来年发大财。"

"你与我萍水相逢，却这样关心我，让我对世间有了新的看法。"

"什么看法？"

"真情还是有的，但我永远得不到了！"

她的舌头开始不听话了，说话不甚清楚，她尴尬一笑，弯腰去卫生间。她吐了，头有点晕，但头脑尚且清醒。她想喝水，在卫生间里啊啊叫了两声。

"你喝多了，想喝水吗？"他进来问。

她没有力气回答，只是一个劲儿摆手。

"我扶你吧，对不起，让你喝多了。"他将几乎瘫在怀里的女人扶上床，泡了杯茶让她喝下去，自己坐在一边抽烟。

"你想干什么？不要欺负我，我可怜呢！"她把上衣抓在手里，双腿伸

第十章：寻找

得笔直，紧紧并在一起。

"同是天涯沦落人啊，我比你更可怜啊，什么都没有了！"

他说完开始默默抽烟。

"你睡吧。"

赵秀英一觉醒来，已经是半夜了，陈部长还在黑暗中抽烟，他脚边散落着许多烟蒂，听到动静，茫然地望着窗外的眼睛看向赵秀英。

"你像黄昏里的燕子，可惜这屋子做不了你的窝！你走吧，我再也不会打扰你了。我们相识一场，你是我落魄时唯一关心我的人，我却什么也没有给你留下，真是过意不去，请你原谅！"陈部长非常诚恳，仿佛卸下了什么般神色轻松了一些。

她朝打开的窗子看了一眼，外面一片朦胧，月亮的清辉照耀着安谧的城市，不远处，夜行的小动物穿过草地，它们的眼睛是绿色的，不是大老鼠，就是黄鼠狼，要不就是游荡的小野猫。

桌子上一片狼藉，她本想收拾一下，转念一想，让一切顺其自然，随他吧。

回到住的地方，她轻手轻脚地打开门，借着月光上了床，靠在枕头上，想到穷途末路的陈部长，感到异常悲伤，久久不能入睡。

第二天，她起了个早，来到饺子店，姐妹俩早已开门了，按照约定时间，她并没有迟到，但她还是红着脸说了声："对不起。"

"没什么，你洗菜吧。"大姐雷春对她说。

饺子店的顾客基本上是周围的上班族、工地上的瓦工，下班的人吃完最后一餐，纷纷离开。第三天中午，她在后面一间小小的厨房中收拾碗筷，这碗筷只要放在清水里稍微加点洗洁精就行了，因为碗在使用之前会套上一个一次性的塑料袋。

雷红在看手机，一条本地新闻让她叫了起来："啊，前天凌晨一个人从六楼跳下来了，掉在花坛里，昨天才被发现，是个什么部长，住在凤凰小区，死前喝了很多的酒，警方从他住的地方找到很多茅台酒，最奇怪的是从一个箱子里找到了七八张猫皮，像是刚剥下不久的，高压锅里还有没吃完的猫肉。"

"部长跳楼？会不会是谣言？"

"真的，摄像头都拍到了。你看，网上好多人在评论这件事，说什么的都有。"

"吃猫肉？"

"怎么会掉到楼下呢？太不小心了。"

"不是被人害死，就是畏罪自杀，怎么可能掉下去呢？"雷春慢条斯理地说，"这人来我们这儿吃过饺子，他还说饺子好吃呢，并且一连说了好几遍，当时我就感觉他怪怪的，是不是得了抑郁症？"

"太可惜了，是个部长呢！"

"警方最近破了一个大案，抓了不少人，会不会跟他有关系呀？"

"香樟河畔去年发生的那个死人案，房子的主人原是个局长，被关起来了，外面传言他们关系不一般！"妹妹指着手机说，"很多人都这样说，十有八九是真的。"

"听说现场有一只猫，怪怪的。"

"这家伙为什么要吃猫肉呢，怕是有原因的吧？"

"明天我去红花寺敬香，你一个人看店，让新来的阿姨做帮手。"姐姐关照妹妹。

"警察说死者家中一塌糊涂，猜测当时可能还有别人在。"妹妹说。

"别人？网上的消息不一定准。"

姐妹俩的话，赵秀英在里面听得清清楚楚，她的头猛地晕了下来。不过，她很快镇静下来，其实陈部长的自杀早有苗头，他一直被恐惧折磨得痛不欲生，自己那晚的陪伴也算给了他最后的温暖，虽然一条鲜活生命的逝去令她悲伤又震撼，但她知道，陈部长的灵魂早已千疮百孔，是他自己将自己推上了末路。

"奇怪的是这个家伙给警察留了封遗书，说身患多种疾病，深感人世间人情薄如纸，这才产生了悲观的思想，自杀身亡，与他人没有任何关系。他还将财产大部分捐给红十字会，用作救死扶伤；另一部分捐给红花寺，用作喂养无家可归的流浪小动物。"妹妹说。

"捐给寺里？他信佛？"

"他在遗嘱里提到一只猫，要寺院里的僧人悉心照顾，怕是这个原因才捐给寺里的吧！"

"这就怪了，他喜欢猫吗？想不到！"

"人在死之前，大概想做点善事吧！"

第十章：寻找

"那个在场的人是男是女，俩人是什么关系？情人吗？还是临时找的陪酒女？"姐姐感慨过后，一连问了好几个问题。

"或许是熟人吧，不是有句话叫人之将死，其言也善吗。死前找人聊聊天，说说自己的苦衷、年轻时的奋斗经历，聊聊得意的时候、倒霉的时候，这样死了也没有牵挂，不是更好吗？"

"是吗？聊这些有用吗？"

"人生就是一阵清风啊！"

"他是忏悔，还是诉苦呢？"

"我哪里晓得，有人在网上建议给他开追悼会呢！"

"开追悼会？不是在查他吗？"姐姐好像不太明白似的问了一句。

"没查清就不能说他有问题，所以追悼会还是要开的，没什么好大惊小怪的。"

赵秀英坐在洗菜的凳子上，努力控制自己不哭出声，一直到下班，都没有说话。

回家的路上，她想：陈部长死了，他在那个世界里良心能安吗？

一个月后的一天早晨，屋子里湿润潮热。她洗漱完，正准备去上班，忽然感到身子不适，明白身上来了。

"梅雨要来了，身上也来了，真是添乱子！"

她请了假，躺在床上，外面刮起了风，带着潮湿水汽的风是梅雨将来的征兆。果然，不一会儿，天黑了下来，像是深秋的傍晚。雨点打在门外的树枝上、水泥地上、一些枯萎的玫瑰花上，发出不同的声音，宛若古代的仕女在亭台楼阁抚琴，声音是那么美妙。

对于陈部长的死，大街小巷议论纷纷，各式各样的猜疑都有。赵秀英听着外面的雨点声，一点一点回忆这些事，感到莫名的恐慌。自己自然或不自然地被卷入其中，说不定是自己的命运，逃也逃不了。

"做女人太烦恼，不如出家呢！"她想起那个风雪天，杨又霞跟她说的话。

"世间的净土在哪里呢？出家就行吗？"她当时嘲笑杨又霞自作多情，现在想来，这不正是自己一直没吐露的心愿吗！

之所以想起杨又霞，是上星期她带上大学的儿子进城来买衣服，不知是有意前来，还是一时兴起，竟然鬼使神差地摸到赵秀英工作的小吃店来吃饺子。赵秀英端着盘子，上面放了些小菜、醋、开味汤，当她把盘子放在杨又霞面前，才发现对方，俩人像三十年没有见面的老朋友，一时谁也不知道怎么开口。

两人并没有沉默太久，到底还是她先开了口："来城里玩？"

"你走了，连个招呼也不打，心好狠啊，好坏我们也是一路人呢！"杨又霞误解了她进城的目的。

"心情不好啊！"她说，怀疑对方是有意来兴师问罪的。

"姓李的真不是东西，说不要你就不要你，几十年的夫妻呢！"

"小声点，怕人不晓得我的丑事啊！"

"还以为你跟姓王的来城里快活呢，没想到，帮人端盘子、跑堂，太为难你了！"杨又霞话里有话。

"我有手有脚，不求他，人家是律师。"

"经常见面吗？"

"没工夫！"赵秀英想起女儿的事，一时间，手都气抖了。

"这是我儿子，大学生，今天来看我这个老妈。"杨又霞跟儿子介绍她，"这是赵阿姨，叫一声，我们俩像姐妹一样，可好呢！她有个女儿，长得非常漂亮，比明星不差多少！"

"赵阿姨，你好。"小伙子站起来叫了她一声。

"多大了？"

"二十二。"

"有出息，大学生！"

"你赵阿姨家有只猫，会说人话、会算命，儿子，你去让它相一面，看看你今年运气可好。"杨又霞突然说起猫的事，令赵秀英措手不及，她眼一瞪，恨不得打对方一耳光。

"你妈胡说八道，别相信她！"她语气非常坚决。

"这事你还瞒着啊？"

"送到庙里去了，你少嚷嚷！"赵秀英怕杨又霞再说下去，让雷家姐妹知道自己的来历，影响工作，忙把她拉到后厨房，警告她不要胡言乱语。

回到家里，赵秀英她下床准备洗衣服，房东赵老太出门倒水，看她没有上班，东张西望片刻，见周围没有人，快步走过来，小声说："我儿子回来了！"

"你儿子回来了？"赵秀英没有反应过来，随口一说。

"中午我想请你吃饭，来吗？"

"请我？"老太太谦卑的口气提醒了赵秀英，这分明是醉翁之意不在酒啊！她放下手里的衣服，上下打量对方，心里实在气恼。

"是啊。"赵老太眼含企盼。

"我没时间，要上班。"

"啊，上班？"老太太望着她，仿佛被一团牛粪糊在脸上，脸色十分难看。

虽说不愿意去，但赵秀英还是对赵老太的儿子感到好奇。她端着塑料盆来到屋子前面的水塘边，看见一个面色发紫的五十多岁的男子正在用水浇地。当他发现赵秀英正在观察自己时，慌忙把头低下去，一瞬间，赵秀英发现他的左眼瘪得实在厉害，像是瞎了。

"原来是个独眼龙，难怪找不到老婆，这老太太真是没事找事做！"她边洗衣服边想。

洗完衣服，赵秀英往回走，男人已经走了。赵秀英看着那一小块菜地，猜测一定是赵老太有意安排的，从此以后，她须尽量和对方保持距离。

转眼便是夏天，蝉也开始叫了。

这一天，店里来了几个像是大城市里的人，当赵秀英见到他们时，其中的一个人站起来招呼她："我是刘医生，这是柳医生，我们去过你们家，你还记得吗？"

"有什么事吗？"她问，在脑海里寻找这几个人的踪影。

"我们找到你家，房东说你搬走了，没想到在这儿碰到你，真是踏破铁鞋无觅处，得来全不费工夫。柳医生想研究一下你家那只猫，给它拍个片子，你看怎么样？"

"它走了。"她淡淡地说，实在不愿别人提起这件事。

"这么名贵的猫，你让它走了？大嫂，不是我说你，你放着金山银山不要，出来端盘子，哪有你这样的人，我实在想不通！有人撞破头到处寻找发财机会，你呢，财源就在眼前，却把它放了，说起来，鬼也不信！"刘医生急得抓耳挠腮，把桌子上的醋瓶弄倒了，醋流了一桌子。

"大嫂，我既是健康医学专家，又是研究灵异动物的专家。上次因为它涉及一桩命案，我们暂时放弃了；现在命案结束了，有机会研究了，它却跑了，真是不走运啊！"

"命案结束了？凶手抓住了？"赵秀英非常惊愕。

"经解剖研究，死者是由于受到惊吓，心脏骤停而死的，我是负责研究的专家之一，我对我说的话负责任。"柳医生说。

"还有这么回事？人吓的，还是鬼吓的？"她问。

"这不清楚，不过洪警官还在调查，他怀疑这只猫有些问题，建议我们找到它研究一下，揭开谜底。"

"吓死人不偿命，找到又怎么样呢？"赵秀英长出一口气，放心了。

"那也不能这么说，要看他是故意的，还是无意的。情节严重的，照样要蹲牢房。"

赵秀英怕了。

刘医生说："我姑妈、表兄的死跟它有间接关系，所以我们一定要弄清楚事情的来龙去脉，不能让它继续危害无辜者的生命安全。你一定要主动配合，这是新时代公民最起码的责任。"

"它是妖猫？"赵秀英想到自己的不幸，半信半疑地问。

"妖是无形的东西，它不是以物质的形式存在，而是以虚无缥缈的形式存在于我们生活中的每一个角落，它的诡异最能影响人的正常生活，给我们带来情绪上的失控，让人产生巨大的恐惧，从而造成精神和肉体上的伤害，你能理解我的话吗？"柳医生问她。

赵秀英摇摇头，表示不理解。

"它在哪儿？快带我们去找它！"刘医生见她发愣，忙喊道，"老板，我们找你店里的员工有事，她可以请假吗？"

正在柜台结账的雷春走过来，刘医生一五一十地说明了情况，并且掏出工作证，证明自己并非江湖骗子，而是货真价实的医生。

赵秀英站在那里，手上端着盘子，走也不是，坐也不是，面对店里食客异样的眼光，她明白自己即将失去这份工作了。

"阿姨，你带他们去吧，今天的工资照付。"雷春对她说。

"它走了，我找不到。"她回答。

"只要你愿带我们去找，条件可以谈，报酬也不是问题。"柳医生看出

第十章：寻找

她的不情愿，一针见血。

"这也是洪警官的意思，我们有证明的。"刘医生掏出一张纸，在她眼前一晃。

"你放心，我们会在保证它生命安全的前提下进行研究的。"柳医生的态度和蔼可亲，不像刘医生那样强硬。

话说到了这个地步，她知道抗拒下去的后果是什么，于是脱去围裙，洗完手，拿起小包，走出了工作了几个月的小店。

"去哪儿？"同行的一个人问。

"红花寺。"

"去那儿干吗？"

"它在红花寺。"

赵秀英咬住嘴唇，极力不让眼泪流下来，仿佛自己是出卖朋友的小人。它在那里一定过得平安快乐，而她现在要亲自去破坏它的生活，这让她心中难过自责。她坐在车的后排，低下头，让泪水顺着双手的指缝流在大腿上，浅色的裤子湿了一大块。

到红花寺后，跟在后面的一辆车上下来几个人，他们带着捉猫的工具，其中一个人赵秀英有些面熟，但想不起在什么地方见过，倒是那人先跟她说起话来。

"大嫂，不认得我了？我是贩猫的小李。"那人厚脸皮地凑近她，露出一嘴黄牙，甚为恶心。

"小李？"赵秀英往后退了一步，迟疑地问。

"大嫂贵人多忘事，收猫的李三啊，大家都叫我三哥。"对方说。

"原来是你啊！"

此人曾经在她住的那个小区偷过猫，一次失手，被几个年轻人捉住，打得头破血流。赵秀英当时在场，看他可怜，帮他说了几句好话，加上对方保证再也不敢了，才算了事。后来他改邪归正，经营了一家猫狗宠物店，没想到今日会被请来协助捉猫。

"一天工资二百多块，我不干这干啥呢！"

"三哥号称'捉猫王'，再狡猾的猫也逃不出他的手心。"另一个来帮忙的人拍李三马屁。

左耳猫

"当时有个土豪找到我，愿出一百万，让我捉你们家那只猫，后来出了命案，只好算了，咱也识时务，不会拿鸡蛋往石头上碰，你说是不是？"李三说。

寺院住持听说要拿一只猫做研究，自然无理由阻止，但佛家一向慈悲为怀，他还是再三叮嘱不要伤了它性命。捕捉猫的过程一定很刺激，不少人想一睹为快，纷纷聚集过来。

估计听到了动静，或是预知到了今天是个不吉利的日子，群猫一个个缩在竹林里，任凭捉猫人怎么叫唤、怎么勾引、怎么念咒，它们理也不理。几只胆大的猫偶尔露一面，动作比武侠电影里的侠客还要灵巧，简直可以用"来无影、去无踪"形容。年轻的和尚们站在一边，谁也不愿上前帮忙，几个捉猫人累得汗流浃背，一个劲儿地骂猫太狡猾。

在平地上捉这些狡猾的猫都困难，何况在茂盛的竹林里呢。面对郁郁葱葱的竹林，李三气得七窍生烟。

"怎么样，还有什么好办法？"刘医生问。

"正在想。他妈的，它们太狡猾了，动物中没有比猫更狡猾的了！"李三哭丧着脸，坐在一边一支接一支地抽烟，想点子。

"原来你是瞎吹牛，没本事。"柳医生讽刺他。

"放火烧！"李三想出了一条毒计。

"不行！这是寺院，万一烧着了，你能负责？"柳医生断然否决。

寺院今天游人不少，都是前来看猫的，看到有人要捉它们去做试验，大为不满，纷纷指责他们毫无人性。

"寺院环境好，这些无家可归的猫才来到此处栖身，他们竟然要捉它们去做研究！"

"研究会不会是个幌子，其实是要拿它们去做'龙虎斗'这道菜？"

"这几个人鬼鬼祟祟的，不像什么正经人。"

"报案！"

"他们有警局开的证明。"

"噢！"

"这里的猫好多都是难得一见的名贵猫，真扫兴！"

"让寺院的人把他们赶走！"

"谁敢哪！"

第十章：寻找

"下次不来了！"

"为什么非要破坏这自然奇观呢？研究它有什么用？"

听了众人的话，柳医生决定请赵秀英出马，快速解决这件事，否则，夜长梦多。

"这猫太狡猾，好像知道我们今天来要干什么。大嫂，看来只有你亲自出马了，如果捉不到，我们洋相可就出大了！我们只是拿它来研究一下，绝不会伤它性命，这点我拿人格担保！"柳医生承诺。

"怎么研究？"旁观者问。

"给它脖子上戴个无线电项圈，记录它的活动规律。"刘医生想起电视上的那些动物研究专家就是这样做的，连忙解释。

"你们是医生，不去给人治病，跑来研究猫干什么？是不是想用它做某些动物试验哟？"一个很漂亮的女孩子问。

"你们这是不务正业！"没有见到猫的游客人发牢骚。

"大家不要这样说嘛，如今动物受到人类文明的影响，大脑已经开始发生变化，比如有只叫圣婴的猫，它能学人说话，你们呢，谁能学猫说话？我们科研的目的是帮助人类，大家不要乱猜疑。"柳医生对大家解释。

鹦鹉、八哥、乌鸦能学人说话，这是大家有目共睹的；猫学人说话，虽说之前从未有过，但如今确实发生了。大家想想有理，便不再指责他们。

赵秀英此时此刻脑子里全是圣婴，她真的为难，不知道捉到圣婴后它将要面对什么。万一柳医生没有遵守承诺呢，自己岂不成了凶手，一辈子良心过不去？

"大嫂，你进竹林里把它引出来。"李三从车上拿了张大网，吩咐助手准备好。

"天罗地网，小畜生，看你往哪里跑！"年轻的徒弟骂道。

"这些猫怎么一点动静都没有？是逃了，还是去远游了？"有人半天没见到一只猫的影子，心生疑虑。

"这都下午了，再过一会儿，寺院要关门了，看来今天没戏了。"有人无可奈何。

"实在不行，明天申请带猎狗、麻醉枪来，看它往哪里跑！"刘医生见赵秀英站在那儿不动，使出撒手锏，含蓄地警告她。

"我去。"赵秀英一听便明白了,马上朝竹林里走去。

竹林里长着茂盛的杂草,一些藤条上开满了野花,赵秀英边走边叫圣婴的名字,可一点回音都没有,她走到竹林深处,仍然没有发现一只猫的影子。

"去哪里了呢?"她思忖。

"我们在这里。"一声熟悉得不能再熟悉的声音在她耳边响起。

"圣婴!"她惊喜交集,泪水下来了。

圣婴和群猫从枯萎的杂草丛里钻了出来。圣婴比之前强壮多了,第一个跳到她的怀里,不停地亲吻她的脸、嘴唇、脖子。

"你好吗?"圣婴问她。

"好啊。"

她靠在一棵竹子上,让这些胆战心惊一天的猫尽情在她身上撒娇。它们一遍又一遍吻她的手,蹭她的头发、衣服、头巾,同她对视,发出呼噜呼噜的亲昵声。

当她抱着圣婴走出竹林,身后跟着一大群各种各样的猫时,太阳已经西下了,人们大多散去,唯有少部分游客还在焦急等待。

圣婴站在她肩膀上,目不转睛地看着柳医生等人,没有惊慌。贝贝带着五只小猫跟在身后,它们是圣婴的后代,外表虽然有些古怪,但依旧非常可爱。

"你有后代了?"赵秀英看着这些小精灵问。

"是的。"圣婴自豪之情溢于言表。

"天哪,这么多啊!"她惊讶地叫了起来。

"大嫂,快把它抱过来!"李三举起手,招呼手下人张开大网,以防万一。

"是你带人来捉我?"圣婴问,声音是那么悲怆。

"我——"赵秀英把圣婴抱在胸前,泪水在眼里涌动。

"只要我一个?"圣婴又问。

赵秀英再也忍不住了,点点头,哭了起来。

"大嫂,大功告成了,你哭什么?奖金不会少的。"李三急了,生怕她放走圣婴。

"不会连累它们?"圣婴舔了一下赵秀英的鼻子,似乎早料到了今天要

第十章：寻找

发生的事，神态自若地问。

没等赵秀英说话，柳医生马上保证："我拿名誉和人格担保，不动你儿孙们一根毫毛，如若失信，死于非命！"

"也不会伤你一根毫毛，若说假话，天打雷劈！"刘医生接着说。

"哎呀，你们两个疯了，跟猫发下如此毒誓，真是奇闻！"刘医生女友刀刀说完又问赵秀英，"大姐，这猫就是那只神猫？看样子没什么特别之处嘛！"

"狗嘴里吐不出象牙来！"刘医生小声嘀咕。

"你们要怎么待我？"圣婴问。

"给你好吃好喝的，我们俩会像老朋友一样和你谈话。人类，尤其是我，渴望了解你们猫的世界，了解你们的情感、你们的生活、你们的爱情、你们的生育观，等等。"柳医生对圣婴说。

"这么友善，不像是坏人。"圣婴拍了下赵秀英的肩膀，表示相信。

"我可是好人，不抽烟、不嫖娼、不赌博、不贪污、不腐化、不炒股、不喝酒、不在背后说人坏话。"

"真是少有的好人！"

"所以，你同我合作，一定会成功解决人类跟动物之间的沟通难题，开创一个新的历史。把两种高级动物的思想、认识、行为融为一体，将是怎么样震撼人心的创造！世世代代的人将记住我们的伟大贡献！"柳医生侃侃而谈。

"伟大的抱负！"圣婴面无表情地说。

"没有抱负，做任何事就不会成功，这是我的座右铭！我从小就立下志向，有生之年一定要解决人跟动物之间沟通的难题。"

"说得好！"

"通过刚才跟你的交流，我感觉自己的研究一定会成功！你不愧是一只亘古未有的圣猫、大自然的杰作、生命进化的奇迹！你让我想起了数亿年前的恐龙时代，那时，你的先祖一定是只战无不胜、聪明绝顶的人猫！不然，恐龙消失了，你们为什么还活着，而且被无数人当成了宠物？"

"你太会说话了！"

"大王，三思而后行！"几只高级别的猫劝阻圣婴。

"我相信他不是骗子。"

"虽然有众多人类行骗或虐待动物,但我不是那种人,不用担心!"柳医生被圣婴的信任感动得热泪盈眶。

"大王,我跟你去,生死在一起!"贝贝哭着说。

"不用,你在家带孩子,这是我的事。"圣婴抱着贝贝安慰。

"不用怕,我陪你!"赵秀英把圣婴抱在怀里,对柳医生说,"我必须跟它在一起,照顾它!"

"这是自然。"柳医生表示同意。

"求之不得!"刘医生喜出望外。

寺院的门关上了,群猫依依不舍地目送圣婴上了车,夕阳西下,寺院里一片寂静,和尚们正在准备晚课,只有那个扫地的老头在山门前转来转去。他一直在想圣婴的事,实在想不通,这个曾经差点被他活埋的怪猫,究竟是何方神圣,吸引了这么多人的眼球?

猫僧走后,他负责喂猫。令他费解的是,圣婴好像根本不介意以前的事,对他没有表示过任何不满。

第十一章：大闹天宫

市区里的海棠花园是新开发的公益项目，暂时没有投入使用，非常幽静。

花园大门口左边有一排空房子，这几天却热闹起来，正中间房子的门口挂了个牌子：中国灵异动物研究学会某分会办公室。

右边的两间房子分配给赵秀英和圣婴住，里面的起居设施一应俱全；左边两间房子是秘密试验室，没有会长刘医生的批准，谁也不准进去。开始几天，赵秀英带着圣婴在花园里优哉游哉地欣赏各种盛开的鲜花。这里空气清新，树木葱郁，鸟语花香，可谓世外桃源，除了极少数人来锻炼身体，再无人打扰。

圣婴有一张缩小版的席梦思床，它睡在上面，快乐得不知用什么睡姿才好，一会儿趴着，一会儿靠着，一会儿侧身躺着，一会儿倒立，换了许多姿势。来的第二天，圣婴就把整个花园划为自己的领地，瞅着领地内的花草树木，好不得意。赵秀英睡在它隔壁，最近她老是失眠，见圣婴每天出门，害怕它跑了，更加着急。

花园里原来活动着十几只各种各样散养的家猫，刘医生让管理人员把它们全撵走了。这些猫很不服气，因为这里是它们先占领的，领头的一只公猫叫"狮子"，从其名字就可以看出它是多么勇猛，不要说一般的猫，就是一些小点的狗也不是它的对手，常常被它打得落荒而逃。只有它可以随心所欲在海棠花园里到处走动，其他的猫没有这种权力，它们对它是又恨又怕，如今来了个对手，自然是幸灾乐祸，想看它的笑话。

它虽然有势有后台，但在人类面前，还是弱者，它在被赶出花园时才明白这点。

站在铁丝网外面，它怒火中烧，不时发出愤怒的叫声，对漫不经心散步的圣婴更是恨之入骨，公开对圣婴发出挑战，要求决一雌雄。

"哪里来的妖孽，敢占我的地盘！"狮子用猫语问。

"你是什么东西？凭什么说这里是你的地盘？"圣婴一步跳到铁丝网前，两只猫面对面，像是积了几辈子的仇，眼睛都红了。

"前面那栋大别墅就是我主人的家，他有的是钱，你呢？哪里来的东西？长得如此古怪，不是妖孽是什么？"狮子咆哮如雷，全身弓起，毛发倒竖，双耳竖起，扬起吓人的大爪子。

"这家伙怕是不好惹呢，瞧它长得多壮，天天吃营养品才会有这等块头，怎么办呢？"圣婴心里虽有点胆怯，嘴上却是硬气，"有什么了不起，我老家在法兰西，我是贵族出身，你是井底之蛙，孤陋寡闻，有几个钱，就看不起人了，耀武扬威什么！"

"你若敢和我一战，那才是本事。"狮子气晕了头，一巴掌拍在铁丝网上，整个花园仿佛都在震动。

"你进来！"

"你出来！"

"胆小鬼。"

"谁是胆小鬼？"

"你就是胆小鬼！"圣婴头一昂，顺着铁丝网来回走着，它要耍弄这只狂怒的猫，让它失去理智，再跟它一决胜负。

"我要咬断你的脖子，让你永远记得我！"狮子不顾危险，开始攀爬铁丝网。

"加油啊！"围观的猫纷纷怂恿它，想看狮子的笑话。

"我要咬掉你的耳朵！"圣婴决定拼死一搏。

"气死我了！"狮子一边往上爬一边嚷，整个花园都能听见它的怒吼。

"狗仗人势，我圣婴视死如归，来啊，来啊！看我不咬断你的腿，让你成瘸腿猫！让你主子把你从窗口扔出去，让你无家可归！"

"我要被你这个丑八怪气炸了！"狮子怒火中烧，爪子一松，啪地摔在地上，痛得一声怪叫，"救命啊！"

"没用的东西，摔死你！"圣婴哈哈大笑，它的笑声当然不像人类，而是像一种远古的神兽——夔，有如雷鸣。

赵秀英此时坐在一棵青松下想心事，一听这声音，知道不好，连忙朝这边跑来。

第十一章：大闹天宫

"今天不咬死你，我誓不罢休！"狮子爬起来，扭扭屁股，接着跳跃了一下，发现没有受伤，大喜，对一只母猫说，"你跟着我，不准逃跑。"

"我怕！"母猫犹豫不决。

"哼！"狮子大怒，对着它的屁股就是一脚，母猫吓得掉头就跑。

几只胆小的猫一看不妙，跟着逃之夭夭。

"你是孤寡老人！"圣婴想起自己在红花寺的威风，嘲笑对方。

"什么老人？"

"就像红花寺看门扫地的那个老头。"

"我不是老头，我是席老板家的大猫，周围人谁不知道我的大名！上班的姑娘见到我，哪一个不跟我打招呼！"狮子尽管身材魁梧，脑筋却比不上圣婴，只会鹦鹉学舌，模仿圣婴的声音。为了说明自己的意思，它加了许多动作，不明白内情的人，还以为它在练习什么高深莫测的武林功夫呢。

"那算不了什么，去红花寺玩耍的人来自全国各地，他们见了我，哪个不是点头哈腰、笑颜相迎！"

"吹牛皮！"

"我会说人话，你会吗？笨蛋！"

"原来你就是那只会说人话的怪物！"狮子并没有吃惊，反而不屑一顾，鄙夷地说，"你也不过如此嘛，不比我多长一条腿、一只耳朵嘛！"

"你看不起我？"

"都是猫，你运气好点罢了！"

"我能破案，会给人算命。"

"忽悠人而已！"

"红花寺的黑猫都被我打得落荒而逃，不知死活，难道你不晓得我的厉害吗！"

"它是我同母异父的兄弟，你欺负它，不就等于欺负我吗？你抢夺它的地盘，霸占它的妻儿老小，我正要找你报仇，你却送上门来了，还敢在我面前吹牛，简直目中无人！"狮子瞪着充满仇恨的眼睛，恨不得一口吞了对方。

"它跟你一样，狗仗人势，自以为有天大的本事，其实呢？不过是狐假虎威的小人！"

"你等着，我要给我的兄弟报仇！今天不打败你，我就没脸回主人家，那些胆小鬼想看我的笑话，等我收拾了你，再找它们算账！"狮子终于爬到了铁丝网的最上面，它喘了口气，盯住圣婴，正要往下跳，却不动了。

"哪来这样大的猫？像条狗！"赵秀英拿着棍子，指着正要往下跳的狮子骂，"滚，不然老娘一棍打死你！什么猫长成你这样子，天天吃的猪饲料吗？"

"下来较量啊！"圣婴趁机在下面不停地做鬼脸，羞辱对方。

"明天，不，后天，你别高兴早了，以后再说！"狮子撂下这句狠话，掉过头，嗖的一下跳到外面去了。

"哪里来的猫，样子太凶！"赵秀英问圣婴。

"它是红花寺黑猫的亲兄弟，找我报仇来了。"圣婴想起生死不明的黑猫，知道对方一定不会善罢甘休。

"别怕，有我呢！"赵秀英说。

这只是圣婴初来海棠花园发生的一个小故事。

这件事过后，圣婴在海棠花园周围很快出名，有想讨好它的母猫，这些母猫绝对名副其实的漂亮、温柔、聪明；有仰慕它的普通猫，有一心想巴结它的猫，有心怀鬼胎、想看他笑话的猫，还有一些猫对它敬而远之。

在花园附近活动的猫因此分成几个不同的帮派，每天都在为此事争吵，继而大打出手，一时间，周围的人还以为是群猫发情引起的争斗。它们白天晚上，不管在大街小巷，还是在花园里，只要三句话不合，便开始打斗、吵嚷。上班族被吵得不得安心休息，对这些猫恨之入骨，却又毫无办法，只好向有关部门投诉，希望他们想办法解决。

有关部门迅速前来调查，起初认为是居民养猫太多，管理工作没跟上，建议社区里的住户办理饲养证，减少养猫数量，并且不准散养，否则予以重罚。

告示一贴，市民议论纷纷，非常不满意，不但不配合，反说管理部门无能，把管理狗的方法用到猫身上，思想僵化，缺少创新。

"狗跟猫一样吗？狗脖子可以拴根绳子，猫脖子能拴吗？"

"只见过遛狗的，没见过遛猫的！"

"猫捉老鼠，狗会捉吗？"

"试试看吧，万一行呢？"有人提议。

好事者真把自家猫拴上，连拖带拉地带到街上、公园里，面对旁观者的好奇目光，像是做了一件惊天动地的大事，全不知这些见不得大场面的猫，早吓得惊慌失措，又蹦又跳，跟猴子似的吱吱叫。

恐惧到了极点的猫对主人不信任了，它们开始反抗，跳到主人身上，锋利的爪子抓得主人脸上鲜血淋漓，主人只好扔掉绳子，任由这些猫到处逃窜，搅得街上乱成一团：几辆车发生了碰撞，行人四散逃避，一个老太太吓得瘫坐在马路中央，一个性急的老大爷急于过马路，被迎面而来的三轮车撞了个四脚朝天，一动不动。

肇事者被闻讯赶来的警察带走了，经过调查，虽无预谋，但其行为违反了城市治安管理条例，罚款是逃不掉了。

怎么办呢？

这时有人提出圣婴是罪魁祸首，建议禁止它外出散步，改为关在家里，定时放风。柳医生提出，可以重新圈一个不大的地方作为它的领地，因为猫虽然经过几千年的驯化，但是它们天性倔强、狡猾而又多疑，跟人类共处的时间没有鸡、鸭、驴、狗、马长，属于未被完全驯化的物种之一，因此人类要有足够的耐心，不能操之过急，否则会影响这次史无前例的研究。

这件事情告一段落，风波却并没有平息。狮子的领地扩大了，那些风吹两边倒的猫立即回到它身边。它不但把花园三分之二的地方据为己有，每天黄昏还带着一群大小不一的猫大摇大摆地走来走去，并把自己的尿液涂抹在圣婴活动的地方。这下圣婴火冒三丈，开始绝食，并拒绝回答柳医生提出的任何问题。

"谁有好方法，重赏！"柳医生急了。

"为了完成研究，还是要把外面的那些猫赶走，那些大脑简单的猫到处惹是生非，干脆实行安乐死好了！"刘医生焦头烂额，口不择言。

"市民不同意，我们没有这个权力，弄不好还要吃官司，说我们投毒。唉，做一件实事怎么这么难呢！这是造福全人类的科研项目，怎么没人理解呢？"柳医生心灰意冷，听口气想打退堂鼓了。

"这个赵秀英真没有用，连只猫都照顾不好，不如辞退，换人！"刘医生建议。

"不行，你没看见她和它的关系有多好吗？换了别人，说不定这只猫马上就会去找棵歪脖子树上吊，甚至去马路上碰瓷，咱们前面的心血岂不全白费了！"

"那该如何是好？"刘医生傻眼了。

"我们亲自出马，每天准时轰走那些前来寻衅滋事的猫，根据它们的习性，在它们经常活动的地方放些臭不可闻的东西，燃放小鞭炮，不信吓不走它们！"

"好主意！我去准备几根棍子，对了，让赵秀英也参加，她不能白拿钱不干活。有些人对这门新的科学试验有异议，认为我们是没事做，故弄玄虚，还有少数人危言耸听，说我们想以此谋财，骗取经费。所以我们不能前功尽弃，让人说我们无能。"刘医生说完，便去准备吓唬猫的东西。

围栏拆除了，圣婴重获自由了。

每天只要它出门散步，研究会的人就会在它前面开路，对它不满意的猫，只能躲得远远的，因为稍一靠近，人类的棍棒就会在它们头上挥舞，警告它们走开。

圣婴对那些懊恼的猫嗤之以鼻，跟狮子一样用自己的尿液涂抹在各个关口要道，再次宣告这里是它的领地，侵犯者必将付出血的代价。

圣婴恢复了进食，研究会的人松了口气。就在人们庆幸时，它的挑剔又让柳医生大伤脑筋，它不吃任何带合成调味料的菜肴，只吃没有受到污染的鲜鱼鲜虾，对加工食品更是闻也不闻、看也不看。它的嗅觉超级灵敏，人工合成的东西一闻就能分辨出来，只要饭不对胃口，圣婴不是骂人，就是暴跳如雷地上蹿下跳，连赵秀英也不给一点面子。

"你是我们家祖宗不成，世上有你这样挑剔的猫吗！"柳医生愁眉苦脸地问它。

"我可是贵族出身，不挑剔行吗？"圣婴坐在专业人员为它量身打造的椅子上，大腿跷起，吊儿郎当。

"我们都能吃，你为什么不能吃？爷爷啊，你不是在玩我们吗？"柳医生责问它。

"哪里有干净的河？你告诉我！"刘医生气呼呼地盯住它，急得两只手乱抓，恨不能打它一耳光。

"自己去找！"

"你存心刁难我们是不是？别把我惹火了，到时你会后悔莫及！"刘医生忍无可忍，举起茶杯准备动手。

"你想杀我？"圣婴一个跳跃，把桌子上的碗筷弄得东倒西歪，对刘医生怒目而视。

"请你配合我们的工作，为了你，我们花费了多少心思，承担了多少风险，你明白吗？"刘医生见圣婴软硬不吃，只好认输。他本是这项研究的发起人，如今搞成这个局面，实在让他始料不及。

"算了，我会想办法满足你。是你研究我们，还是我们研究你？"柳医生一想到自小立下的誓愿，觉得无论如何也要坚持下去，不能半途而废。

费了九牛二虎之力，柳医生总算把圣婴吃饭的问题解决了。这之后圣婴表现得非常好，积极配合各种试验，令柳医生等人赞不绝口。

就在大家认为即将大功告成时，又一件意外发生了：狮子趁人不注意，蹿进柳医生的试验室，把许多珍贵的资料给毁了，被发现后，它慌乱中逃到圣婴住的地方，人们团团围住那间房子，誓要捉拿它问罪。

仇敌相见，分外眼红。二话没说，两个家伙便打了起来。圣婴没有狮子块头大，但它最近天天吃柳医生给的红丸，浑身带劲，热血沸腾，根本没把狮子放在眼里。它的肌肉像钢铁一样坚硬，爪子如大马士革弯刀一样锋利，眼睛充血，胡须倒立，双耳耸立，好一个"圣猫战士"！

圣婴首先发动进攻，一口咬在狮子的右脸上，硬生生扯下一块皮来，痛得狮子又吼又跳，原地转了数十个圈才停下。它不明白为何圣婴比前些天凶悍了许多，但它不是轻易服输的孬种，顾不上疼痛，拼死反击。两个畜生打得头破血流，骂完了所有的脏话，还是不愿罢休，直到累得精疲力竭才停下喘口气。

赵秀英喊破了嗓子也无济于事，只好眼睁睁地看着这两个死对头在屋里上蹿下跳，打成一团。

旁人着急也没用，想帮忙又怕帮倒忙，假如一棍打歪了，打在圣婴头上，那麻烦可就大了。两只猫势均力敌，各不相让，路过的一位年轻人录下视频，发在网上，不大一会儿，好奇的人从四面八方赶来，一睹这奇观。

报道奇闻异事的记者不但现场直播，而且深挖内幕，许多人这才知道海棠花园里隐藏着一家中国灵异动物研究学会的分会。

"这个学会是真的吗？没听说过，会不会是某些人搞的噱头？"

"名字听起来像是邪教组织，没人查吗？"

"肯定是偷偷成立的,快报警!"

"网上搜了半天,没有这样的单位。"

"民间协会,不犯法,只是牌子上的名称有些问题。'中国灵异动物研究学会分会',口气太大,有点戏谑人的味道!"

"这有什么呀,昨天一家药店门口还挂了个牌子:中国蜂疗协会定点会员。"

"我家门口有一家保健品公司,上个月也挂了个牌子:中国龟蛇养生协会定点单位。这几天正在搞活动,还请了两个美女站在门口,买二十块钱药,送十个鸡蛋。"

"这牌子上标的是灵异动物,跟他们风马牛不相及啊!"

"这个不晓得了。"

"这学会研究什么呢?"

"这世上有灵异动物吗?"

"好像有。"

"警察来了!"

人们议论半天,但没有一个人说到点子上。

听着众人的谈论,刘医生这才意识到自己粗心大意,弄巧成拙了。这个牌子本来是他一时心血来潮挂上的,没料到竟然出了这种差错,按照规定,挂这样的牌子要有关部门批准才行,否则便是不合法的,要吃官司的。

"好在洪警官知道这件事,不然我跳到黄河也洗不清!"柳医生暗自庆幸。

"把牌子摘了,扔到垃圾堆里去!"刘医生摘下牌子,一脚踩得稀烂。

两只猫浑身是血,坐在一边直喘气,还不忘记诅咒对方祖宗十八代。

"杀我兄弟,等着瞧!"狮子咬牙切齿地威胁圣婴。

"我没有杀它。"圣婴回答。

"它被你打败了,受了伤,死活不知啊!"

"是它自找的,怪不得我。"

"你抢夺它的江山,霸占它的妻儿老小,还说这样的话,简直不讲道理!"

"那儿本来就是我的地盘,我何罪之有?"

"你学人类说话,不害臊!"

"你是嫉妒!"

第十一章：大闹天宫

两只猫骂来骂去，骂红了眼，又要打斗，但力不从心，只好偃旗息鼓，各自分开。围观群众见它们跟泼妇一样指手画脚地骂街，又是惊奇，又是好笑，直到警察来了才散去。

出警的人一看是两只猫在打架，还一会儿学人说话，一会儿呜呜叫，问清了原因，哭笑不得地说了它俩几句便离开了。

真相大白后，人们不乱猜测了。许多人早就听说本城有一只奇特的猫，但没有亲眼见过，如今圣婴就在眼前，大家终于一饱眼福，满足了好奇心。

狮子的主人去国外度假了，暂时不能回来，留在家里的小保姆得到消息，赶忙带着司机，把鼻青脸肿的狮子接走了。在车上，她严厉警告它不要再惹事，不然主人回来后会惩罚它的。狮子瞅着保姆，爱理不理的样子，根本没把她的话当一回事。人们渐渐散去，只留下刘医生几个人傻乎乎地望着圣婴，不知如何是好。

"这两只猫差点惹出弥天大祸，好险哪！"刘医生擦掉额头上的冷汗。

"难道是我新发明的药造成的？或是试验的方法出了问题？"柳医生推测。

"万一圣婴的大脑、身体产生了变异，可不得了！"刘医生想起科幻片里的那些原本可爱的生灵因为吃了人类发明的新药而导致基因、性情突变，最后向人类开战的故事，心里十分紧张害怕。

"不会的，这药不但可以疏通奇经八脉，强身健体，增加爆发力，更重要的是可以对圣婴的大脑起到激化作用，促进脑细胞极速生长，加快它接受我们的认知与沟通的进程。这是我为它特别研发的新产品。"

"接下来该怎么办呢？"

"这药影响太大，明天结束试验吧，以后再找机会。"

"把赵秀英叫来，结算完工资，让她快走！"

"这只猫自从来到这儿，性格似乎越来越难以捉摸，时而聪明绝顶，时而固执己见，真没有想到会这样。早知道它会惹这么大的麻烦，当初不如选一头聪明的小猪来做试验。"柳医生懊恼不已。

"现在只能处理掉它，我们别无出路。"刘医生做了个砍头的手势。

"太残忍了，给它吃点药缓解一下，过几天也许就会好的。这药之前我自己也吃了些，感觉不错，没料到圣婴吃后，产生了这么大的副作用，看来药还不完善，需要改进。"柳医生停了一下说，"本指望这畜生能帮助我们实现理想，现在看来人类对动物的智慧一时还难以掌握，只能等下一次机会了。"

"找我什么事？"赵秀英来了，一进屋，就预感到她的任务结束了。

她刚换了一件浅红的上衣，配上灰白的裤子，衬托出健美的身材。

"你也看到了，这只猫完全不符合研究条件，它不但挑剔，还惹是生非，惹得全城人民议论纷纷，害得我们成了众矢之的。所以，我只能遗憾地告诉你，我们不能合作了！"刘医生讲完，想起当时的承诺，心里过意不去，从口袋里拿了五百元钱放在桌子上说，"这是我个人的一点心意，代表我对你的尊重和感谢，请你收下。"

"你有其他住的地方吗？如果没有，你今天可以住在这儿。"柳医生问，一种从没有过的伤感突然袭来，令他措手不及，眼眶一下红了。

这女人很像他死去的母亲。

母亲在他上大学那年因病去世了，一想到这儿，他就难过得不知如何是好。他常梦见母亲，她说自己已到天界，要想见到自己，非得借助他物才行。当他听刘医生说了圣婴的故事，认为这是老天爷给的大好机会。消除人畜之间沟通的障碍，既实现了自己造福人类的伟大理想，又能让自己见到慈祥的母亲。

如今一切回到原点。

赵秀英带圣婴回到原来的住处，赵家老太站在屋檐下，上下打量了她一番，一脸的惊愕。她旁边也是一位老太太，俩人相互交换了一下眼色，不约而同地朝她这边走来。

"这只猫受伤了，耳朵上有道口子。"赵老太好像话里有话，装模作样地摸了摸圣婴，咯咯笑起来。听着这尴尬的笑声，赵秀英不明白老太婆想干什么。

"海棠花园上电视新闻了，原来你就是那只小畜生啊！"同来的老太太把眼镜拿下又戴上，好奇地盯住圣婴，伸出左手的食指飞快地点了一下圣婴的头说，"小东西，本事不小呢！"

"它不会又惹事吧？"赵老太见赵秀英态度冷淡、不说话，小声问。

"惹什么事？它只是只猫。"赵秀英的语气依然不冷不热。

"猫、狗、人，都要守规矩，分清界限，哪能随心所欲呢！"戴眼镜的老太太说。

第十一章：大闹天宫

"它没惹谁。"赵秀英把门打开前，这样说。

奇怪的是圣婴一直都没有吭声，要是往常，它早就嚷嚷开了。

赵秀英收拾好房间，把圣婴安顿好，打开窗子，却听一声响亮的蝉声在门前的树上响起。她站在窗前，面对池塘边的花儿似乎入了迷，接着数不清的蝉鸣响起，她发现身上流汗了，明白炎热的盛夏马上就要到了。今年的第一声蝉鸣，居然被她听到了，实在是件荣幸的事。

傍晚前，赵秀英去附近的菜场买了一只母鸡，女摊主仿佛认得赵秀英，一个劲儿看着她，差点把烫鸡的热水洒在自己身上。

赵秀英见周围的人都在看自己，不明白这些人想干什么。好在卖鸡的妇女很快把鸡收拾好，她接过东西，急急忙忙拎着鸡朝旁边的熟菜店走去，准备买些熟食，果然不出所料，身后的人们开始议论她。

"这女的家里养了一只会说人话的猫，前天上电视了。"

"看上去，是有点古怪。"

"深山老林里是有巫婆的，我家乡就有这样的人。"

"那只猫前天在海棠花园大战一只叫狮子的公猫，那叫一个惊天动地啊，可惜我没有亲眼看见。"

"这猫在派出所挂号了，听说牵扯到杨家别墅的凶杀案。"

"那美女死得不明不白，太冤了！"

"凶手既不劫色，又不劫财，到底想干什么呢？"

"会不会是得了夜游症的人干的，在睡梦里杀人？"

"没有预兆的谋杀。"

"太刺激了！"

"养这样的猫岂不是找祸吗？要是我，早赶它走了！"

"富人养狗养猫，那是逗乐，陶冶情操；穷人养这些东西，不是玩物丧志吗！"

"这猫说不定身上附有外星人的灵魂，我们在这儿说它坏话，被它知道了，它会来报复我们的，还是不要说了，做生意吧！"

"猫说人话，是不是要地震了？"

"别瞎说，当心有人告你造谣惑众，把你抓起来！"

"做生意挣钱才是硬道理。"

人们七嘴八舌，说东道西，好听的、难听的话都有，赵秀英装作什么也没听见，买好菜，快步走回家。她把鸡炖好，圣婴喝了点汤，吃了些鸡肝和鸡肫，随后沉沉睡去。

她倒了杯烧酒，一边喝，一边吃鸡爪、鸡头、鸡翅，这是跟父亲学的吃法。

外面的灯亮了，东边不远的一户人家刚添了个孙子，正在燃放鞭炮庆贺。

赵秀英喝了半瓶烧酒，头晕目眩，跌跌撞撞地到墙角的马桶上方便。方便完，她回到桌子边，又斟满了一杯酒，一口喝下肚，衣服也没脱，一头倒在床上。

石榴花开。赵秀英住的屋子门前有几棵白石榴树，粉嫩的花朵在太阳的照耀下越发娇艳。她白天和圣婴待在家里，黄昏才出来活动一下身体。圣婴的伤好了，变得异常敏捷，常常趁赵秀英不注意，蹿到石榴树的枝头，嗅着芬芳的花，发出古怪的叫声。

夜静更深时，它会长时间地蹲在她的床前瞅着她，眼里流露出一种赵秀英从没有见到过的复杂神情，这种神情让赵秀英非常担心。

不但如此，圣婴还常常出现焦躁、冷漠、愤懑的情绪，每当这些症状出现，赵秀英便扔下一切，温柔地安慰它，带它出门散步，直到这些症状消失。

"是不是试验留下的后遗症？那两个家伙，鬼着呢，屁股一拍走了，什么科学试验，我和圣婴怕是上当了？"赵秀英后悔当初相信了柳医生的话。

她想把圣婴送回红花寺，重新找份工作。饺子店的姐妹俩对她不错，不过不知道还要不要她了。

三天后，赵秀英带着圣婴来到医院找刘医生。她把圣婴藏在一个大包里，反复告诫它不要惹事。为了遮人耳目，不让别人说三道四，她用自己的身份证给圣婴挂了个号，静静排在最后，等前面的人看完了，这才从容地走到刘医生面前。俩人对视，刘医生问她哪里不舒服，她摇摇头。

"没病来看什么医生？"

"是它，不是我。它总是深更半夜在家里走来走去，我怕。"她从包里把一脸苦相的圣婴拽出大半个头来。

"大姐，你有没有搞错！我不是兽医，你叫我给一只畜生看病，而且还是神经方面的毛病，真是怪事，你想闹事不成？"这几年医闹不少，刘医生听了赵秀英的话，啼笑皆非，以为赵秀英心怀不满，有意来找碴儿。

"你们拿它做试验，怎么治不了它的病呢？"

"这是两码事，那时是那时，现在是现在，快去找兽医！"

"你们不是说要对它负责到底吗，怎么变卦了？"

"大姐，别强词夺理好不好，医院是给病人看病的地方，是公共场所，不是胡搅蛮缠的地方，你这样蛮不讲理，叫我很难办啊。这样吧，罗兽医是我高中同学，我给他说一声，价格优惠，你去他那儿看，好不好？"刘医生怕影响自己的声誉，强压下火气跟她说好话。

"我是来找你的，你连一只猫的病都看不好，还能给人看病？"

"大姐，你说话要负责任，不能信口开河！"刘医生的额头全是汗，他严肃地看着眼前的人，想了想，不耐烦地问圣婴，"你哪里不舒适？"

"身体好好的，就是脑筋不行，总爱胡思乱想。"圣婴说。

"我是骨科医生，不是神经专家，你要是腿脚断了，我马上给你接上，这个，我实在无能为力，去神经科吧。不过他们快下班了，明天来吧，那儿要预约的。"他看出圣婴的确有些问题，口气缓和了许多。

"我头晕，控制不了自己。"这些天来，圣婴头一次正经八百地跟人说话。

"你问问柳医生，会不会是试验后遗症？"赵秀英说。

"那家伙很固执，总认为人类的生存环境受到了极大的破坏，人类危在旦夕，需要某些超级动物的帮助，或借助它们的智慧、能量、认知，才能应对随时可能出现的灾难。"刘医生随口一说，却把赵秀英吓了一跳。不过，她很快就镇静下来，怀疑刘医生是在吓唬她。

"你真聪明，话说得漂亮。"圣婴夸赞。

"你们一会这样说，一会那样说，谁晓得哪个是真是假！"赵秀英摇摇头。

"这是边缘科学，怎么说你也不懂。"刘医生边说，边给柳医生打电话。

"什么事呀？"电话通了，对方问。

"这只猫来看病了，说头晕，胡思乱想。"

"其他方面有无问题？"

"据我观察，它的动作似乎有些迟钝，但说话还算正常，思维能力时强时弱，难以诊断。"

"看来它已到了进化的十字路口，可惜，这场试验没有继续进行下去，我们可能再无机会了！"

"我们这么对待它，它为什么不反抗呢？为什么任我们摆布呢？"

"我正在研究，相信不久的将来会有答案的。"

"它像是一头关在笼子里的北极狼，眼睛里充满了仇恨，会不会某天突然攻击我们？"刘医生再一次想起科幻片里的那些超级生灵，战战兢兢地瞅了一眼圣婴。

"下礼拜天我去看看。"

"我有预感，我们被某种……某种怪物盯上了！"刘医生似乎从圣婴的眼睛里看到了某种不祥征兆，问圣婴，"你可以逃走的，为什么不逃？"

"我逃走，她怎么办？你们会放过她吗，还有我的贝贝？"圣婴指着赵秀英。

"我的天哪，你真够朋友，讲义气，佩服！"刘医生没想到一只畜生会有如此的仗义之心，瞬间感动得泪水在眼眶里打转。

"圣婴，走吧，明天再来。"赵秀英同样泪流满面，抱着圣婴回家去了。

第二天，赵秀英一早就要带它出门去挂号，圣婴却对她说不去了，它想去杨家别墅看看。赵秀英疑惑不解，圣婴没有说什么，独自出了门。

赵秀英锁上门，来到之前工作过的美食街，找到饺子店，发现店已经关了。她大惑不解，来到隔壁一家卖牛肉粉的小店，问早前认识的一位和自己同样做杂工的妇女。

"你走了没多久，门就关了。"

"为什么？不是好好的吗？"

"这些小店，主要客户对象就是外地人，本地人只不过偶尔来尝尝鲜，打工浪潮过去了，客人自然少了，加上店面租金太贵，不关门才怪呢！"

"客人都去哪儿了？"赵秀英问，像她这样全家出来打工的人非常多啊，怎么说没人呢？

"老板生意不景气，去了各项开支，能剩下几个钱？只好关门呀！"

"你们家生意不错嘛！人来人往的。"赵秀英点点头，表示同意。

"哪里有多好呢，门面房是老板自己的，当然比一般店强些。"

"原来这样啊！"

"房子这样贵，有的店看似红火，其实不然，挣的钱还不够交房租呢！

只是一般人不晓得罢了,做生意哪有宣传的那样好,都是骗子!"妇女说。

"你们家要人吗?"赵秀英不好意思地问了一句。

"怕是不要人了,前天一个年龄同你差不多的妇女来,老板娘没有要,要不,我去帮你问问?"

"算了吧,我再找找。"赵秀英不想麻烦人家。

"你是名人了,应当好找工作啊,怎么没人要呢?"

"我哪里是名人,大姐说笑了。"

"你家那只猫不简单呢,我看哪,你不如去大饭店,凭你的名气,不怕他们不要!"妇女给她出了个点子。

"人家要年轻漂亮的,我去凑什么热闹。"

"也是,如今男女都这德行!"

俩人说了一会儿话,赵秀英返回到路口,她怕时间长了,圣婴进不了家门,出去闯祸。她正要过马路,却见上次那个做中介的妇女站在门口向自己招手,她走过去,没等自己开口,妇女立即大惊小怪地叫起来。

"哎呀,妹妹,我是冯姐啊,不认得了?你真不一般哪,家里养了只闻名天下的灵猫,这可是聚宝盆啊!咱俩有缘分,不是我夸你,一看你就是有福之人,不发财那才叫怪事呢!"冯姐语气笃定,不晓得对方葫芦里卖的什么药。

"哪有什么灵猫,聪明点罢了,没你说的那样神!"

"太谦虚了,怕我沾你的光是不是?"

"哪里的话,唉!"

"你叹什么气?"对方不明白她的苦处。

"它是出名了,我却连工作都找不到,你说,这是怎么回事啊?"赵秀英说了实话,忍不住想掉泪。

"那是你没有碰到伯乐,伯乐与千里马你懂吗?唐朝一个大文人写的。先有伯乐,后有千里马,说得好啊,了不得!"冯姐激动得手舞足蹈。

"不太懂。"

"打个比方,你现在就像没出名前的明星,一个丫头片子,什么都不是;后来遇到了大导演,有权有钱的人,一下子成名了。"冯姐叫喊的声音吸引了路过的一些人,大家停下脚步看着她,不明白发生了什么事。

"什么千里马，我不懂啊。"她被人瞅得心烦意乱。

"有个文人说，千里马常有，而伯乐不常有。这是个圣人，他说得没错。别摇头啊，急死我了，怎么跟你解释呢！千里马就是好马、宝马、贵马、有钱马，世上多着呢，但像我这样的人却很少，懂吗？明白吗？"冯姐拉着她的手说。

"我实在不知道你在说什么！"赵秀英急了，闹了半天，她还不知道冯姐到底想干什么。

"我把店面关了，你带上那只猫，咱俩合伙开一家灵猫风水馆，去电视台做个广告，给有钱人、病人、倒霉鬼、想发财的人、想生儿子的人、想升官的人算命，不出几日，保证财源滚滚，到那时你就是富婆了，一千万算个屁啊，宝马奔驰有你开的，小鲜肉有你挑的！"冯姐比比画画地说出计划。

"能行吗？"

"当然行，那些想发财的人、想出名的人、自感要倒霉的人哪一年不去寺庙烧香磕头，求神仙保佑，扔下大把的钱上供！"

"人们真的相信吗？"

"新鲜事物，由不得他们不信。如今你家的猫被传神了，就算要他们的命，他们也会给，你说是不是？"

"命都没有了，还要钱干什么？"

"这是夸张说法，别抠字眼。"

"天下有这么好的事？"赵秀英被冯姐说得迷迷糊糊，拿不定主意。

"别犹豫不决了，这样的好事千万别错过了！大姐，求你了，发财的机会就在眼前，你可千万要想明白啊！"冯姐一会儿叫她大姐，一会儿叫她妹妹，只差给她跪下了。

冯姐开这个小小的中介所，不过是为了打发时间、装门面而已。她最近在家里跟老公闹矛盾要离婚，现在商机就在眼前，岂会轻易放手。

"万一不行呢？"赵秀英问。

"行，肯定行！不行的话，我光屁股顺着这条街跑三圈，唱一首情歌！"冯姐赌咒。

"会不会犯法？"赵秀英问。

"哎呀，我的妹妹，你真是没有见过世面，你去前面那条街看看，好几

第十一章：大闹天宫

家挂牌子看相看风水的，也没见谁有事。现在不像以前管得严，不要紧的，你放心，出了事，我一人兜着，咱俩签个合同，这下你放心了吧！"冯姐保证。

"我得回家问问圣婴愿不愿意，它今天去杨家别墅了。它要是不愿意，那就算了。"赵秀英心动了，但又怕圣婴不答应。

"你求求它，它要啥都行，哪怕给它跪下，只要三个月我们就能发财了，实在不行，两个月也行啊。亲姐，千载难逢的好机会，万万不能错失啊！"冯姐心急火燎，把头发弄散了。她本来就胖，脸皮油光光的，这一急，更是亮晶晶的。

"好吧，我回家试试。"赵秀英点头，然后走了。

"千万要跟它说好话呀，把你一个女人的难处说给它听，求它帮帮忙。动物都是有爱心的，会帮助你的，不像人，为了钱六亲不认。昨晚我梦见神人对我说，今天必有贵主上门，果真如此，阿弥陀佛！阿弥陀佛！"冯姐跟在她身后唠叨。

"万一不行呢？"赵秀英不敢保证。

"明天晚上我请客，你把它带来，我亲自跟它说。就在左边那家鱼馆，猫喜欢吃鱼，到时我们点些深海鱼给它吃。俗话说，吃人嘴软，拿人手短，只要它吃了，就好办了！"冯姐说。那家鱼馆门前停了不少车，看起来生意不错。

"行吗？"

"咱豁出去了，只要它同意，让它入股，大家三三分成！"

"它要钱干什么？"

"不要钱也行，其他条件随它要：房子，美女……"

"它又不是人，要什么美女？"

"我说的美女是指那些年轻漂亮的母猫，美国的、日本的、韩国的……要什么给它什么，全是洋妞，一个比一个性感、漂亮！"冯姐说得神采飞扬，恨不得说圣婴要自己都行。

"这么好的条件，也许行。"

冯姐目送赵秀英离去，回到店里，对着塑料做的菩萨跪下接连磕了几个头。她打定主意，利用圣婴的名气，找人集资开一家豪华的灵猫馆，来个快速致富。

她决定马上行动，散布消息，提前造势。

天黑前,她要开一家豪华灵猫馆的消息就在这条街上不胫而走,天黑后,整个片区都知道了,又过了一会儿,半个城的人都知道了,没等冯姐关门,已经有好几个人前来探听虚实,在得到百分之百的肯定答复后,他们马上表示愿意投资、借钱给她。

　　"我考虑一下你们的投资。不瞒你们说,银行的人已经打电话给我了,说要多少给多少,我正为难呢:不要吧,都是熟人;要吧,我又不缺这点钱。这样吧,你们先回去,明天再说。这只猫说的每一句话都是和璧隋珠啊,它说谁发财,那他明天就会发财;它说谁后天娶老婆,那他后天一定会娶;它说谁倒霉,警察不出三天就会站在他面前;它说谁是贪污犯,那他一定是;它说谁是坏人,那它一定是坏人。"冯姐并不傻,她要放长线钓大鱼,趁热打铁把圣婴的绝活放大。这些人是她无本生利的活广告,他们出了这扇门,不出十分钟,关于灵猫馆开张的事全城人就会晓得,心中有鬼的人听到后,定会上门来讨教。

　　"那我们等你的好消息。"几个人见冯姐爱搭不理的样子,只好去茶馆喝茶了。

　　"这么容易就上钩了,难怪骗子一个接一个。"想到几天后,自己就要飞黄腾达了,她乐得扭腰翘屁股,一路小跑来到河边的空地上,跟几个大妈跳起广场舞来了。

　　一个星期后,冯姐把中介所关了,搬到另一条更宽广的大街上,在一栋大楼里租了个办公室,挂上灵猫研究中心的牌匾,火速招了三个年轻漂亮的姑娘负责接待前来咨询的人。

　　这几天,城里的大街小巷中张贴了数不清的这样的小广告:灯城大街,月上楼十二号,灵猫研究中心正式成立,为广大人民群众排忧解难。灵猫上知天文、下知地理,无所不能。没有效果,分文不取!

　　再说赵秀英那天回到住的地方,等到十二点还没有见圣婴回来,锁上门,正要出去寻找,却见海棠花园里的那只猫带着十几只虾兵蟹将在门前马路上徘徊,它们走来走去,不声不响,像是有备而来。

　　"走开!"她明白了,这是狮子前来寻仇了。

　　"呜呜!"群猫一齐发出吼叫,没有把她放在眼里。

　　"再不走,我打死你们!"她拿着扫帚,挥舞着,想把这些步步紧逼的

第十一章：大闹天宫

猫赶走。

狮子没有退缩，走到离赵秀英几尺远的地方，一声尖叫，露出锋利的牙齿，接着纵身跳起朝赵秀英扑来，其他猫一股脑地跟在它后面。

就在这危急时刻，赵老太的儿子从工地上下班回来了，一见情况危急，挥起铁锹朝它脑瓜打去，狮子闪身躲开，但屁股还是挨了一下，它怪叫一声，倒在地上一动不动。其他的猫四散而逃，不过，它们并没有跑远，惊慌失措之后返回来把赵老太的儿子和赵秀英围在当中，虎视眈眈地盯着两人。

"我叫你咬我，打死你！"赵秀英气呼呼地挥着扫帚朝狮子头上打去。

"打死了，烧龙虎汤！"赵老太的儿子再次挥起铁锹。

"哇！"躺在地上的狮子一个跳跃，纵身越过赵老太儿子的肩膀，顺势在他脖子上狠狠抓了一爪子。

"奶奶的，装死！猫都欺负我一只眼，今天不把你打死，我就不姓赵，不叫赵虎！"赵老太的儿子发怒了，转过身，抄起铁锹直奔狮子，准备一下子了结它。

"你们干什么？"赵老太听到动静，出来问话。

"妈，这只猫想咬我！"赵虎一分神，狮子趁机而逃。

"这些猫无法无天，天天晚上来这里闲逛，人走得好好的，它一下子从草丛里蹿出来，吓得人魂都掉了！"赵老太这阵子天天去麻将馆打牌，很晚才回来。

"谢谢你了！"赵秀英惊魂未定地向赵虎道谢。

"不要客气，不要客气。"赵虎反而不好意思了。

"没有你，我今天还不知道怎么办呢！"

"原来这些猫是冲着你来的。不是我说你，女人没有男人护着哪行哟！唉，多可怜啊，连猫都要找你的麻烦，以后你要怎么办哟！"赵老太唉声叹气。

"我一个女人，你不也是一个女人，你能过，我为什么不能过？"赵秀英心里这样想。

闻听这儿出了事，许多年轻人光着膀子过来看热闹，一时间，这附近都是人。大家七嘴八舌地议论这件稀奇事，话题自然而然地又说到圣婴和狮子身上。

"你家的猫呢？"

"狮子找上门来，是好事，还是坏事？"

"这俩畜生咬红了眼，不分出胜负来，怕是不好办呢！"

"猫学人说话，这不成精了吗！"

"实在是让人不放心啊，万一是什么妖孽作乱，那还得了！"

"离它远点，那是只妖猫！"

"刚才这只猫会装死，不是善茬！"赵虎说。

人们越说越离奇，有人似乎看到了什么不祥之兆，神经质地东张西望。赵秀英被人们说得心灰意冷，坐在门口的一张椅子上，一句话也不说，只顾掉泪。

"别怕，有我呢。"赵虎见人走了，来到赵秀英面前，安慰她不要难过。

"它没害过人，也没惹过谁，不就是一只畜生吗！"她哭起来，对眼前这个男人说。

"它到底是一只什么样的猫，让人们怕成这样？"赵虎问他。

"普通猫。"她说。

炎热的盛夏，天上星光璀璨，空气中带着燥热，赵秀英出了一身的汗，加上蚊子嗡嗡叫得人心烦，一时性急，差点晕厥。她不搭理对方，回到房里，把门关好，打开电风扇吹了半天，直到外面一点动静没有才起来烧水洗澡。

"大姐，你的扇子还在外面呢！"赵虎的声音不像一个看上去很凶的男人发出的，像是六个月大的小猫跟女主人撒娇的声音，赵秀英听了，差点笑起来。

"放在那儿吧，不要紧的。"她岂能不明白对方的意思呢？

"那只猫再回来怎么办？"赵虎在外面说。

"我关上门，你走吧。"她心里乱跳，生怕这男人不顾一切撞开门冲进来对自己施暴，随手把灯拉灭了，屋里顿时漆黑一片。

"走吧，心急吃不了热豆腐，明晚再来。只要功夫深，铁杵磨成绣花针。一个外地女人还这样骄傲，真是的！"外面，赵老太小声劝说儿子。

赵秀英躺在床上一动不动，直到外面一点动静也没有。

这一夜，她没有睡着。

拂晓时，圣婴回来了。

赵秀英打开门，好像数十天没见到自己孩子的母亲，一把将它抱在怀里，

第十一章：大闹天宫

泪水直流。这时不知谁家的公鸡啼叫了一声，整个片区只有这一只公鸡的声音。这只公鸡多半是乡下人带进城里、没来得及宰杀而留下的，虽说时日无多，但它依然没有忘记自己的天性和使命，忠实地履行自己的义务，提醒人们新的一天开始了。

赵虎站在白家门前，向她这儿张望，但最终没有再过来说话。

"你去哪里了？"

"杨家别墅，昨天跟你说了。"圣婴声音清晰，底气十足，一扫之前的颓丧。

"有事吗？"她问。

"去看看，没什么。"圣婴回答。

"冯姐要跟我们合作，你看行吗？"赵秀英小心翼翼地说完冯姐的计划，问圣婴，"挣了钱，我带你离开这儿，过好日子去。"

"行啊，我正愁没事做呢。"圣婴爽快地答应了。

赵秀英疑惑地看着圣婴，心里七上八下。这么大的事，圣婴考虑都没有考虑就同意了，真叫她犯难了。

"万一不行怎么办，你能说得准吗？"她拍拍圣婴的屁股问。

"你放心。"

赵秀英见圣婴说得如此果断，也就不再怀疑了，她相信圣婴不会害自己的。晚上，她带着圣婴来到鱼馆，冯姐包了个包间，里面坐着三个男人，一个女人，正在等待她。

"妹妹，你来了，快坐下，我给你介绍一下：红哥、郑哥，都是道上人，听说我要跟你开灵猫馆，特来给大姐撑腰壮胆的；这位妹妹是我的同行，想入点股份；这是老姚，跟我一个锅里吃饭的。"冯姐把在座的人介绍完，吩咐服务员上菜。

赵秀英眼见几个人老是瞅着自己，有点害怕，差点想起身离开。

"还有我呢！"正当她不知如何是好时，圣婴跳上桌子，对着冯姐说起话来。

"下来，不要乱说！"赵秀英急了，红着脸责怪它。

"是她请我来的，又不是我要来的。"圣婴坦然自若。

"对，对，我介绍一下。"冯姐对几个面面相觑的人说。

"你知道我的来历？"圣婴挤眉弄眼地问她。

"这个嘛，这个……不太晓得，反正你不是一般的猫，你是圣猫、神猫、上仙投胎的，不像我们普通人，啥都不清楚，只会讲人话，不会讲猫话！"冯姐支支吾吾，很是尴尬。

在座的人见圣婴对答如流，仿佛见了鬼似的，方才明白天下的奇事自己没见过的实在是太多了，一时间，谁也不说话。

"这位老兄太严肃了。"圣婴指着老姚说。

眼见圣婴毫不客气、目中无人，坐在桌子首位的老姚气不打一处来。他根本不赞成老婆冒这个险，认为冯姐的头脑最近有问题。猫说人话，跟鹦鹉学舌差不多，老婆装神弄鬼，弄不好会出乱子的。

"你说我是干什么的？"老姚脸上没有一丝笑容。

"清水衙门，管龙王下雨的姚副主任。"圣婴回答。

"神了，说得好！"冯姐竖起大拇指，满面春风，神气活现地说，"这可没人教它，你就是不信邪，所以才混到这种地步。世间是有神灵的，不能不信，否则，会招霉运的！"

"你信口雌黄，思想有问题是不是？"姚副主任站起来，指着圣婴的鼻尖骂道，"你是哪路怪物，敢在此胡说八道，当心老子揍你狗日的！"

"哟，这么大的火气，跟雷公差不多，难怪升不了官。"圣婴伸出左前爪轻轻拨开对方的手，没有丝毫的胆怯。

"胡言乱语，让派出所把你抓去关起来！"姚副主任再次怒斥圣婴。

"我没犯法，凭什么抓我？"圣婴舔了舔左前爪，在脸上擦了一下，不慌不忙地说。

"姚哥，有的东西不可不信啊！"坐在身边的瘦子提醒。

"我的身份能让我相信它的话吗？老弟，传出去如何了得啊！"姚副主任两眼瞪着圣婴，气得说不出话来。

"别气成高血压了，得了病，让我跟着受罪。儿子眼看就要结婚买房子，你说钱从哪里来？"冯姐质问对方。

"儿孙自有儿孙福，操什么心！"

"我关心你就是关心我自己，懂吗？"冯姐生硬地回了一句。

"瘦鬼，最近交了桃花运没有？"圣婴笑着问另一个人。

第十一章：大闹天宫

"什么桃花运？"

"装糊涂？"

"说对了，我把你当祖宗供着！要是说不对，哼，别怪我姓红的翻脸不认人！"瘦鬼声色俱厉地警告圣婴。

"垃圾处理场的小会计跟你什么关系？"圣婴不紧不慢地问了一句。

"你不能捕风捉影，捏造事实！我们是同学，没别的关系，人家是有丈夫的！"瘦鬼一声大叫，猛然跳起来，要不是旁边的人拽了他一下，说不定会一下子跳到桌子上。

"前些天去水中仙开过房吗？"圣婴问。

在场的人愣住了，此猫果真无所不知啊！

"别说了，爷爷！你是哪里来的神仙？"瘦鬼双手一抱拳，认输了。

"兄弟，别问我，我自己说。"郑哥为人比较痛快，他对圣婴说，"我六十年代没读好书，七十年代上山下乡干革命，八十年代顶替父亲上班当市场管理员，没事喜欢打麻将、跳舞、喝酒、抽烟，就是不嫖娼、不吸毒，不然五毒俱全了！"

"还有别的吗？"

"我这种人能干别的吗？"

"怎么不能做点别的？比如读书、创业开公司、钓鱼、打太极拳、练书法，好多人业余时间就喜欢这个，练好了，上了大上海拍卖行，一幅字就是好多钱！"圣婴在桌子上连蹦带跳，活像国外某电视剧里的一个小丑。

"兄弟，你前面说的话我佩服，后面的话有些欠妥。什么书才能让我这样的人感兴趣？创业？那是疯子说的胡话，都去创业，东西卖给谁啊？至于你说的练书法，不瞒你说，我老家一个生产队加入市书法家协会的就不下十人，那是什么书法啊？要么像老牛拉屎，先硬后软；要么像得了痨病的人拉肚子，稀稀拉拉；要么像鬼谷子画的符，圈来圈去，谁都不认识！"

"果然是江湖中人，豪爽，说话实在！"

郑哥眉开眼笑地炫耀自己："不管是雁门关外，还是雁门关内，哪条道上都有我朋友，以后，若有难处，找到我，我不说二话！"

"只要郑哥、红哥在门前一站，就是妖魔鬼怪也要给三分面子，别说人了。"冯姐对赵秀英说。

"我入一股，行吗？"坐在一旁一直没有说话的女人问冯姐。

"别人不行，你水清玲当然行，谁不晓得我们姐妹俩的关系比亲姐妹还要好！"冯姐拍了她一巴掌。

"我没钱。"赵秀英不好意思地说。

"哪里要财神爷出钱呢，你只要把它侍候好就行了，剩下的事，不用你操心，等着大把分钱吧！"冯姐眉飞色舞，端起酒杯一声大叫，"兄弟们、姐妹们，干杯！"

"你若能保证咱们兄弟几个发财，我马上辞职，天天把你扛在肩膀上当爷！"姚副主任边说边伸手在圣婴屁股上摸了一下，没想到圣婴凶相毕露，抬起左后脚在他胖乎乎的手背上用力一蹬，吓得他往后一仰，差点跌倒在地。

"你手上的肉比我屁股上的都多！"圣婴叫道。

"畜生哪里懂礼貌！"姚副主任低下头小声嘀咕，幸亏圣婴没有听清楚，以为他要朝地上吐痰呢。

"吃饭！这家鱼馆的鱼全是深海鱼，吃了不会得高血压、肥胖症。"冯姐见赵秀英半天不说话，热情地招呼她。

赵秀英从一进来，就懵懵懂懂的，虽然怀疑这是个圈套，可又找不到破绽，心里不踏实，饭一吃完，就带着圣婴回到住的地方。

"你胃口不错嘛！"坐在床边，她生气地问圣婴。

"没花自己的钱，干吗不吃？不吃白不吃。"圣婴靠在枕头上闭目养神，一副悠然自得的样子。

"你怎么不反对呢？我这心里一直不安，左眼皮跳来跳去的，就是不放心，总觉得什么地方不对劲。"她脱掉鞋，准备洗脚。

"他们在演戏呢，不答应，怕是不行的。"圣婴起来躺在她怀里。

"怎么办？那个郑哥和红哥看上去就不好惹。"赵秀英急了。

"有我呢，怕什么！"

赵秀英见圣婴无所谓的样子，也就不说什么了。

第十二章：舞蹈的猫

灵猫馆开张之日，果然门庭若市。

赵秀英带着圣婴站在隔墙后面，只让圣婴露出头来，人们排着队从它面前走过，每个人一次只能问一件自己想问的事，而且时间不能超过一分钟。

许多人从很远的地方赶来，只为一睹圣婴的尊容，他们虔诚地献上各种鲜花，祈求它的祝福。因为有言在先，灵猫馆不卖票，不推销商品，但如果这样，岂不要做亏本的买卖？当然不是，得到祝福的人，被点拨解惑的人，纷纷掏腰包，这样一来，比卖票的收入还要多，这个点子是冯姐的好姐妹——水清玲出的。

五点下班后，冯姐按照比例把当天的钱分完，拉上赵秀英、水清玲，三人带着圣婴来到一家洗浴中心，包了个房间，蒸完桑拿后，睡在舒适的床上闭目养神。

圣婴累坏了，躺在沙发上睡觉。

"妹妹，什么感觉？这钱来得快吧？"冯姐问她。

"有点。"赵秀英说，猜不透冯姐什么意思。

"明天人还会更多，要让圣婴吊吊这帮蠢材的胃口。要想快速致富，只能在他们头上拔毛。怪不得老娘心肠狠，咱也是穷得走投无路才这样的！妹妹，加把劲，在它面前多多说好话。"冯姐说出心里的打算。

"圣婴不同意怎么办？它今天累坏了，睡觉呢。"赵秀英站起来，想看看圣婴，没料到披在身上的毛巾滑了下来，结实的肉体一下暴露在灯光下。

"大姐真是一身好肉，哪里像我，到处都是病。"水清玲把身上的毯子拿掉，指着下身和耷拉的乳房说，"这儿有炎症，不出三天就痛一次，做女人真倒霉！"

她非常瘦，肋骨、腿骨、股骨、手臂骨节突出，让人看了很难过。她是离过婚的女人，而且没有孩子，有人说她不生，有人说她有病，又有人说她做姑娘时太风流，弄坏了身体，想生也生不了。

"咱姐妹仨团结一致，紧密合作，才能发家致富。我们既没有后台，也没运气，大款傍不上，只能靠我们的智慧，大家说是不是？"

"喵，漂亮啊！"圣婴在说梦话。

"这家伙要是能变化就好了，可惜！"水清玲看着圣婴，一声叹息。

"变什么？变白面书生？英俊小生？"冯姐问。

"《聊斋》啊，我读了你，还不是什么也没有得到！蒲老先生定是见过无数的鬼怪，不然，怎么写得那么好呢？"水清玲像是刚被人甩了的十八岁大姑娘，一副可怜兮兮想哭的模样。

"有啊，明天就会来的。"圣婴在梦中答了一句。

"真想抱抱你啊！"水清玲两眼盯住墙上的装饰画，若有所思。

"它又不是《聊斋》里的狐狸精，抱它干什么？"冯姐笑眯眯地问她。

"心烦呢。"

"心烦，抱有什么用？"

"我的钱呢？"圣婴被吵醒了，问赵秀英。

"在这儿呢。"赵秀英指着包说。

"你要钱干什么，养我吗？"水清玲仰面朝天、四肢张开地躺在床上调侃它。

"我要养她。"圣婴指着赵秀英说，"我饿了，要吃饭。"

"哎呀，你还瞧不起我，这城里跳舞的人哪一个不说我是美人，温柔又好色！"水清玲逗弄圣婴，三人全笑了。

出了洗浴中心，三人顺着万福寺前面的一条马路来到一家刚开的素菜馆，里面人不太多，安静素雅。老板娘认识水清玲，热情地招呼她们到包厢坐下，亲自为她们推荐了几个素菜，并且喋喋不休地说了一些吃素的好处，对生意的冷清感到不理解。

"大家为什么不来吃素呢？我挣不了几个钱，主要是替顾客的健康着想，如今好人好事实在难做！"

"大姐，不要急嘛，生意会好起来的。"水清玲安慰她。

"现代人天天大鱼大肉，结果把身体吃坏了，辛辛苦苦挣来的几个钱全

第十二章：舞蹈的猫

送给了医院，何苦呢！吃素多好，既美容又长寿，我如今一日三餐吃素，你瞧精气神多好啊！"老板娘在原地轻轻转了个圈，以证明她的话没有半点虚假。

"有的人就是嘴馋，没办法。"冯姐自我解嘲。

吃饱喝足，水清玲打电话约了几个人要去跳舞唱歌，赵秀英不想去，一个人打的回到住的地方。

"你为什么不去？"圣婴问她。

"我不会。"赵秀英边脱鞋子边说。

"学嘛。"

"你学坏了。"

"我看你太寂寞，偶尔疯狂一下，没人说的。"圣婴把头伸进杯子里喝水。

赵秀英一时语塞，听着盛夏里的蝉鸣，王律师的身影出现在眼前。她的脸一下子红了，呆若木鸡地望着圣婴，像是自己的心事被它猜中了一般尴尬。

近来时兴吃虫子，外面有人在捉柳树上的蝉，据说这种小东西含有丰富的蛋白质和其他对人体有益的维生素，能增加免疫力，用菜籽油炸熟后，味道不错。

赵秀英在这日渐稀少的蝉声里还听到了另一种叫声：陌生的猫叫声。这是一只母猫，叫声悦耳动听，仿佛是从心底发出的呼唤，令人神魂颠倒、心驰神往，连赵秀英都被它感动了，犹豫要不要放它进来。

"开门！"圣婴两眼放光，语气急促。

"它从哪里来的？"赵秀英问。

"多美的声音，它是来找我的！"圣婴摇头晃脑。

"你出去，万一碰到狮子怎么办？"赵秀英担心。

"我自有办法，快开门！"圣婴陶醉了，不顾一切要出去。

"你今天说的话都是真的吗，人们要是发现被骗，找上门来怎么办？"赵秀英怕圣婴出去惹是生非，换了个话题来分散它的注意力。

"他们敢吗？好意思吗？我就是胡言乱语，他们也会当真的。"圣婴没当一回事，两眼放光，紧盯门口，左耳来回抖动。

外面的母猫不叫了，圣婴焦躁地望着门口。赵秀英不清楚外面的这只母猫是敌是友，加上捕蝉的人已经回家了，她更加害怕这只来历不明的猫。因为它的叫声太撩人了，有着不可抗拒的诱惑力，仿佛是只受过专业训练的猫。

圣婴不顾赵秀英的阻拦，头也不回地消失在夜色里。

这一夜，圣婴没有回家，赵秀英担心它跑丢了，彻夜未眠。外面的猫叫声断断续续，有时温柔，有时烦躁，有时刺耳，有时又像在闹着玩。

天刚有一丝曙光，赵秀英打开门，见圣婴咬住一只花猫的脖子。花猫是只性感的母猫，有气无力地趴在地上，连连发出求饶的叫声。赵秀英吓得直哆嗦。

"喵，哇哇！"圣婴大叫，警告她不要多事。

"你想咬死它？"夏天的早上，这个时辰最凉爽，许多人还在睡梦里，赵秀英瞅着寂静的四周，胆战心惊地问圣婴。

圣婴没有回答，奋力将花猫拖进家里。

圣婴露出了本性，它居然如此凶残！赵秀英心灰意冷，不晓得该如何跟冯姐解释。

她把门关上锁好，来到河边的草地上，坐在木条椅子上，看着晨练的人，心生凄凉。家散了，瑶瑶没有音信，儿子媳妇几乎忘掉了她这个母亲，还有王律师，分手后她再也没有听见过他的声音。

一对小情侣手拉手走过来，站在竹林的阴影里如痴如醉地亲吻，赵秀英看了一眼，认出男的是王主任律师事务所的小伙子——杨之凡。她悄悄走开，没有惊动他们。两个人吻得十分投入，根本没有发现她。

她不想让人看见自己，悄悄回到住的地方，却见圣婴盯着地上的花猫，一副沮丧的样子。

"它死了？"赵秀英看着圣婴。

"不知道。"圣婴说。

"刘莉那天也是这样不明不白地死的？"赵秀英问，胸中涌起突如其来的愤怒。

"你疯了！"圣婴在床上跳跃，非常生气。

"刘莉怎么死的？"她问。

"我没杀她。"圣婴凶狠地盯住赵秀英，对她的不信任异常恼怒。

"可你在场，是不是你吓的？妖怪！"赵秀英豁出去了，骂圣婴。

"她叫了一声就死了，疯婆子！"圣婴凶相毕露，像要准备攻击她。赵秀英惊慌失措，想起二十年前丈夫对自己施暴的情景。

第十二章：舞蹈的猫

"刘莉就像这只花猫，多讨人喜欢，却死得不明不白！"赵秀英失去了勇气，开始哭泣，这也是每次被李公然打后的反应。

"随你说好了，反正我没杀她。"圣婴说完又要出去。

"你去哪儿，今天不工作了吗？"赵秀英哽咽着问。

"那是你们的事，不要惹我！"圣婴撂下这句话，径直走出门，消失在树林里。

"不懂事的畜生，气死我了！"赵秀英懊恼不已，却又没办法阻止。

她用一块新买的毛巾把花猫包好放进蛇皮袋里，出门朝公园走去，走了一阵，又怕别人发现，于是拐弯顺着护城河边向城外走去。她要把这只可怜的猫埋起来，不让任何人或它的同类知道它是死是活。埋葬了花猫，赵秀英坐在它身边泣不成声。

她来到河边，倚着围栏，见几条小小的鱼游来游去，寻找躲藏在水草丛里的水蜘蛛、水蚤。河两岸近年来栽了许多大树和奇花异草，新建了供人休息的凉亭和椅子。当地政府正在调整产业结构，发展旅游业，为此，原来开辟成农田的南湖去田还湖，重现了烟波浩渺、绿柳成行、舟楫如梭、莺歌燕舞的美景。

电话响了，她一看是冯姐的，犹豫要不要接。当手机再次响起时，她接了，冯姐焦急的声音传来："大姐，怎么不接电话？今天的人特别多，发财的机会就在眼前啊！"

"圣婴跑了！"赵秀英只回答了这么一句，便挂了电话。

冯姐接到这个不幸的消息，差点当场急晕过去，这么多的客人在等着呢！好在水清玲急中生智，马上对前来的人宣布：圣婴昨天太累，今天休息，改日再来。

"架子不小嘛！"有人远道而来，免不了发两句牢骚。

"没办法，到底是畜生。"有人通情达理，准备离开。

"那猫会不会是骗子？"有人起了疑心。

"昨天大家亲眼所见，岂能是假的？这是灵物，得有诚心才行，你这样胡乱猜测，会坏事的！"水清玲说得那人一声不吭。

"大家不要着急，可以预先挂号，明天只看三百人。"缓过神来的冯姐灵机一动。

"又不是医院，挂什么号？"

"你这人素质哪里去了？不挂号，乱糟糟的，行吗？"冯姐质问对方。

"收费吗？"有人问。

"我们是在做好人好事，不收费。这里有个赞助箱，你只要表示一下心意，就能到我这里领个号码。"水清玲解释规则。

许多人交了钱领了号，当然也有一毛不拔者，但这些人手中的号码无一例外全排在三百号之外。他们明白是自己太抠门的缘故，只好忍气吞声，希望明天有奇迹出现。

临近中午，灵猫馆里的客人才全部离开，冯姐带着水清玲心急火燎地来到赵秀英住的地方，见铁将军把门，只得唉声叹气，一左一右地站在门口守着。这会儿太阳高悬在头顶上，两个人热得浑身是汗，顾不上斯文，把外套脱下顶在头上遮阳。几个孩子见她们妖里妖气的，过来看热闹，一个调皮的小家伙抱着自家的宠物猫，一会儿叫它跳起，一会儿叫它说话，一会儿抽打它的屁股，直把冯姐看得心浮气躁，忍不住一声叫："赵秀英，死哪里去了？放我的鸽子，讲话不算数！老娘今天被你害惨了，明天那些人见不到灵猫，我就要破产了，要去坐牢了！"

"姐姐，小声点！再等等。"水清玲今天化了很浓的妆，一边安慰冯姐，一边用花手帕不停擦脸上的汗，结果把脸弄得像花狗屁股似的。

"打电话，打电话！"冯姐嘴唇起了一层水泡，阳光下，像镶嵌了一串漂亮的玛瑙，闪闪发光。

"她关机，你打再多有什么用！"

"咱东拼西凑来的钱，全是带利息的，怎么办？还有那些投资的股东，明天岂不要我的命啊！"冯姐哭天抹泪，很快惊动了房东。

"哪里混饭吃的，跑到我家门口哭什么？吃饱没事干是吧？那就找人约会去！"赵老太见两个妖里妖气的女人在自家门口哭哭啼啼，出言训斥。

"你家门口？"

"不是我家的，是你家的？"

"我们找赵秀英，她住这里。"

"谁知道她死哪里去了？你们是什么人？打扮得跟妖精似的，多不吉利！"赵老太没去过灵猫馆，不认识她们。

第十二章：舞蹈的猫

"老太太说话留点口德好不好，别当我们好欺负，你去东城问问，我冯青青好惹不好惹？还有郑哥红哥，跟我什么关系！"冯姐急火攻心，忘了这是别人的地盘，不顾一切，指着赵老太的脸斥责。

"哟，哟！这是我赵家村的地盘，你个野女人跑这儿来撒野，还骂我老太婆，讲不讲理？"赵老太见左邻右舍过来了，胆子大起来，上前一步抓住冯姐的衣领，用力一撕，冯姐白生生的胸脯一下露了出来。

"老不死的，把我衣服撕破了，走了光，你要赔偿我的精神损失！"冯姐见众人盯着自己的胸脯，恼羞成怒，一把揪住赵老太的头发就要揍她。

"这女人想钱想疯了，正中午，跑到我家门口跟鬼一样叫，死丈夫了呀！赵家要是有人倒霉，我非去法院告你！"赵老太虽说年龄大点，手脚却是利索得很，反手抓住对方的头发，俩人纠缠在一起，在门口来回转圈。

"你这老家伙不是省油的灯，今天教训你一下，让你知道天高地厚，人外有人、山外有山！"冯姐对着赵老太的脸就是狠狠一耳光。

"抓破你的脸，让你见不得人！"赵老太不甘示弱，一伸手，抓破了冯姐的脸，阳光下，血淋淋的伤口非常难看。

"放手！你们干什么的？"村干部来了，制止了俩人。

"我们找亲戚，她不在，误会了！"水清玲连忙上前说。

"那也不能跟一个老太太动手啊，打人犯法的。"村干部教训冯姐。

"走，算我倒霉。"冯姐吃了亏，拉着水清玲，掉头就走。

"这女人是新开张的灵猫馆老板娘，定是来找住在这儿的那个妇女，她们是一伙的。"昨天有人去过灵猫馆，认出了她们。

"赵三婶，叫她去派出所开暂住证，证明她没做过坏事，否则不能住在村里，出了事，你负不了责。"村干部对赵老太说。

"她养的那只猫惹是生非，万一给村里带来麻烦怎么办，你能承担责任吗？"一些人质问赵老太。

"听说它跟杨家别墅那个女孩子的死有关，别给我们村惹祸啊！"

"上次发生在海棠公园的猫战，全城人谁不晓得？赵三婶，你想钱想疯了，鬼迷心窍，怎么把房子租给这个女的？出了事，怎么得了！"

"好了，大家别说了，租房子是她的自由，但不能租给来历不明的人住，明天一早让她去派出所开证明！"村干部并没有过分为难赵老太。

"这女人很邪乎,少跟她接触。"

"看上去就是个普通女人,不像坏人嘛!"一位妇女抱着吃奶的孩子说。

"有点神秘。"

"她晚上经常出门吗?"

"没看见过。"

"单身女人跟一只猫,有意思!"

"防着点哟!"

众人议论了一会儿,见赵老太披头散发,傻瓜似的站在那儿不说话,加上头上明晃晃的太阳,失了兴趣,各自回家了。

傍晚时分,赵秀英回来了。

这一天,她逛了城里很多地方:上午游览了万福寺、石刻园、渡江战役指挥部,下午去商场买了几条内裤和一个胸罩,在一家小店吃了鸭血粉丝汤,随后在市中心广场坐了大半天,直到太阳西下。虽说是逛街,事实上,她是想碰碰运气,看能不能找到圣婴。

她关上门,打开手机,通信录里几乎全是冯姐打来的未接来电,只有最后一个引起了她的注意——王律师打来的电话。

她望着这个号码出神,正在纠结,门口传来熟悉的脚步声。

"你回来了?"是赵老太的声音。

"回来了。"赵秀英打开门,她并不知道今天在赵家门口发生的事。

"猫呢?"

"没回来。"

"你明天……你明天能去开个证明吗?"赵老太鼓起勇气说。

"什么证明?"

"派出所证明,证明你不是坏人。"

"我有身份证,派出所的洪警官认识我。"她说。

"你有别的地方住吗?"赵老太又问。

"这条街走到头,拐弯不远处有家律师事务所,里面的王律师认识我,怎么了?"赵秀英问。之所以提到王律师,可能是因为刚才看到了他的手机号码吧。

"没事,没事,闲聊两句。"赵老太本想说出今天发生的事,一见赵秀

第十二章：舞蹈的猫

英又觉说不出口，只好回家去了。

回到家，儿子赵虎正在喝酒，也许一个人喝酒不舒畅，他愁眉不展，心事重重，一杯接一杯，见母亲从外面回来，头也不抬地问道："怎么样啊？"

"她不是坏人，派出所的洪警官认识她。"

"管她好人与坏人，我问我的事，你说了吗？"儿子口气带着责怪，大概是喝多了的缘故。

"她说给点时间考虑一下，我也不好说什么了。"赵老太眼见光棍的儿子一天比一天焦急，生怕他惹祸，只好跟他撒谎。

"外地女人，考虑什么呢？"

"你喝多了，千万别在她面前说什么外地女人。告诉你，前面那家律师事务所的王律师跟她是好朋友，你不能胡来。"

"好朋友？"

"这女人摸不透，不简单呢！"

"什么不简单？有本事的话，怎么跟我一样一个人？"

"那只会说人话、会算命的猫，为什么不跟别人，只跟着她？"赵老太坐在儿子对面，给自己倒了杯酒。她跟儿子一样喜爱当地人酿的烧酒，一次能喝二两。

"管她什么人，只要跟我，就是白骨精，我也愿意！"

"没出息！说出去，让别人笑话！"赵老太喝了口酒，摇摇头。

"就是女鬼、蝎子精，我也不怕！"

"喝多了，说酒话。"

"我心烦，娘，你不晓得吗？"

"娘心里比你更烦！"

"今晚天上有月亮吗？"

"今天十六啊，月亮正在天上挂着呢，你想干吗？"

"为什么有月亮，就不能月黑风高吗？"

"你想做傻事？我的天哪，你可不能干坏事，出了事，娘怎么办？"赵老太以为儿子想乘月黑风高之夜去当采花贼，急得号啕大哭，连在家的赵秀英也听得清清楚楚。

"好好的，哭什么？"她打开门，想看个究竟，忽见圣婴直向家里狂奔

左耳猫

而来。

"关门！"圣婴急促地说。

圣婴后面跟着一群杀气腾腾的猫，为首的正是狮子，它四爪腾空，犹如一只雄狮，狂叫着直扑过来，赵秀英砰地关上门。

"你又惹祸了？"赵秀英问。

"花猫原是它的小情人，它要我偿命！这家伙疯了，宣称城里的大街小巷全是它的地盘，还出了个通缉令，要全城的猫捉拿我，判我死刑！"

"通缉令在哪里？我没看到呀？"赵秀英被圣婴说得稀里糊涂。

"猫国里的通缉令无形无影，你用肉眼哪里能看到？"

"这也太夸张了，无形无影，这不是鬼吗！"

"你不是猫，知道什么，说了你也不明白！"

"越说越糊涂了。"赵秀英直摇头。

"西门墓园那儿，有一块大青石，上面若有很浓的气味和符一样的爪印，就是杀死某只猫的信号。"

"你怎么办？要不快逃吧，我送你回红花寺。"赵秀英慌了。

"不去，那地方太孤寂，没有城里好玩。狮子跟我过不去，想要我的命，不然回去把儿孙们叫来耍耍该有多痛快啊！"

"你害死了人家的红颜知己，理应偿命。"赵秀英没想到圣婴这样无耻，气呼呼地骂它。

"这是狮子使的美人计，我不杀它，它就要杀我！"

"那只母猫太漂亮了，死了真可惜！"赵秀英说。

"别替它难过，告诉你，猫中从来就没有什么正人君子，别看它长得漂亮，心狠手辣着呢！"

"它们在外面守着，怎么办啊？"

"别担心，一会儿它们就要倒霉了。"圣婴好像胜券在握，一副神秘的模样。

"你这讨厌的家伙，越来越诡计多端了。"

圣婴左耳弯折，右耳竖起，眼睛如蓝宝石一般，认真地看着赵秀英，充满柔情地说："可是我爱你！"

"爱我？这话是跟谁学的？"赵秀英心惊肉跳地问圣婴，这种惊世骇俗的话将她吓蒙了。

第十二章：舞蹈的猫

"我是猫，却有了人的灵魂；我是人，却披着一身的猫皮。"圣婴轻轻用头蹭赵秀英的手掌，非常温柔。

"那你到底是谁？是妖、是怪、是畜生，还是什么东西变化的？"

"我也不明白我是谁，但我已经离不开你，被你驯服了，就这么回事！"

"我们有区别的，不信你看看。"赵秀英拿起镜子对着自己和圣婴，里面出现的当然是两张不同的面孔——一张猫脸，一张人脸。

"这有什么呢？只是外表长得不一样而已！我们早就是家人了，不是吗？"

赵秀英紧紧抱着圣婴，闭上眼，心里涌起一股暖流。

不一会儿，赵虎的声音几乎像晴天霹雳炸响在赵家村的上空，整个赵家村的人听得明明白白："老子干掉你们这些无法无天的猫，打啊，打啊！"

凄惨的叫声回荡在夏日的夜晚，许多人吓坏了，不过，人们很快就明白这是吃亏的猫前来复仇了。人们不约而同地抄起铁锹、木棍、钉耙、玩具枪、手电钻，冲出家门，加入到围歼这群胆大包天、忘乎所以的猫群的队伍。

狮子见赵虎满嘴酒气，赤膊上阵，手中铁锹乱飞，深知此人鲁莽，不敢大意，几个回合下来，群猫被打得鬼哭狼嚎、四处逃散，几只小点的猫被活捉了，它们在得胜者的手里缩成一团，拼命呼救。一时间，赵家村里里外外全是猫的悲惨叫声。眼见要全军覆没，狮子哇哇大叫，直向一位行动不便的孕妇扑去。没想到这孕妇挥起扫帚，左右乱摆，一边叫着，一边朝后退，众人连忙过来帮忙，剩下的猫趁机逃了出去。

外面杀声震天、人喊狗吠，躲在家里的赵秀英闻着弥漫在空气里的腥臊血味，恶心得想吐。

外面的人散去了，至少今天晚上听不见这些畜生的叫声了。

赵秀英洗完澡，瞧着自己粗壮的大腿、略微鼓起的肚皮，沉默不语。沐浴后的身体散发着香气，圣婴依偎着她，呼呼大睡。

赵秀英半夜惊醒，见圣婴正依偎在自己怀中。刚才在梦里，她梦见了王律师、死去的陈部长、李公然，望着眼前这个怪物，她反而觉得安心下来。

这天晚上，还发生了一件事。

赶走了猫，赵虎酒醒了。赵老太知道他在借赶猫发泄，实在伤心，躲在屋里哭得天昏地暗。赵虎听着老娘的哭声，心里不是滋味，跟着哭起来，直到隔壁人家听得实在烦了，跑过来劝说半天，娘俩才收场。

"娘要是死了，去见你爹了，你一个人怎么办啊？"赵老太见人走了，问儿子。

"出家做和尚吧。"儿子坐在沙发上，呆若木鸡，半天才回了一句。

"赵家的根要是在我手里断了，我去阴曹地府怎么跟你爹交代！"

"只怪我自己，不怪你们。"儿子回答。

"要不是这只眼，你怎么会娶不到老婆？那该死的鞭炮弄得我们赵家在村里几十年抬不起头、说不起硬话，这难道是命中注定的吗？"

四十年前的大年初一，赵虎捡了一只哑炮，刚放到眼前想看看怎么回事，不料炮响了，他的左眼被炸得血肉模糊，从此成了独眼龙。

"只怪我自己不小心。"儿子说完，便去洗澡了。

"明天我当面问那女人，同意不同意，好坏一句话，只要她愿嫁给你，什么条件我都答应，哪怕要我身上的肉！"母亲对儿子的心事了然于胸。

赵家母子的话，赵秀英虽然听不见，但她心里有数。自己孙子都这么大了，还要再嫁人，岂不招人闲话？她决定尽快搬走，离开这个是非地。

"我们快点赚钱，然后远走高飞，找个没人认识我们的地方过日子。"赵秀英轻轻笑了。

"我明天去上班。"

"它们要来捣蛋如何是好？"赵秀英担忧狮子不会善罢甘休。

"白天它们不敢。"

赵秀英给冯姐打电话，一听她的声音，冯姐没抱怨，没感谢，而是激动得号啕大哭，嘴里一个劲儿嚷嚷道："妹妹啊，要是把姐姐急死了，你可就背了一条人命债了！什么话不能对姐姐说呢？你可知道今天姐姐是怎么过的吗？生不如死啊！就像光屁股站在十字路口，多难为情！简直生不如死，生不如死！"

"对不起啊！"赵秀英被冯姐说得直掉眼泪。

"好妹妹，别逗你姐了，明天一定要准时，啊！"冯姐央求道。

"晓得了。"

早上，人们从四面八方朝灵猫馆蜂拥而来。

下班后，几个股东把赞助箱里的钱拿出来，心平气和地数着钱，一点也不着急。

第十二章：舞蹈的猫

灵猫馆名声大振，许多有识之士看到了商机，附近街道售卖与神灵有关的商品的铺子如雨后春笋般一夜间冒了数十家出来。正在寻找发财机会的人纷纷打电话向招商引资的人事经理询问投资一事，回答当然是肯定的：欢迎前来洽谈投资灵猫馆一事。

"我们要大干一场，争取明年去美国上市，让外国佬大开眼界！不要小看了我冯姐，咱初中没毕业，照样能发大财！"

"可能吗？"姚副主任问。

"卖大红枣能上市，养猪的能上市，卖药的能上市，我们怎么不能上市？人要有雄心壮志！"冯姐腰杆粗了，底气足了，不像以前那样对老公唯唯诺诺。

"嘿，有钱马上就变了，他妈的，说话唾沫能飞一丈六尺远，真上市了，还不一脚踹了我！"姚副主任在心里嘀咕，决定找机会好好敲打一下对方，起码要让她懂得尊重自己，就是挣一万亿，她也是他的女人。

赵秀英出名了，圣婴更是备受关注。柳医生准备再次前来对圣婴做全面的、彻底的、科学的研究，为此他给赵秀英打电话，对自己上次没有关心好她表示道歉，希望她不要介意。

然而，没等柳医生的到来，灵猫馆出事了。

由于房地产业、股票萎靡不振，很多人找不到投资方向，一些利欲熏心的人开始打起了灵猫馆的主意。他们联合冯姐等人，打着灵猫馆的招牌搞集资，钱到手后便大肆挥霍：吃喝玩乐，到国外买房，投资娱乐业，约会明星……最后的结果可想而知，没等冯姐等人大显身手，警察找上门来了。

这天早上，大批警察围住了灵猫馆，驱散人群，带走了冯姐、水清玲、赵秀英、姚副主任等人。圣婴见势不妙，趁乱逃走了。

赵秀英分了不少钱，都存在银行里，没等她享用这笔钱，这笔钱就全被警察查封了。

她又一次一无所有。

经查明，她只是被冯姐等人利用了，按治安条例，要给予拘留半个月的处罚。幸亏洪警官为她说了一句好话："这女人老实巴交，可怜！"赵秀英只关了一个礼拜就被放出来了。

警察全城搜捕圣婴，并且昭告市民：捉住有奖，如若圣婴反抗，格杀勿论！

黑白两道，不论人猫，都在通缉圣婴，赵秀英心想这下圣婴彻底完了。

她晕头转向地走出拘留所的大门，泪如雨下，好几次走错了路，甚至有一死了之的想法。进监狱对于一个农村妇女来说，可是奇耻大辱。

回到住的地方时已经是晚上了，因为白天她实在不好意思见人。

她刚进门，赵老太就像幽灵一样跟了进来，眨了眨眼，慢条斯理地对她说房租再有五天就到期了。

"你放心，不少你一分钱！"赵秀英不紧不慢地回了一句。

"我不是来催你，而是来看看你的。你一个女人孤零零的，真不容易，有个家多好啊！"赵老太被呛了一句，脸红到脖子，心想这女人脾气真倔！

她烧了点水，准备洗澡。

"里面不好受吧？都是那个婊子害的，那天她还跟我打架呢，你说说看，那女人多厉害！"赵老太换了个话题。

"还好，清静。"她开始脱衣服。

"啊？还好？"赵老太看出自己不受欢迎，默不作声地回家去了。

赵秀英一夜没睡着，不晓得明天该怎么过，身无分文对于一个女人来说意味着什么？犹豫再三，她还是给王律师打了个电话，希望能得到他的安慰和帮助。

"我出来了。"她刚说了这么一句，就感到脸上阵阵发烫。关了一个礼拜，没有一人去看她，如今还要厚着脸皮求人家，她几乎崩溃了。

"不是我说你，你是不是想钱想疯了！跟这些整天无所事事的二流子女人搅和在一起，能有好结果吗？你为什么不跟我商议？"王律师责怪赵秀英没跟他商量，擅自做主，捅了这么大的娄子。

"谁知道她们拿我当招牌搞集资，现在后悔也晚了。"

"这些女人，每天除了谈钱、谈穿、谈吃、谈男人，还能干什么？"

"只怪我自己鬼迷心窍，下次不会了。"

"丢脸！你知不知道？"

"我丢自己的脸，没丢他人的脸！"她对王律师的态度忍无可忍。

"你有事吗？"对方意识到赵秀英到了忍耐极限，说话温和了许多。

"没人再要我了，我想去你那儿找点事做。"她鼓足勇气说。

对方一阵沉默不语，赵秀英的心一点一点凉下去。就在她心灰意冷，准备挂电话时，意外听见对方手机里传来一声女性咳嗽声。

"我想想看，明天再说吧。"王律师说。

"明天？"她喃喃自语，回忆刚刚听到的声音，咳嗽声似乎印证了一直存在心中的猜疑。猛然间，她明白了，脑中一片空白。

"我帮你重新找个工作吧，我这里，你现在来，不太方便。"王律师吞吞吐吐。

"哪个婊子睡在你床上？"她实在控制不了由于委屈而带来的怒火，这点小小的事王律师还推三阻四，之前的付出、山盟海誓岂不是笑话！

"我老婆，关你什么事！"

"是吗？"她冷笑一声，没等她再说话，王主任挂了电话。

再说瑶瑶旅游回来后一直没有回家，在朋友家留宿。某天，她来到大街上，初几的太阳暖洋洋的，映示着今天是炎热的一天，她拎着包，汒然地站在路边看着车水马龙的街道，分不清东南西北，仿佛迷路了。

去哪儿呢？她像傻子似的呆立在路边，路过的人看着她哀愁的面容，投来好奇的目光。她给阿凤打了个电话，说了自己的困境，不一会儿，阿凤来了，带她上车，俩人来到阿凤的住处。她泪如雨下，说了家里发生的事。

"定是那只猫惹的祸，咱们得找到它，问问它是什么妖怪。"阿凤听了这件离奇的事，给她出了个主意，"把它带到万福寺老和尚那里去，让他念咒镇住它。"

"能行吗？"

"行，一定行。"

"我妈离婚了，她现在一定很伤心。"

"这么大年龄还离婚，真是奇事！"阿凤神经质地叫了起来。

"我爸被神的使者迷晕了头，一声不吭地跟她走了，就这样，我们家散了！"瑶瑶凄迷一笑道。

"你们家真是多灾多难，你、你妈、猫、神的使者和你父亲，这么多事搞在一起，谁不糊涂啊！"阿凤直摇头。

"这只猫到底是什么东西？我们先去寺里问问老和尚，或者去东门那家麻衣神相馆问问。"

"能行吗？"阿凤先出的主意，现在反倒想打退堂鼓了。

"问问又不会怎样。"

"那好吧，顺带逛街玩玩吧。"

"有什么好玩的？"

"明天七月半，大街小巷都是祭祀祖宗的人，靠城边有一个大空场子，外地来的江湖艺人会在那里表演。去看看吧，我们公司在那里搭了个小台子，散发卖房广告，我要去帮忙。"

"房子不好卖吗？"瑶瑶慢条斯理地问，她的眼睛一直看着外面抚动的垂柳枝，蝉叫得像是摆擂台，谁也不服谁。

"不好卖，还不准降价！"

"为什么不准降价？"

"怕扰乱房地产市场，造成社会不稳定。好嘛，反正我们买不起，管他呢，自己的事我还管不过来呢！"阿凤想必是有什么事不顺心了。

"和尚愿见我们吗？"她担心吃闭门羹。

"花钱买票，按顺序来。"

"还要钱？"瑶瑶问。

"傻瓜，不花钱，说明你心不诚，再说，这也是积德的一种表现嘛！"

"我们会不会碰到我妈？"

"碰到更好，走吧。"

盛夏季节，热得让人疯狂，让人迷乱。爱美的姑娘、妇女，穿着各色服饰，宛若翩翩起舞的蝴蝶，露出的大腿、手臂、前胸给这座城市增加了一道性感的美景。

她和阿凤也不例外，俩人穿着露脐装、牛仔短裤，露出修长的大腿。俩人坐上公交车，径直来到万福寺，在售票处买了票，静静跟在善男信女后面。进了大雄宝殿，老和尚正在给香客们说文解惑，看到她俩，老和尚严肃的脸上露出一丝笑意。

"我家有只猫叫圣婴，就是前些天在城里捣蛋的那只猫，它不见了，我们很担心它。大师，它去了哪里？它是一只好猫吗？它的归宿好吗？它杀过人吗？它是妖还是猫？"瑶瑶不知道哪儿来的勇气，一口气问了好几个问题。

"你家的猫？"老和尚不动声色。

第十二章：舞蹈的猫

"是啊，它会说话，还能预言呢！"

"那你不去问它，还要来问我？"

"这——"瑶瑶语塞。

"它跑了，警察要抓它，全城人要抓它，**全城**的猫也在抓它，它是妖吗？"阿凤插了一句。

"猫是人，人是猫，何来妖与怪呢？**猫抓**它，那是猫的事，你们操什么心？"

"它是集资事件的帮凶，灵猫馆的事**你知道**吧？抓它是它活该！"瑶瑶想起自己和母亲间的隔阂，气呼呼地说，"**我**当初就不该救它，让它死了就好了！"

"救人一命，胜造七级浮屠，女施主，**你说错**了。"

"错在哪里？"

"它没求你救它，所以不欠你的；你**自己要**救它，错是你自己找的！它本是红尘外的畜生，与世无争，却被某些利**欲熏心**的人奉若神明，可悲啊！"

"别人家养的猫为什么规规矩矩的？"**瑶瑶问**。

"现在的猫养在家里做什么？名义上是**宠物**，实际上是养猫人想把自己的空虚、不如意、怒火、偏执、失败、堕落、**谎**言转嫁到畜生的头上，让它们代人受过，久而久之，岂有不疯狂之理？"和尚手转佛珠，面不改色。

"我做错了好多事，真后悔！"瑶瑶想**哭，极**力忍住落泪的冲动。

"与它何干？错了就错了，世间事就是**这样**。"

"谁碰到它谁倒霉！"瑶瑶泪流满面。

"你带它来，我愿承担一切罪过。"

"我找不到它，它消失了。"

"它就在你眼前、我脚下、寺院里、**周围树**林里。"

"我没看见呀？"

"没用心。"

"我去找。"

此时的大殿已经没有香客了，略有些暗**淡的房**里只有她们俩，老和尚说完，念了一声阿弥陀佛，此后便默默不语，整个**殿堂**更显庄严肃穆，阿凤拉着瑶瑶离开了。

"啊，那里有只猫！"当她们走到寺院前的马路上，阿凤回头一看，寺院的屋顶上果真蹲着一只黑猫。

"圣婴！"

瑶瑶话音刚落，屋顶上的猫不见了，接着她们便听见一声声的猫叫声在寺院周围的松树林里响起。

"还去吗？"阿凤指的是城东那家麻衣神相馆。

"不去了，我们去看表演吧。"她说，觉得还是听天由命的好。

"它躲在寺院里，僧人怎么不去报告警察？"阿凤问她。

"寺院周围全是树，平时少有人来活动，躲在这里比较安全。佛不杀生，它的弟子怎么会去报告呢？"

"没看错吧？"阿凤倒是不放心的样子。

"错了有什么要紧？我们走吧。"瑶瑶想把这个消息尽快告诉母亲，虽然没有说出口，但阿凤看得出来，瑶瑶的心结已打开了。

"你想通了？"阿凤问。

"走吧！"瑶瑶淡淡一笑。阿凤见瑶瑶眼睛亮了一下，马上又黯淡了，便明白了，也就不再问了。

"还是先去看江湖艺人的表演吧，难得看一次大姑娘上刀山、下火海，空中飞人，最刺激的是鬼屋，里面的鬼像是真的一样。"阿凤看过一回，念念不忘。

"人多吗？"

"这些东西都是传统，也许再过几十年，就再也看不到了，多可惜啊！"阿凤的感伤感染了瑶瑶。

"童年时看到的东西一晃就没了，现在想来，那时多有趣，穷但开心，逍遥自在，去一次外婆家会开心好几天，如今呢？"瑶瑶很想念小时候那种无拘无束的生活。

爷爷下地干活，她跟在老牛屁股后面，走一会儿，就会骑上去，那头水牛很听话，非常喜欢驮着她。回到家，奶奶洗碗、烧锅、喂猪，她跟在左右，惹得奶奶说她不懂事。她才不管呢，带着家里的小土狗，撒腿跑出去，找堂姐妹们玩耍去了。

"虽说自由，可就是想吃肉没肉，想穿花衣服没花衣服啊！"阿凤笑了，淡淡地说，"将来我们的后代说不定也会有你这样的心情呢！"

　　俩人一口气来到城北，瑶瑶见到了母亲，她怀疑是阿凤在来之前偷偷告诉了母亲。

第十三章：猫战

瑶瑶见到了母亲，母女俩相互看了一眼，谁也没有先开口说话。

马戏团正在表演小狗拉车，这是一只矮小的花板凳狗，拉着一辆小小的木车，车上站着一只金黄色的母猫，一只爪子抓着红色的缰绳，另一只爪子扶着小木车前面的横杆，得意洋洋地发出一声声喵喵的催促声，围观的小朋友们看得津津有味，兴奋地朝它叫喊。

小狗的主人是个五十多岁的男人，手里的狗鞭子五颜六色，只要向上一挥，小狗便发疯似的跑动。虽说是夏天，他却戴着厚厚的布帽子，穿着一件油腻的旧西服。一个女人站在帆布搭的棚子下一言不发，手臂、小腿肚、脸颊、露出的脖子由于长年被太阳照射，黑里透红。几个脏兮兮的孩子每人手里拿着一瓶汽水，不时喝上一大口，从一辆车上跑下来玩闹着，没有人制止。

这是一家擅长训练小动物的小马戏团。一只小猴子坐在一张塑料椅子下躲避太阳，不时用胆怯的目光扫视围观的人群，头一点一点，一副想睡又不敢睡的样子。一只母山羊浑身雪白，正在打盹。几只笼子里关着乌鸦、黄雀、鹦鹉、八哥和一只公芦花鸡。

"多聪明的小狗！啊，那里还有只小猴子呢，穿了一身花衣服，像公主一样！"阿凤蹦跳着，像孩子一样兴奋，只顾看小狗表演。

"怎么不来个电话？"过了一会儿，赵秀英忍不住问。

"安秋雪说很快就回来，怕你——"瑶瑶只说了半句，赵秀英便明白了。

"找个工作吧，哪能这样漂着呢！"

"没有合适的。"

"那也不能自暴自弃啊！"

赵秀英此时此刻才意识到自己没有给女儿做好榜样。她怕女儿这样下去会变得好逸恶劳，会学自己攀附男人生活，心里十分后悔："瑶瑶，妈为没

第十三章：猫战

有忠于婚姻、忠于家庭向你道歉，妈也是为了有一份稳定的工作和情感寄托，结果现在才发现男人有多么靠不住。瑶瑶，你不能学妈，这世上只有自己靠得住。"赵秀英泪水在眼里打转。

"我去餐馆帮人洗碗吧。"瑶瑶觉得自己没有退路了，"没文凭，没技术，合适的工作难找啊！"瑶瑶摆摆手。

赵秀英沉默了，现实并没有给她们过多选择。

今日艳阳高照，然而，天气变化无常，老天爷说翻脸就翻脸。正当人们不顾炎热欣赏各家的绝技时，东南风刮来了，起初人们沐浴在凉爽的风里，有着说不出的快意，转眼间，却是狂风大作，豆大的雨点劈头盖脸地砸下。

人们四散而逃，寻找躲雨的地方。表演的小狗、小猫、猴子并不明白人们一哄而散是为了躲雨，惊恐地叫起来。

"奶奶的，叫什么呢！一个个都是小气鬼，下次再不来这鬼地方了！"主人挥动手中的鞭子，不耐烦地斥责它们，要它们住嘴。

听了主人的话，小动物们不叫了，一个个跑到帐篷里趴在地上，没精打采地望着外面的瓢泼大雨。

半小时后，雨停了。

雨后的天空现出一条彩虹，躲雨的人回到场地里，望着绚丽的彩虹，惊喜地说："好长时间没看到这种景色了，真是少有啊！"

远处的高楼沐浴在霞光里，像是童话里的某个王国。这是高档楼盘，设计精妙，当然不是普通人能入住的。

近期，房地产的老板们加大了对自己产品的宣传，五花八门的促销手段层出不穷，姑娘们手里拿着一叠叠印刷精美的宣传广告散发给在场的人，大力宣传自己公司的楼盘如何物美价廉，不买会后悔一辈子的。

阿凤碰到正在散发广告的小姐妹，俩人说了几句话，见赵秀英母女俩浑身湿透地走过来，问她们刚才去哪里了。

"躲雨去了。"

"好好的一场戏被雨淋了。"赵秀英指着湿衣服懊恼地说。

"阿姨，你们买房吗？"小姑娘递给赵秀英一份宣传材料。

"一年挣的钱不吃不喝也买不了几个平方米，下辈子吧！"赵秀英摆摆手。

"没办法，老板的地都是大价钱买下的，水涨船高，房子不贵点，老板赚什么钱？哪来的钱给我们发工资？"阿凤解释。

"人散了，我们回去吧。"瑶瑶被雨一淋，早没了兴致，抱着肩膀对母亲说。

场地里一片狼藉，遍地污垢，各家剧团开始拆帐篷，准备前往下一个目的地。这些流动的演出团体多是杂凑班子，男女混杂，粗鲁无礼，为了取悦观众，甚至搞些色情表演，在一个地方待久了，并不受人们欢迎。

"那个小孩子，光着屁股在泥地里玩耍。"赵秀英指着场内一个五六岁的小男孩说，"地下太脏了，得病怎么办？"

"我们小时候不是也光着屁股在地上玩嘛！"阿凤笑笑。

"如今不同了。走吧。"赵秀英再次看了一眼那孩子，心里沉甸甸的。

这户耍马戏的人家有一新一旧两辆汽车，一辆拉道具，一辆中型客车拉人，大人们正在往拉道具的车上搬东西，准备出发去下一站。

那孩子见她们望着自己，并没有胆怯，反而跑到她们面前，露出笑脸，显然在外流动很长时间，对陌生人习惯了。

"小朋友，你是哪里人？"瑶瑶问。

"不晓得。"小家伙回答。

"你不上学吗？"她再次问，对这个小男孩充满了怜爱。

"不晓得。"

"你父母呢？"阿凤过来问，给了小男孩一瓶饮料。

"不晓得。"小男孩扑闪着大眼睛望着她们，再一次回答。

"这东西谁给你戴上的？"瑶瑶见小男孩脖子上戴着一块小玉佛，跟当初她留给儿子的那块一模一样。

"小虎子，回来，车要走了！"一位年龄大的妇女站在车旁喊。

"小兔崽子，就喜欢乱跑！"有人骂道。

"傻瓜，不知道！"小男孩一声大叫，撒腿往回跑。

小男孩跑到已经发动的汽车旁，一位妇女将他抱上车，汽车发动，开走了。

"妈，这小男孩长得像圣婴！还有那块玉佛，跟我给他的那块太像了！妈，他怎么会在这里出现？"瑶瑶见车走了，这才回过神来，一下慌了，语无伦次地问母亲。

"我看不太像。"赵秀英望着远去的汽车，犹豫地说。

"走吧，这样的玉佛马路边的摊子上成把抓。"阿凤说，"别瞎说了，他要是你儿子，怎么不见孙兴旺和他的家人？"

"刚才应当去问一下。"赵秀英追悔莫及。

"长得真像啊！都怪我粗心大意，问一下也好嘛！"瑶瑶想哭。

汽车向西转弯后，屁股后面留下一股青烟，不见了，无人知道它下一站去哪里。

事实上，孙兴旺和父母就坐在车上最后一排，他们怕李家母女前来兴师问罪，所以一直躲在车上不出来。孙家重操旧业，与另外一家合作，组成一个小小的杂耍马戏团，天南地北到处演出。

瑶瑶跟着母亲回到住的地方，娘俩不发一言，不约而同地流起泪来，直到赵老太跟儿子来到门口才停止。

"别想他了，那是他的命。"赵秀英小声对女儿说。

"这家是什么人？"瑶瑶擦干眼泪问。

"是房东。你别说话。"

赵老太伸头朝房里望了一下，见李家母女默不作声，没话找话："没想到你养了这么个漂亮女儿！"

赵秀英看着精神十足的老太太，没有搭理她，因为一说话，一时半会儿就停不下来。赵老太尴尬一笑，把头缩回去，走了。

"别人养的女儿，关你什么事？"儿子对母亲的话不满。

"看上去就不太那个——正经。"赵老太嘴一撇。

"门缝里看人！"儿子赌气，大步走开了。

"不孝的东西，想女人想成病了！"赵老太骂儿子，跟在后面小跑。

"这娘俩说什么呢，吵嘴？"赵秀英见赵家母子走远了，问女儿。

"不晓得！"瑶瑶耸耸肩。

"那孩子长得真像圣婴，应当过去问一下的。"赵秀英想了半天，觉得太可惜，在自己眼皮底下，白白放过了姓孙的一家，以后怕是再也没有这样的机会了。

"管他呢！咱们只是怀疑，不一定就是，就算是，也要怪他老子，怪姓孙的一家子，反正不是我的错！"瑶瑶哭丧着脸，来了这么一句嘴硬心软的话。

"都累了，睡一会儿吧。"赵秀英叹口气，边脱衣服边说。

傍晚时分，天气凉快了许多，母女俩匆匆忙忙吃了点东西，出了门，几乎是下意识地朝万福寺这边走来。华灯初上，街上人来人往，年轻的姑娘们穿着五彩缤纷的短袖短裤，慢悠悠徜徉在大街上，成了一道最美丽的风景。不少人坐在街边的凳子上，一边聊天一边目不转睛地盯住街上这独特的景致，一看就是大半天。

七月十四，清凉的月光照着幽静的大地，宛若童话一般迷人。小河里的红鲤鱼在高处的灯光照映下缓慢游动，不像白天那样游来游去抢食游人撒下的食物。人们顺着公园里的林荫小道散步，优哉游哉。

小道两旁的椅子上坐着不少年轻的情侣，相互依偎，窃窃私语。

"我们像是从医院里偷跑出来的神经病人，不知道想干什么，也分不清东南西北！"瑶瑶同母亲开玩笑。

"神经病？"赵秀英愕然。

"不像吗？"女儿问。

"跟我们一样的人多着呢，不照样活得好好的！"

"我们能找到圣婴吗？"瑶瑶又想起了那个消失的小男孩。

"找不到也得找，它不能一走了之，扔下我们不管！"赵秀英说的却是自家的猫。

"那是谁？"瑶瑶指着站在"渡仙桥"上的男人问。那人背对着她们，推着轮椅，上面坐着位瘦弱的女人。

"今天什么风，把姓王的刮来了，还推着老婆，想不到！"

桥的对面是万福寺的大雄宝殿，月色下的宝殿静穆神圣，细听好像还有人在念经，事实上是寺院放的梵音。

"俩人关系不错嘛！这女人一直住在乡下，什么时候来城里的？"赵秀英感到不解，一种被欺骗的感觉让她怒火中烧，于是骂道，"骗子，骗子！我去找他对质！"

"骂有什么用？是你自己欺骗自己，认为他是好人！"

"怕是姓王的良心发现了，觉得对不起她，也许是她的请求也说不定呢！多美的月色，她不出来欣赏一下，可能就没机会了！"赵秀英冷静下来，见那女的转过头，轻轻挥了一下手臂，示意要去别的地方。

"病了这么长时间，该走了！最后一次来城里看看自己的男人也是情有可原的，这就是女人的命！"

第十三章：猫战

"是吗？"

"她要是走了，我一定去送送她，敬她一炷香。"赵秀英此时对这个可怜的女人充满了同情。

"为什么要去送她？"

"她不可能不知道姓士的那些事，但她不说一句，显然是想开了！"

"难得糊涂。"

"痴情的女人有几个不糊涂！"

"痴情的女人有几个不疯狂！"

"这样糊涂的女人越来越少，还是越来越多呢？"

娘俩只顾说话，头一抬，桥上的人不见了，想必是去了供奉菩萨的大殿。

她们顺着林荫小道转了几圈，来到假山上，没有发现一点圣婴的蛛丝马迹，只好闷闷不乐地回家了。

七月半，按照当地风俗，家家都要宴请亲朋好友。儿子打来电话，问母亲去不去吃饭。赵秀英犹豫半天，说走不开，儿子失望地挂了电话。

"你为什么不去？"瑶瑶问母亲。

"多嘴！"赵秀英不耐烦地斥责瑶瑶，随后坐在一边洗衣服。

"孤儿寡母没人要了！"瑶瑶苦涩一笑。

赵秀英见左邻右舍都在外面的池塘边上洗菜杀鱼，准备中午招待客人，回想起前几年过节的光景，虽说不如当地人风光，可也是热热闹闹的。如今呢？想到这儿她哽咽了。

"一螺穷，二螺富，三螺四螺开当铺，五螺六螺挑油箩，七螺八螺银子满屋堆，九螺磨豆腐，十螺骑马过河一场空。"瑶瑶边看自己的手相边哼老家这首儿歌。

"老皇历，你外婆没事就爱哼这个。"

"赵家祖上是看相的？"

"好像是吧。"

"相人的都是穷命，难怪我们这么穷呢！"

"西门那个看相的家里富得流油，怎么说？"

"人家用的是精神分析法，是洋文化，能比吗？"

"这东西还有洋人研究？"

"妈，你几螺？"瑶瑶换了个话题。

"七螺啊，还不是穷得叮当响！"

"我也是七螺，咱们穷富还不一定呢，我们可能在不久的将来就要发了！"

"做你的白日梦！好吃懒做能发财？"

赵秀英骂完女儿，想去池塘边洗衣服，端起盆子又放下。池塘边女人们快乐的笑声让她不知如何是好。鬼节也是节啊！

中午，娘俩简单吃了点，瑶瑶耐不住寂寞，打电话约阿凤，出门玩去了。赵秀英关上门，一直睡到太阳西下才起来。人在夏日的黄昏是懒散的，需要活动。她感到肩膀有些酸痛，感觉天要下雨了，于是顺着一条小马路朝赵家村的后边走去，那里有个火葬场，火葬场东边是墓园。

墓园分为两个墓区，北边是高级墓园，占地面积比较大，多为有钱人家购买，墓和墓碑都很豪华，园里栽有龙柏、桂树、海棠、万年青、雪松等名贵树木；南边则是普通的墓园，两者之间用一道钢筋焊的铁栏隔开。

当地人在墓园周围违规建了不少小房子，租给外地来做小生意的人家。现在的人对鬼神好像不太敬畏了，住得这样近，也不怕鬼魂出来吓人。墓园外有一条宽广的柏油公路，直通火葬场。

跳舞的、散步的、谈恋爱的是不来这里的。外地人吃完饭，不是看电视，就是打麻将，很少有人在周围溜达，因而这附近非常安静。

赵秀英究竟是突发奇想，还是早有想法，恐怕连她自己都说不清，反正她就是想来这儿看看那块石板上是不是像圣婴说的那样，布满了臊气和爪印。

皓月当空。

墓园里，一排排墓碑掩映在松柏的树影下，寂静而又凝重。整齐划一的小道铺着黑白相间的鹅卵石，在月光下发出淡淡的光。

墓园的大门永远是开着的，这样可方便逝者和生者进出。燃烧的纸灰还有不少遗留在墓碑前，晚风一吹，四散飘荡。赵秀英朝中间的一条小道走去，小道尽头蹲着一只健壮凶悍、全身无毛的猫。

"圣婴，你怎么在这里？"赵秀英不敢相信圣婴怎么敢待在通缉它的地方。

昏暗的光影下，圣婴面无表情，一动不动地看着走过来的赵秀英。自从那天从灵猫馆里逃出来，它就一直在这里栖息。它的记忆模糊了，叫声生硬，

第十三章：猫战

自感这是一种不好的征兆。

"你是——"圣婴迟疑地问。

"怎么，不认识我了？"赵秀英靠近一步。

"呜呜！"圣婴跳起来，大声吼叫，几乎同时，整个墓园响起疯狂刺耳的群猫叫声。住在附近的人不知道发生了什么事，纷纷朝墓园跑过来。

赵秀英背部全是冷汗，不顾一切朝圣婴奔去。数不清的猫刹那间从墓园的各个角落钻出来，这些幽灵一样的猫顺着纵横交错的小道奔跑，绿莹莹的眼睛闪着怪异的光，带着大战前的不安与兴奋，不断发出叫声。不但如此，高级墓园也传来群猫的叫声，这群猫显然是针对圣婴而来的，因为它们的叫声既冷酷，又嚣张。

"圣婴，哪里来这么多猫？"赵秀英吓得双腿哆嗦，不知如何是好。

"红花寺的猫来了，贝贝也来了。"圣婴吃力地回答。

"你们想干什么？打架吗？"赵秀英见贝贝依偎在圣婴的身旁，问，"你们前世有仇，还是今生有仇？什么仇恨不能化解呢？"

"争斗、对决是我们的天性。"

"就为了这虚无缥缈的东西，你们竟然要拼个你死我活，搅得全城人不得安宁？！"

"我脑子越来越不好了。你走吧，别多管闲事。"

"我没有害过你，是那些人干的。"赵秀英想起柳医生给圣婴吃的那些药，心里一阵痛楚。圣婴现在这个样子，难道自己真的一点责任都没有吗？

"在我还没有失去意识前，我要对你说声谢谢！以后就是见了面，我怕是也认不得你了！"圣婴说完，对赵秀英拱拱手。

"你不会有事的，我报警，让洪警官来！"赵秀英抱着圣婴放声大哭。

"我们的世界，弱肉强食、适者生存，岂有感情可言？我在你们家过得非常开心，虽然有不如意的地方，但也比在野外强多了，可惜一切就要结束了！"

"你不要灰心丧气，我找洪警官来，他是好人，会帮我们的。"

"这是命中注定的事，无法避免！"

"让人类来对付这群坏猫，你又何苦独自战斗呢？"

"这是猫的世界里的事，人类会相信这种天方夜谭的故事吗？我们的事，我们自己解决，这是我的使命和责任！"

"你打得过它们吗？要我帮忙吗？"

"背水一战，破釜沉舟！"

"不行，我喊人来帮你！"

"没人会愿意帮我的。"

"为什么呀？"

"除了红花寺的猫，谁也不会帮我的。"

说到这儿，赵秀英明白了，如今的圣婴已经不再是什么上知天文、下知地理的灵猫，而是老鼠过街——人人喊打的小怪物了。

"我帮你！我帮你！"赵秀英站起来不顾一切地叫道。

跑过来的人见墓园里一个女人如疯了似的大喊大叫，以为长眠在这里的某个灵魂复活了，吓得面面相觑、不知所措。

狮子带着群猫纵身越过护栏，面目狰狞，怪叫着朝这边扑来。没有人在这之前见到过这种畜生间的群战，许多人怀疑这是先人的鬼魂在作祟，开始祷告。

有人报警，说墓园里有两群怪猫在交战，死伤惨重，怀疑它们得了疯病，请求捕杀。

墓园里的猫打成一团，朦胧的月光下，群猫跳跃躲闪、追逐厮杀，惨叫声、呼救声、怒骂声、喘气声、呻吟声交织在一起，使整个墓园一片鬼哭狼嚎。恰逢阴风四起，似是地狱之门被打开，无数的冤魂野鬼倾巢而出。

人们吓傻了，胆小的人飞奔回家，关上门，胆战心惊地坐在凳子上。

出了这样的事，墓园主管部门的反应速度还是很快的，管理墓园的人们手持棍棒、铁锹冲进墓园里，奋力驱散杀红了眼的猫。他们见一个打一个，许多猫被打得脑浆迸出，一命呜呼。

一些看热闹的人醒悟过来，墓园中有自己的先人之骨，岂能让一群无法无天的畜生在里面大吵大闹、惊扰亡灵！他们立即加入战斗，不分青红皂白，见一个打一个，墓园里到处都是打骂声、尖叫声和年轻人兴奋的口哨声。

兔子急了都咬人，更何况猫呢？

谁对谁错，谁是好猫，谁是坏猫，谁能分得清？墓园里乱成一团，很快演变成人与猫之间的战斗，而不是猫与猫之间的纷争了。但是，人类在空地上捉一只猫都非常困难，何况在墓园里。有人被猫抓破了脸，血流满面，狼

第十三章：猫战

狈不堪，只好退出战斗。

墓园里弥漫着令人不安的血腥味。

"不要打了！"

赵秀英失去了理智，奋力阻挠人们，**然而**无济于事。一位干部模样的人过来带走了她，让她安静；另一位妇女以为**她吓傻了**，一个劲儿轻拍她的头和肩膀，劝她不要激动。

"我父母的骨灰盒也都在这里，受害者**不**只你一个人。"妇女显然理解错了。

"猫，猫！"她语无伦次。

月亮躲进了一片云里，天空与大地顿时**暗淡**无光，死伤累累的群猫终于喘了口气，趁着昏暗纷纷朝墓园外逃去。

"关门，不能让这些疯猫跑了！"有人**打红**了眼，大叫道。

"这些猫从哪里来的？怎么会在墓地**打起**来？你们不要打了！"群猫惨不忍睹，有同情心的人看不下去了。

"这地方在过去就是乱葬岗，唉，不要**说了**！"

负伤的猫要么头破血流，要么断腿，**要么腰**椎骨折，要么眼瞎了，要么脑袋受伤了，眼见逃不出这人间的修罗场，**不由**得发出绝望的哀嚎。它们不再反抗，而是哆嗦着匍匐在地上，等待人们**的处罚**。

墓园里一片狼藉，不少供品东倒西歪，**少数的**墓碑或被破坏或布满血污。面对此景，有人哀声叹气，有人破口大骂，**发誓**以后见一只猫打死一只猫。

"七月半，鬼过节，是不是'它们'在**此聚**会？"发生这种奇怪的事，自然有人异想天开，浮想联翩。

"'它们'附在猫身上？这怎么得了！**我家**的波斯猫下午就不见了，会不会在这里？"

"前几天我家那只刚毛猫就鬼鬼祟祟的，不是早出晚归，就是叫来叫去，身后跟着一群公猫。我还以为它发情了，原来是这么回事，他娘的！"

"你这么一说，还真的有前兆，我家那只大花猫以前天天跟我睡，这几天却不愿了，看我像看仇敌似的，好怪啊！"

"是不是有人在背后操纵，是邪教吗？"

"快找找自家的猫是不是在这里！"

217

这人的话提醒了不少在场参加战斗的人，大家急忙寻找自家的猫，因为说不定刚才的人猫之战是在和自己家的猫打架呢。

有人果真找到了自家负伤或死去的猫，一时间，空气仿佛凝结了。没死的猫心惊胆战地望着眼前的主人，根本认不出他们，不断发出恐吓声。

"难道有人给它们下了迷魂药，还是有天灾将至？"人们冷静下来，开始思索这件古怪至极的事。

"危言耸听！"有人断然否决。

"它们八成得了某种怪病，不然不会这样！"

"什么病？"

"难道是狂犬病、疯牛病之类的病？这病要是大面积传染可不得了，快把死猫送到疾控中心化验！"在场的干部急了，这毕竟不是一件小事。

"说不定是脑神经出了问题！你们想想看，它们像病猫吗？不像，倒像是有组织有纪律的团体！这里面大有学问，不可掉以轻心！"

"它们会不会是被什么东西洗脑了，一起发疯了？"

"谁有这等本事？除非是神仙！"

"好像是猫群内讧了，我们是不是多管闲事了？"

"猫一般都是春天发情，这炎夏，不大可能。"

"不一定，生物钟乱了，冬天也有猫发情的。"一位头发斑白的老先生说。

"这些母猫定是美若天仙，或者非常性感！"有人开起下流的玩笑。

"怕是一大群猫发情才会有此声势，一只，哪里可能？"

"那也不该攻击主人啊！看它们的样子，不像是发情，而像是早有预谋的起义！"

"家里养猫的人怎么办啊？万一晚上睡熟了，被它咬一口，传染了病，找谁说去！"

"全城灭猫，这是唯一的办法。"有人提议。

"看来只能这样了，人的生命是宝贵的，此事不能等闲视之。"

"快回家看看！"墓园里的人们一哄而散，慌里慌张地朝家里跑去。

城北墓园发生的事，很快传遍了全城的大街小巷。人们怀疑这些猫要么得了某种疾病，要么受到了某种神秘力量的控制，众说纷纭，弄得全城人心惶惶，胆小的女人连走路逛街都要有男人陪同。领导大发雷霆，责令有关部门迅速查清事实，给公众一个交代。

有关部门当天晚上就成立了一个联合调查组，讨论如何控制猫的数量、如何消灭发疯的猫、如何防疫，并要求所有参加人员不得徇情枉法，包庇亲朋好友。

赵秀英失魂落魄地坐在凳子上发呆，她一点儿也不记得自己是怎么回家的。墓园里的惨状一直浮现在她眼前，墓园里人们说的那些话一直萦绕在她耳边，她觉得只有一死了之这条路了。

瑶瑶回到家，见母亲吊在屋脊的横梁上，双脚乱晃，吓得连哭带喊地跑到门外，大叫救命。

赵老太和儿子正在屋后乘凉，听见叫声，慌忙赶来。大家把赵秀英放下来，一个略懂医术的人在她人中狠狠一掐，赵秀英醒来了。

"没死掉！"做好事的人长出一口气，露出一副得意的神情。

"好好的，寻短见干吗？"赵老太虎着脸，口气生硬，非常不高兴。

外人死在自家屋子里，这在当地人看来是件很不吉利的事，不但要去派出所说明一切，按照风俗，还要放鞭炮、摆酒席，请道士和尚前来念经，驱除晦气，非常麻烦。

"这深更半夜的，要不是天热，人们睡不着，你死了，真没人知道。"出了这样意想不到的事，人们自然议论纷纷。

"墓园里的事跟你有关吗？明天肯定有人来找你，你不能死，要把话说清楚！"此人是孝子，见父母的墓碑被弄坏了，很生气。

"你家那只猫呢？有人在墓园里见到它了，凶得不得了，好几个人被它抓伤了，这回捉到它，它死定了！"参加墓园战斗的人像审犯人一样问她。

"孤儿寡母养什么猫，犯忌的！"

"你老公呢？"

"没见到过，八成是死了！"

"别乱说！"

"哎哟，这女人一脸风骚相，怕是有点来头呢！"一位涂脂抹粉的妇女说。

"打工的能有什么来头？"

"那些猫是不是你指使**的**？你不能死，死了，这事就成了谜了！"有人打电话报警。

"不是我做的。"赵秀**英躺在**地上，有气无力地回答。

"那你上吊干吗？好死**不如**赖活，无缘无故谁去死？"村里一位小干部质问她。

"你家那只猫呢？它若**回来**了，你一定要向警察报告。"好心人提醒。

"这猫就像天外来客，**神出鬼**没，大家小心。"

"大嫂，这只猫有恋爱**对象**吗？"一位小伙子问她。

"瞧你问的什么话，没**大没小**！"赵老太骂这个理着公鸡头的晚辈。

"赵家村自古就是风水**宝地**，今儿出了这件事，令人担忧啊！我夜观天象，昨夜的启明星昏暗无光，尾巴**直冲**赵家村，怕是你家的房子不宜租给这对母女，外间对她们的传闻实在不少**啊**！"一个上了年纪的老头端着茶杯，煞有介事地说。

"他二伯，我可没得罪**过你**啊，别吓我！"赵老太面如土色。

"你们还是小心为上的**好。**"

"等警察来了再说，实**在不行**，就让她们走吧！"赵老太见赵秀英躺在地上呻吟，动了恻隐之心，**甚至还**掉了几滴眼泪。

"还掉眼泪呢？快点将**她们撵**出赵家村，省得到时后悔莫及！"站在旁边抱着小孩子的妇女悄悄对**赵老太**说。

"我不敢啊，她养的那**只猫**要是来找我们母子俩的麻烦怎么办？这猫说不定是神灵附体了，我惹得**起吗**？"赵老太道出心中苦楚。

"说得也是，这猫怕是**天上**哪颗星转世而来的，得罪不起！"妇女说得自己心中发毛，头脑发热，**不由**得大叫一声，"三哥，我看到那只猫了，在那儿，在那儿！"

"在哪儿？神经病！"村干部骂了对方一句，妇女闭上嘴，羞愧地走了出去。

"想三哥想疯了！"有人**笑**话失态的妇女。

三哥是她的相好，因赌**博欠**债离家打工，至今没有消息，也有人说他还不上钱，走投无路，只好躲起**来**。

第十三章：猫战

"好像是有只猫在外面！"胆小的人跟着捕风捉影。

"神经病！"大家伸头望向外面，什么也没有。

不大一会儿，警察前来带走了赵秀英母女俩。赵老太将门锁上，心里七上八下地，站在门口好一会儿，才回家去。

"妈，我去派出所看看。"一直没说话的儿子说。

"你？"赵老太惊讶地问。

"猫是猫，人是人。"儿子说完便朝派出所的方向走去。

"想女人了。一根筋！"老太太摇摇头，抬头望了一眼天空，灿烂的银河令人神往。

派出所里，赵秀英母女正在被问话。

这样怪异的事不可能是一个普通人做的，洪警官问了赵秀英几句，准备把她们放了，可另一位瘦瘦的警察却紧追不放。

"赵家村是远近闻名的文明村，村民素质比较高，不会无缘无故地举报你。有人看到你去了墓园，不一会儿就发生了群猫打斗事件，你怎么解释这件事呢？"瘦警察问。

"我是去了，但我不晓得那些猫是从哪里来的。"赵秀英回答。

"你参加过什么组织吗？受过特殊训练吗？"瘦警察追问。

"什么组织？我不懂。"赵秀英摇摇头。

"不要装糊涂，等我们查出来，可就不好办了！"

"我不懂你的意思。"赵秀英紧张得喘不过气来。

"我明说吧，就是邪教组织，专门给一些头脑简单的人洗脑，让他们散布流言，搅乱社会，制造恐慌，与人民为敌。对这些人，我们是绝不会手软的！"

"我不是，我没有！你别误会，你可以找王主任了解情况！"赵秀英吓傻了，语无伦次地对瘦警察说，"你问洪警官，我不是那样的人，我根本没参加过什么邪教！"

"你呢？猫打架时，你在哪里？"瘦警察哼了一声，问瑶瑶。

"我在朋友那里玩，你可以找她证明。"瑶瑶据实说。

"你们家那只叫圣婴的猫现在在哪里？它惹了多少麻烦事？是不是有人给它施了巫术，或是下了什么药？它会说人话，这是谁教的？"

"天生的，没人教，它是我从红花寺看门人手里救下来的。"瑶瑶说了此事的前因后果，瘦警察虽然听得很认真，但不时皱眉，说明他不太相信对方的话，因为这没有丝毫的科学依据。

"它最近有什么反常的地方吗？"从外面倒水回来的洪警官问。

"自从吃了柳医生的药，它跟以前就好像不太一样了，说话费劲了，性格变了，不常回家，有时候还跟人翻脸。"赵秀英在洪警官面前不像在别的警察面前那样局促不安。

"有这回事？！"洪警官自言自语。

"是上次那个家伙吗？医学博士怎么会对一只猫如此感兴趣？"瘦警察很奇怪。

"他在研究人跟猫之类的高级动物之间如何沟通，并且发明了一种新药，此药据说不但能促进双方的沟通，还能强身健体，加快脑细胞的生长。"洪警官仔细回忆之前的事，越发感到不对劲，一切像是一部无厘头的闹剧。

"他会不会是打着研究猫的幌子在试验违禁药品？"

"调查一下，别上他当了。"洪警官表示同意。

"这女人怎么办，放了还是关起来？"

"放了。"洪警官表态。

"她跑了怎么办？"瘦警察不放心。

"她能跑到哪里去？"

赵秀英母女从派出所出来时，刚好碰到前来的赵虎。三人谁也没有说话，只是你望我、我望你，然后便一起回到赵家村，赵虎一路无言，回自己家去了。

"这人怎么回事？"关上门，瑶瑶问母亲。

"不晓得。"赵秀英岂能不知对方的心思。

"他想干什么呀？"

"管他呢，事到如今，我哪里管得了那么多！"赵秀英想到自己一个女人无依无靠，心灰意冷，痛哭流涕，一时间，对家的渴望如烈火燃烧着她的内心。

第十四章：最后一战

瑶瑶离家打工去了，她终究还是埋怨母亲的。

赵秀英一夜间苍老了许多，头发发灰，眼角皱纹明显。

赵老太一大早就过来看她，见她魂不守舍的样子，嘴角抽搐了一下，靠在门口，两手把本就梳理得一丝不乱的头发抹了又抹，轻轻咳了声说："苦命的人，何必犟呢！"

对方三番五次暗示自己，赵秀英岂能不知，但自己有儿有孙，还要再嫁人，说出去，让儿女们的脸往哪里放！要脸，还是要自己的后半生幸福？她一时拿不定主意，只好沉默不语。

"妈，你在这儿呢？"赵虎走过来说，"我去上班，中午不回来了。"

"路修好了吗？"赵老太心疼儿子，"天太热，草帽戴好，别晒着。"

"早着呢。"赵虎望了一眼躺在床上不说话的赵秀英，拿起工具走了。

"老实人只好修路，连个媳妇都讨不上，赵家怕要绝后了，我这死老太婆真是一点用也没有！"赵老太望着儿子宽厚的背，伤感不已。

修路工人不需要太多的文化，但要能吃苦耐劳，一般人不愿意做。不过这活倒是适合赵虎，他有的是力气，活干完了，在大树下或路边休息一会儿也没人说，比在工厂流水线上干活自由多了。

"我想想，你不要逼我！"赵秀英起来坐在床上，见赵老太像馋猫盯上一只走投无路的老鼠一样盯着自己，终于下了决心。如果不这样说，这个赵老太今天肯定不会离开，说不定还要赶走自己。

她一无所有了，也许只有赵家母子才能让她过上哪怕暂时的安稳日子。

"好，我等你，你好好休息吧。中午，我烧点鸡汤给你送来，是只土鸡，很贵的。"赵老太收起了阴冷的目光，高兴得差点蹦起来，连忙回家炖鸡汤去了。

"我还有什么？"赵秀英在心中问自己，"儿子媳妇远离自己，老公离家出走，女儿不争气，我到底做错了什么？"

赵秀英起床，梳洗好。她身材丰满，皮肤细腻白净，戴了一顶灰白帽子，穿了件素雅的裙子，脚下是一双低跟棕色皮凉鞋。

她出了门，直接朝赵家村后面走去。认识她的人都很惊诧，这个女人一夜间仿佛变了一个人。他们想跟她说话，然而，赵秀英并不搭理他们，继续走自己的路。

"这女人怎么回事？"

"去修路那儿干吗？"

"不知道。"

"瞧她走路的样子！"

赵秀英没有理睬这些话，继续朝修路的方向走去。这是一条环形公路，直接通向正在蓄水的南湖边。南湖原是当地一大美景，"大跃进"时期为了增加粮食产量，人们不顾一切将水排干，围湖造田。但由于地势较低，此地是十年九涝，一片荒芜，反而苦了周围靠水吃水的人。现如今，人们意识到过去的错误，于是又退田还湖。

赵虎在这里干活。同他在一起的，除了开机械设备的人舒服点，其他人全都在阳光下干活，每个人的脸都被晒得黑黝黝的，工作服又脏又旧。机器轰鸣，高温下的沥青发出刺鼻的气味。赵虎身高力大，埋头苦干，没有注意到不远处的树荫下有个女人在望着自己。

这是认字不多、或者没有多少专业技能的人的工作，在崇尚文凭、知识的今天，这些人只能靠力气挣钱。

赵秀英看了半天，转身朝一条小路走去，顺着这条小路一直走到墓园的门口。她走走停停，好几次回过头看着赵虎，心里特别的别扭：这个黑熊一样健壮的人要是同自己睡在一张床上，会是什么样的感觉呢？

她爱这个男人吗？不爱，这是毫无疑问的。但若嫁给他，自己就能获得下半生的安定。爱情和生活，两者谁更重要呢？带着这个问题，她一直走到墓园门口，想起昨晚发生的怪事，她准备再进去看看。

"喂，不准进！要有手续才能进。"一个四十多岁的男人神气活现地走过来挡在她面前，此人眼珠通红，嘴里有股难闻的酒味。

第十四章：最后一战

"你是谁？"

"我是谁？我是这儿的管理人员！没有我的许可，一颗草籽、一只老鼠、一只黄鼠狼、一只鸟也别想进来！"那人指着密密麻麻的骨灰盒说，"他们算老几，这儿是我说了算！"

"为什么不让进？"她问，感觉这人酒喝得太多了。

"昨晚出了那么大的怪事，你不知道？"

"是吗？"她呆板的脸上没有一点惊讶。

"亘古未有的群猫大战啊，你来我往，打得难解难分。可惜昨晚朋友请我喝酒聊天，来晚了一步，没赶上这场奇观。真他妈的想扇自己一耳光，还有这张该死的臭嘴，太贪吃了！"这人酒糟鼻子，眼窝深陷，说话间，真的朝自己嘴巴上打了两下，恨恨地说，"贪吃，贪吃！臭嘴！破嘴！馋嘴！"

"有什么看头，不就是猫打架吗，又不是神仙打架！"赵秀英冷笑一声。

"大姐，这种事万年一遇啊！说不定会有大机遇，你却轻描淡写地不当一回事，真是让人大跌眼镜啊！达官贵人求神拜佛都快疯了，不就是为了永葆青春吗？"

"有这么夸张吗？穷命相，遇上又怎么样？"想起自己的遭遇，她火气上来了。

"我学过麻衣相法，给大姐看看怎么样？"这人把茶杯放在围墙上，开始观察赵秀英。

"穷命，没啥看头。"赵秀英被对方直盯着看得不好意思，低下头。

"你命不错嘛，没有七煞之相，无破败，能旺夫，好相啊！"

"七煞之相？不懂。"

"眼黄为一煞，面大口小为二煞，鼻子有纹为三煞，耳无轮为四煞，面如银色为五煞，发黑无眉为六煞，眼大眉粗为七煞，懂吗？旺夫之女，必是背厚腰圆、眼如丹凤、三停匀称、额正眉清、身香体正，你正合相法，大姐定是富贵人家，了不得！"

"果然看得准啊！"赵秀英哭笑不得，转身就走。

"你不进去了？"那人在后面说，"北门一带谁不晓得我张铁嘴的厉害，什么人我一眼就能看出好坏。你是富命，大姐！西门那个老家伙没有我看得准，我迟早会去把他的相馆给踢了！"

"咱穷得快要讨饭了,你说我是富命?"她停下脚步,回过身,面向那人。

"怎么可能呢?面相是富贵命,咱可没看错过人!"那人连打了几个喷嚏,尴尬一笑,把墓园门打开,走了进去,不一会儿,里面传来他呼唤老鼠和猫的声音。

"喵喵喵,老鼠来了!喵喵喵,老猫来了!喵喵喵,狮子来了!喵喵喵,我的宝贝来看我了!"

这人声音开始还是很柔和的,渐渐地,像是受到什么刺激,变得尖厉起来。赵秀英只顾走路,一句话也没听进去,她感到身后仿佛跟着个无头的怪物。

她回到家,刚打开门,见门口的石榴树上跳下一只猫,她吓了一跳,瞅瞅周围没有人,飞快地抱起它回到家里,关上门。

"你胆子不小,大白天来找我?"

"怕什么!"圣婴疲惫不堪,坐在椅子上呼呼喘气。

"到处都有人抓你,要你的命!"

"那好啊,让他们来抓啊!"圣婴无所谓地往后一靠,差点跌下去。

"往后我不能照顾你了,你自生自灭吧!"赵秀英回忆起自圣婴来到家里后发生的种种怪事,潸然泪下,数度哽咽,不能自持。

"我命不久矣,今特来跟你告别,你哭什么呢?"

"什么意思?我不明白。"

"人的生命有定数,猫也如此,悲伤有何用?"

"你不是无所不能吗?有人把你当成了神,有人把你当成了妖,你怎么会说死就死呢?"想起刚才墓园看门人说的话,她情不自禁傻笑起来。

"那是他们别有用心,傻子才相信我是神呢!"

"你怎么知道自己要死了?"

"命数,自然规律,天下苍生谁也逃不了。世间没有任何东西可以长生不老,想要长生的人不是狂妄自大,就是精神不正常!"

"你想怎样?"她心烦意乱。

"我想让你今晚带我去万福寺周围走一圈,看看夜景。猫应当回归自己出生的地方,可是我的祖先在很遥远的地方,它们生活在一群土著的茅屋里,自由自在、无忧无虑。一天,一群白种人带走了我的祖先,漂洋过海,来到另一个地方,让它同一只强壮的公猫举行婚礼,最后生下我们这些无毛的后代。它水土不服，只活了短短几年便死了，尸体被一个披头散发的动物学家做成了标本，放在一间富丽堂皇的房子里展览。"圣婴靠在椅子上，闭上眼，泪水夺眶而出。

"你能记得这些东西？"赵秀英大吃一惊。

"记得，这些记忆会不断重复出现在我们的脑海里，提醒我们不要忘了自己来自何方。"

"你那天怎么逃走的？狮子呢，贝贝呢？"赵秀英问。

"贝贝是生是死，我不知道。它有个老父亲在城里，它说不定去了那里。"

"你去什么地方不好，偏要来这里！"

"最危险的地方就是最安全的地方。"

"噢，是这样。"

"这墓园本是它们活动的大本营，就是我不来，它们也会到处找我。再说，我躲得了一时，躲不了一世，账，迟早要算的，迟算不如早算！"

"那地方阴森森的，有人在那儿见到过鬼，你们不怕？"

"世间哪有鬼？我们才是那儿的鬼呢！"

"你们潜藏在墓园到底想做什么？"

"那一天本是我们决定胜败的时刻，输了，我回红花寺；赢了，这地方就是我的了。却没料到你去那儿把一切都搅乱了，最后变成了人猫之战。"

"它会放过你吗？"

"当然不会，这是你死我活的事。我们还有一战，不是今天，就是明天、后天、大后天，逃避不了的。你不要担心，若有那一天，我走了，你多保重自己。"

"看管墓园的人你认识吗？他怎么说没见过你？"

"那是个吹牛皮的家伙，胆小如鼠，风吹草动他都害怕，哪里敢在晚上去墓园？他是酒鬼、吹牛者、见了女人走不动路的偷情者。"

"难怪见了我话那么多呢！"赵秀英若有所思。

"他是人间活鬼，最喜欢白天去墓园溜达，表面上无所事事，事实上却是有目的的。他把吃剩下的鸡骨、猪骨、鸭脖子、鹅头、鸭爪、猪蹄、鸭屁股、狗头全都带进墓园放在老鼠洞前，让它们晚上出来享用。"

"怪不得全城的猫都喜欢去那儿，原来是这么回事啊！"

"他才是鬼怪的缔造者。"

"没人管他吗？扫墓的人要是看到怎么办？"

"枯骨之地，有老鼠稀奇吗？有老鼠的地方，有猫稀奇吗？有狐狸的地方，有猎犬稀奇吗？没有这些东西，他不寂寞吗？"

"墓园里的一切原来是他搞的鬼！为什么呀？"

"鬼晓得他想干什么！"

"肯定有目的，是不是？"

"他对某些死去的人怀有敌意，认为他们生前做了坏事，但没有受到应有的惩罚，这是不公平的。因而他故意让老鼠在他们的墓碑上嬉闹、玩耍、排泄、谈情说爱，骚扰他们的亡灵，以示自己嫉恶如仇！"

"别人干没干坏事关他什么事？"

"他就是这样一个怪人，好管闲事，却又胆小怕事。"

"就为了这些？这人真奇怪！"

"当然，他有他的想法，这是他个人隐私，别人不好问的。"

"你去那里，他真的不知道？"她再一次问。

"他第一天就见到我了，但他吓得扭头就跑，把挂在屁股上的手电筒都扔掉了。"

"在白天吗？"

"在夜晚与黄昏的交替时分，旁边的火葬场没人了，周围空荡荡的，他一个人站在墓园里，东张西望，数不清的老鼠跑出来享用供品，整个墓园一片咀嚼声、嬉戏声，他正看得津津有味，没想到我出现了。"

"啊，太恐怖了！他不怕吗？"

"他不怕老鼠，却怕我，鬼知道怎么回事！他喜欢看它们在那些墓碑上打闹。"

"脑子有病啊！"

"埋伏在周围的猫乘机冲进墓园，一场猫鼠大战上演了，而观战者只有他一个人，直到群鼠死伤无数，落荒而逃。它们钻进洞里，养精蓄锐，等待第二天或者第三天的傍晚出来觅食，然后又是一场猫鼠大战，每天周而复始地上演一样的情景。"

"他是在守墓，还是在养老鼠，还是在喂猫呢？"

"不知道。"

"墓园换个看门人不行吗？"承担如此重任之人，竟然有如此爱好，让赵秀英怒不可遏。

"不行，没人愿意待在这个地方，除了他，因为他自命不凡！"圣婴哈哈大笑。

"我要嫁人了，你同意吗？"赵秀英问。

"同意。"

圣婴跳到赵秀英怀里，抱着她的脖子。

"我想问你一件事，可以吗？"赵秀英冷静下来，问出了一直想问的问题。

"什么事？"

"你这辈子做过错事吗？"赵秀英问。

"你见到过世上没有做过错事的人和动物吗？"圣婴反问。

赵秀英想起自己一家人，摇摇头，表示没有。

"我做过错事，但那是没有办法的事！"想到自己的过去，她泪如雨下。

"我也做过，而且不止一件，多得我记不清了。"

"啊！"赵秀英瞠目结舌。

"我偷过杨局长家精美的点心，不过并不合我的口味；我跟母亲撒过谎；我吓唬过一位行动不便的老妈妈，她正要去菜场买菜，我突然从她眼前蹿出来，吓得她跌倒在地上；我打翻过一户人家的酒壶；我有时胡说八道，在公园大叫，吓得婴儿哭哭啼啼——"圣婴见赵秀英疑惑不解的样子，停下不说了。

"这也不是多大的错事啊。"赵秀英心想，谁家的猫不是这样淘气呢！她想听的不是这些，对圣婴的话大失所望。

赵秀英在嘴唇上涂抹了一层鲜艳的口红，她一向讨厌妇女涂很浓的口红，认为这种艳妆是一个女人不正经的最明显的标志。当初瑶瑶在家时，涂得满嘴通红，会让她身上不由自主地起一层鸡皮疙瘩。今天，她改变了自己，连她自己都不晓得为什么。

她把圣婴抱在怀里，趁着人们吃晚饭的空隙，顺着河边朝万福寺那边走去。伏天儿大声叫，天气热得人浑身无力。万福寺旁边有座塔，叫万福塔，一条

左耳猫

人工挖的小河弯弯曲曲地环绕在它周围，形成一座漂亮的公园。公园里有很多跳舞的人，到处是音乐声。

"我们拍张照吧。"赵秀英把圣婴抱在怀里，拿出手机让一位小姑娘帮忙拍照。

来到假山顶上一处寂静、游人稀少的地方，坐在椅子上，望着深沉的夜色，轻轻抚摸着圣婴的头。

"什么时候走？"过了半天，赵秀英问。

"就在今晚，半个钟头后你离开我，再也不要找我。"

"你去哪里？"赵秀英泪流满面地问。

"这将是我最后一次跟你说话，我们的缘分很快就要尽了，再见到时，你是人，而我只是一只畜生，一只怪模怪样的猫。"

"我像在做梦，不晓得这是晚上，还是白天。"

"嫁给那个人吧，他会对你好的。"

"我实在没有用，连一只猫都保护不了！"赵秀英终于哭出了声。

"不是你的错。"

"我跟着你，看谁敢动你！"她脾气上来了。

"谢——谢！"

圣婴吃力地摇摇头，它已经吐字不清了，残存的理智正在一点点消失。赵秀英在它眼里开始变得模糊不清，但本能告诉它，这个女人曾经是它生命里最重要的一个人，在走之前，它要给她最后的温暖。

它在她脸上留下一吻，随后一跃而起，转眼消失在公园假山上的小树丛里。

公园周边正在搞房地产开发，由于位置靠近学校，房子自然比别的地方贵了不少。这不，售楼小姐晚上还在散发广告，做宣传，说是再不买，下月房价还要上涨。

"什么都涨，就是工资不涨，买不起啊！"有人接过宣传单，看了看，便扔在一旁的垃圾箱里，走开了。

"哎呀，哪里来的这些猫？鬼鬼祟祟的！"有人发现了异常，大叫。

"五花八门的猫都有，奇怪了！"

此时此刻，数不清的猫从马路边、大街小巷、树林里、垃圾场、离此不远的建筑工地朝万福寺这边奔来。

第十四章：最后一战

"这么多猫哪里来的？气势汹汹，想打架呢！"

人们想起城北墓园的事，心惊胆战地瞅着这些猫。

"圣婴！"赵秀英不顾一切大声呼唤，回答她的是此起彼伏的猫叫声。

一切来得如此突然，让人始料不及。

如此之多的黑猫、花猫、黄猫、灰猫、白猫让游园的人呆若木鸡，特别是那些全身乌黑的猫，模样古怪，动作敏捷，跑来跑去，神出鬼没。人们静静看着万福塔下面的一小块空地，数不清的猫在那里汇聚，围成一个圆圈，像是在观赏一场拳击比赛。

路边修建成各种植物造型的音箱响起优美的音乐。管理人员以为这里发生了什么大事，过来一看是猫打架，想要把它们轰走，遭到众人反对，只好作罢。

"这些猫昨天在墓园那里就打了一场，现在又跑到这里来闹事，到底为了什么事？是不是脑子有病了，还是得了什么传染病，控制不住来此自杀？"有人忧心如焚。

"怕是发情了。"不了解情况的人猜测。

"都发情了？全城的猫难道都在这两天发情了？"

"如今物资丰富，吃得好，什么时候都可以发情。"

"过去的猫多是春天发情，现在一年四季，想发情就发情，真是搞不懂这些猫怎么回事！"

"你说错了，猫除了三伏天不发情，其他时间都可以发情，过去是，现在也是。"一位很有风度的老先生纠正对方的话。

"不像发情，你们看，两只公猫在打架，母猫都在一边待着。"

"那只没毛的猫来了！"

"昨晚城北发生的怪事就跟它有关，大家小心，它不是一般的猫！"

"原来是它！我在灵猫馆投资的钱赔光了，快报警，抓住它，不能让它逃了！"这人对圣婴恨之入骨，在人群里鼓动人们帮忙捕捉圣婴。

"怪一只畜生，你脑子呢？"人们责怪他。

"这猫妖魔附体，城里不是贴了布告，看到它，格杀勿论吗？"

"猫有九命，谁敢杀它？这不是一只普通的猫，得罪了它，全家人遭殃怎么办？"

"睁一只眼、闭一只眼，马虎一点算了！"

"没事做，跟一只猫过不去！"

"报警吧。"有人提议。

"猫打架，报什么警？神经病！"想看热闹的人坚决反对。

塔楼下，两只猫大打出手，谁也不服谁。

"只要你投降，我保你没事！我从来不说假话、谎话、废话！"狮子人多势众，占了上风，想来个不战而胜。

"做你的梦！"圣婴不再说人话，而是说猫的语言，因而没人听得懂。

"只要你归顺我，荣华富贵就在眼前。"狮子并非傻子，经过几次交手，它知道对方如若跟它拼死一战，谁胜谁负还不一定，不如先稳住对方再做计较。

"没什么好说的，来吧！"圣婴识破了它的诡计，趁对方不注意，一拳揍在它的右脸上，那儿立即凸起了一个大包，连眼睛也花了。狮子晕头转向地倒退了好几步，一只母猫从后面扶住它，鼓励它继续战斗。

"大王，你的脸真结实，佩服！"这只母猫一向得不到狮子的宠爱，这会儿见它的脸肿得像馒头一样，心里甚是高兴，但它不露声色，巧妙地讽刺对方。

好在狮子昏头昏脑，没听出来，反而感到很内疚，结结巴巴地对这只母猫说："还是你好，这场战斗结束后，我一定娶你为妻！"

"真的？"

"我发誓！"

"大王，别听它胡扯，它是丧门星，谁碰到谁倒霉！"一只黄猫提醒狮子。

"打啊，打啊，别再谈情说爱了！"群猫欢呼雀跃，母猫羞愧难当，连忙躲到一棵樱花树下。

圣婴拍拍站在一旁当裁判的大灰猫，鼓起勇气，乘胜追击，对狮子拳打脚踢，直到它趴在地上一动不动。

"大王，你死了吗？"年老的大灰猫不停晃动对方的后腿，非常担心。

"没想到这只猫这么厉害，世界之大，无奇不有，大家快来看看！"围观的人发出惊奇的感叹。

"啊，活过来了。"

"老子没死呢，滚一边去！"狮子跳起来推开对方，大骂。

第十四章：最后一战

"这猫学会装死了，有意思！"人们嬉笑道。

"你没死？"圣婴吃了一惊。

狮子的头破了，血流不止，它火冒三丈，一脚踢在圣婴的肚子上，不顾一切扑上来咬住了圣婴的左耳。几只黄猫趁火打劫，准备攻击落败的一方。

"公平决斗！"做裁判的大灰猫大叫，试图制止这些风吹两面倒的家伙们。

"胜者为王，败者为寇，谁胜我们帮谁，谁倒霉我们打谁！"几只猫不理会它，对它大打出手，片刻间，大灰猫倒在血泊中。

"去那上面，贝贝在等你，快去吧！"大灰猫指着灯火辉煌的塔顶，用尽最后一口气对圣婴说。

群猫对此变故交头接耳，吵闹不停，有的赞同，有的反对，有的观望，一时间猫群大乱，相互打了起来。

月明星稀，围观的人越来越多，想起昨天墓园里的事，有人报警了。

圣婴用力一推狮子，将自己半个耳朵硬生生扯了下来。它不顾疼痛，顺着螺旋阶梯向塔顶跑去，狮子紧随其后。两只猫全身鲜血淋漓，如从地狱里逃出来的鬼怪。众人屏气凝神，望着塔顶，看着灯火通明的塔顶，开始思索，这不是两只猫在争雄，而是它们赌上尊严、生命与羁绊的较量。

"跳下去！"狮子仰望浩瀚的天空，豪气十足，因为胜利就在眼前。它发出尖叫声，塔楼下的人和群猫举目观望。

"圣婴！"赵秀英看着塔顶上的圣婴，泪流满面，大声呼喊。

"这女人疯了，这样叫！"

人们将目光转向她，赵秀英不顾许多人望着自己，忙朝塔楼奔去。塔顶在灿烂的星空下，呈现出梦幻般的色彩。圣婴抱着贝贝，纵身从塔顶跃下。众人一声惊叫，两只猫重重地摔在坚硬的石板上，一动不动。

"你也下去！"

没等狮子反应过来，一个披头散发的女人从塔顶的廊柱旁闪出，飞起一脚将没有防备的狮子从塔顶踢下，塔下围观的人惊叫起来。

塔楼下的群猫一轰而散。

警察来了，仔细检查了三只死猫，听了人们的陈述，脸上没有一点表情。洪警官在一位年轻的小伙子耳边小声说了几句，那人记录下来，随后带走了三只猫的尸体。

"怎么有三只猫呢，这只母猫从哪里来的？"

"那女人说了，母猫是从红花寺来的，是这只猫的情人，叫贝贝。"

"疯了，猫也有情人！"

"这女人怎么会跑到这么高的塔顶上？疯疯癫癫的，怕是吓坏了！"几个警察看着高耸的塔，觉得不可思议。

"可能是扫塔的人没注意关门，可能是——"洪警官看着七边形底座的七层宝塔，陷入了沉思：塔的唯一入口是底座的一扇小门，平日是锁上的，只有清扫它时才会打开，赵秀英是怎么上去的？

"终于找到你这个家伙了，几个案件都跟你有关，现在终于可以结案了！"一位警察拎着圣婴的后腿说，"把你的尸首送给那位医学博士做个标本放在展览馆里，给后人留点警示，某个年代、某天某日，某个城市竟然出现一只会说人话的猫！"

洪警官淡淡一笑，回头看着仍然灯火通明的塔，决定明天来询问一下公园的管理人员，解开塔锁之谜。

月亮从云里出来了，整个公园笼罩在一种骚动不安的情绪里。不少人再无心散步，回家了，剩下的人也没了兴趣，转了两圈，便离开了。

公园里一片宁静。

赵秀英回到家已经是深夜了，像是得了早已消失的打摆子病，身上很冷，没有一点力气。她勉强走到床边，眼一黑，倒在床上，感到天旋地转。她不停地叫圣婴，偶尔也会叫一下贝贝、瑶瑶。

"这女人怕是病了，怎么老说胡话？送医院吧！"左邻右舍的人在赵老太的招呼下过来了，非常担心。

"她会不会疯了？"

"怕是中邪了，得请道士来看看。"

"疯了我也要！"赵虎脸色铁青地来了一句。众人愕然，想看笑话的人自觉无趣，走了出去，其中一个人走到外面大声咳嗽了一声，并且做了个鬼脸，才终于逗得人们笑了起来。

人们全都散去了。

天开始打雷，闷热难耐，暴雨来了。大雨下到后半夜才停下，空气变得清爽怡人，不像前半夜那么让人不舒服。池塘里的蛙声一阵接一阵响个不停。南瓜田里，蝈蝈开始鸣唱。夏天的黎明来得早，东方出现了一丝云霞，一条狗叫了一声，提醒沉睡的人们该起床了。

赵秀英醒来，见赵虎趴在自己床边睡着了。她漠然地看了他一眼，没有说话。

第二天一早，她收拾好自己的随身衣物，径直来到赵老太家。

赵家当天就办了一场很普通的喜事。赵老太请亲朋好友和村上的人前来庆贺，大家放了些鞭炮烟花，赵家在饭店摆了几桌酒席，算是明媒正娶了个儿媳妇。

赵秀英身穿旗袍，头上戴花，给所有来客敬了酒。

赵老太笑了一整天，仿佛年轻了十岁。

天上，南去的雁呈"人"字形飞过，它们并没有因为要去温暖的南方而高兴，它们带着故乡的记忆，叫声充满了忧伤。

南去的雁啊，何时再回来？

南方只是暂时的避难之地，寒冬结束，它们还要北归回到故里，哪怕故里是贫瘠之地、不毛之地、苦寒之地、死亡之地。